Heldensagen
vom
Kosmosinsel

옮긴이 **김완**

만화에서 라이트노벨, 일반소설까지 다방면으로 활동하는 번역자.
옮긴 책으로는 카와하라 레키의 『소드 아트 온라인』,
우로부치 겐의 『블랙 라군』, 후카미 마코토의 『엉건 카르나발』등이 있다.

GINGAEIYUDENSETSU -SHIHUKU HEN-

ⓒ 2013 Yoshiki TANAKA
First published in Japan in 2007 by TOKYO SOGENSHA CO., LTD.
Korean translation rights reserved by D&C MEDIA Co., Ltd.
Under the license from Wright staff CO., Ltd., Tokyo

03

자복편
雌伏篇

다나카 요시키_지음
미치하라 카츠미_그림

김완_옮김

은하영웅전설

HELDENSAGEN VOM KOSMOSINSEL

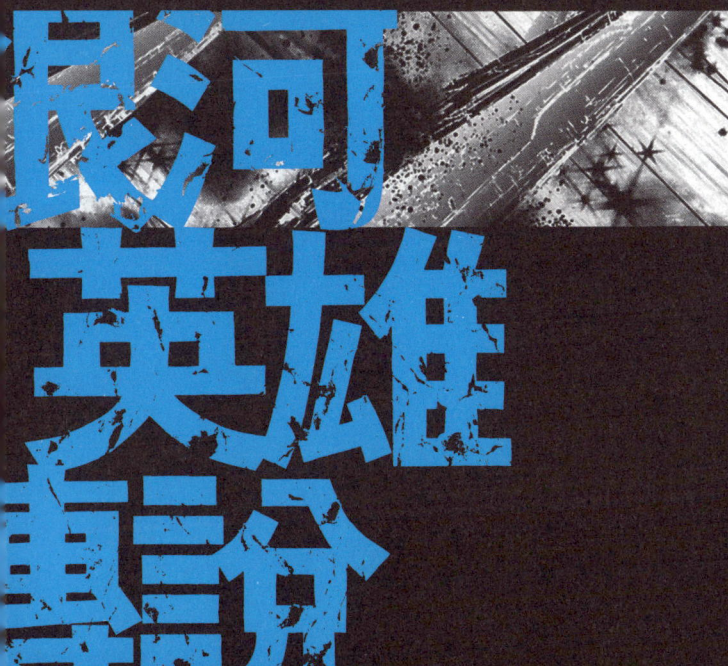

銀河英雄傳說

GC BOOKS

리뉴얼판
은하영웅전설 3권
자복편雌伏篇

2025년 8월 31일 초판 1쇄 발행

ISBN 979-11-278-7413-1 04830
ISBN 979-11-278-7344-8 (세트)

지은이 다나카 요시키
일러스트 미치하라 카츠미
옮긴이 김완

펴낸이 최원영 ┃ **본부장** 장혜경 ┃ **편집장** 김승신
표지·권도비라 이혜경**디자인** ┃ **디자인** 양우연
국제업무 박진해, 조은지, 남궁명일 ┃ **마케팅** 김민원, 조은걸
물류 이순우 최준혁 박찬수

펴낸곳 (주)디앤씨미디어
출판등록 2002년 4월 25일 제 20-260호
주소 서울시 구로구 디지털로 32길 30, 코오롱디지털타워빌란트 1301-1308호

전화번호 02-333-2513
팩스 02-333-2514
E-mail globalcontents@dncmedia.co.kr

값 16,000원

* 별다른 표기 없는 각주는 모두 역자주입니다.
* 잘못 만들어진 책은 구매처에서 바꾸어 드립니다.

| 차례 |

은하
제국

라인하르트 폰 로엔그람	제국군 최고사령관. 제국재상. 공작.
파울 폰 오베르슈타인	우주함대 총참모장.
	통수본부총장 대리. 상급대장.
볼프강 미터마이어	함대 사령관. 상급대장. '질풍 볼프'.
오스카 폰 로이엔탈	함대 사령관. 상급대장. 금은요동의 제독.
프리츠 요제프 비텐펠트	'슈바르츠 란첸라이터(흑색창기병)'
	함대 사령관. 대장.
에르네스트 메크링거	제국군 통수본부차장. 대장. '예술가 제독'.
울리히 케슬러	헌병총감 겸 제도방위 사령관. 대장.
칼 구스타프 켐프	함대 사령관. 대장.
자무엘 바렌	함대 사령관. 대장.
코르넬리우스 루츠	함대 사령관. 대장.
나이트하르트 뮐러	함대 사령관. 대장.
파렌하이트	함대 사령관. 대장.
아르투르 폰 슈트라이트	라인하르트의 수석부관. 소장.
힐데가르트 폰 마린도르프	재상 수석비서관. '힐다'.
하인리히 폰 큄멜	힐다의 사촌동생. 남작.
안네로제	라인하르트의 누이.
	그뤼네발트 백작부인. 산장에 은거.
에르빈 요제프 2세	제37대 황제.
루돌프 폰 골덴바움	은하제국 골덴바움 왕조의 시조.

▶묘지(墓誌)◀

지크프리트 키르히아이스	안네로제의 신뢰를 지키고 쓰러지다.

자유행성
동맹

양 웬리	이제르론 요새 사령관, 주둔함대 사령관. 대장.
율리안 민츠	양의 피보호자. 중사 대우 군무원.
프레데리카 그린힐	양의 부관. 대위.
알렉스 카젤느	이제르론 요새 사무감. 소장.
발터 폰 쇤코프	요새방어 지휘관. 소장.
에드윈 피셔	요새 주둔함대 부사령관. 함대 운용의 달인.
무라이	참모장. 소장.
표도르 파트리체프	부참모장. 준장.
더스티 아텐보로	분함대 사령관. 양의 후배. 소장.
올리비에 포플랭	요새 제1공전대장. 소령.
응웬 반 티우	양 함대의 맹장.
빌리바르트 요아힘 폰 메르카츠	양에게 몸을 의탁해 망명한 제국군의 숙장. 중장 대우 객원제독.
베른하르트 폰 슈나이더	메르카츠의 부관.
알렉산드르 뷰코크	우주함대 사령장관. 대장.
루이 마솅고	양의 보디가드. 준위.
욥 트뤼니히트	국가원수. 최고평의회 의장.

▶묘지(墓誌)◀

제시카 에드워즈	반전파 대의원. '스타디움 학살사건'에서 희생.
드와이트 그린힐	프레데리카의 아버지. 군사 쿠데타를 주모했으나 실패.

페잔
자치령

제 I 장

첫 출전

I

소년은 처음부터 우주를 좋아했던 것은 아니었다.

아직 소년이라 불릴 만한 나이도 아니었을 무렵 어느 겨울 밤. 그는 아버지 어깨 위에서 하늘을 올려다본 적이 있었다. 푸르스름한 기운을 띤 눈이 쌓인 산봉우리 위로 싸늘하고 단단한 칠흑이 펼쳐진 것을 보고 겁이 난 그는 아버지의 목에 매달렸다. 무한히 펼쳐진 어둠 속에서 눈에 보이지 않는 팔이 튀어나와 자신의 조그만 몸을 낚아채는 것은 아닌가 하는 공포에 사로잡혔던 것이다.

이제 아버지는 없다. 우주의 심연에 대한 공포도 없다. 있는 것이라면 아버지 이상의 존재와, 별들의 대해를 헤엄치기 위한 날개를 바라는 마음뿐.

우주력 798년, 제국력 489년 1월.

율리안 민츠는 이제 곧 열여섯 살이 된다.

자유행성동맹군 이제르론 주둔함대 가운데 더스티 아텐보로 소장이 관할하는 크고 작은 2200척 분함대가 요새를 떠나 은하제국령 방면으로 이제르론 회랑을 항행하는 중이었다. 율리안 민츠도 그 안에 있다.

분함대의 임무는 최전선 경비 및 초계와 대규모 신병 훈련이었다.

작년, 자유행성동맹을 뒤흔든 '구국군사회의' 쿠데타로 인해 동맹군은 적잖은 인적자원을 소모했다. 이로 인해, 양 웬리 제독 지휘하에 많은 전투를 경험한 이제르론 요새 주둔함대는 내전이 종결된 후 그 경험

자들 중 상당수가 새로 증설된 부대의 핵심으로 '차출' 되었다.

이렇게 빈 고참 병사들의 자리는 신병으로 메워졌다. 머릿수는 같아도 전투력 질이 저하되는 것은 당연한 노릇이었다. 그들에게 잠재능력이 있다 해도 이를 일깨우기 위해서는 경험과 시간이 필요할 것이다.

"이놈들이 전장에서 능력을 100퍼센트 발휘하도록 키우려면 고생깨나 하겠구만."

신병교육을 맡아야 하는 장병들은 그런 생각에 눈앞이 캄캄해졌다. 하물며 이제르론 요새는 최전선이며, 은하제국이 군사행동을 일으킬 때마다 가장 먼저 몸으로 이를 받아내야 하는 입장이었다.

"그런데도 이 중요한 군사거점에서 숙련병을 차출해선 훈련도 안 된 신병으로 채워 넣다니, 저능한 동맹정부 놈들은 대체 무슨 생각이란 말인가!"

한껏 정부를 욕한 후, 이제르론 장교들은 눈앞 현실을 처리하기 위해 팔을 걷어붙였다. 승리할 가능성과 자신들의 생존율을 높이려면, 숙련병의 10퍼센트도 안 되는 신병들의 능력을 하다못해 50퍼센트까지는 끌어올려 전투에 임하도록 해야 하는 것이다.

이렇다 보니 신병들은 이제르론에 배속되자마자, 눈을 시뻘겋게 뜨고 달려드는 교관이며 고참들의 가혹한 훈련과 질타에 놀라 어쩔 줄을 몰랐다.

"이 자식들아, 여기 놀러 온 줄 아나! 밥 축내는 것밖에 모르는 것들이!"

"살아남고 싶으면 기술을 갈고닦아! 적이 너희 수준에 맞춰서 싸워줄 것 같으냐!"

"명심해라! 강한 자가 살아남는 거다. 옳은 자가 살아남는 게 아니야! 진 놈은 정의가 어쩌고 말할 자격은커녕 목숨까지 잃는 거다! 이 사실을 잊지 마라!"

"빨리 쏘기 전에 정확히 쏴라! 먼저 쏜다고 반드시 좋은 건 아니다! 적에게 자기 위치를 드러내게 된단 말이다!"

"반응이 느리다! 처음부터 다시!"

"유년학교부터 다시 다니고 와! 그 수준으로 용케 졸업을 했군! 하다 못해 기저귀는 떼고 와야 할 거 아냐!"

교관들의 목소리는 점차 볼륨과 열기를 더해갔다. 설명을 놓치거나 반응이 둔한 신병들에게는 가차 없는 욕설과 매도가 날아들었다.

율리안만큼 이해력과 반사신경을 타고난 소년도 드물었으나, 그래도 노성의 세례를 받은 것은 한두 번이 아니었다. 너무 잘난 신병은 **덜떨어진** 신병과 비슷하거나 혹은 그 이상으로 눈총을 받는 것이 군대라는 특수한 계급사회의 추악한 면모였다.

구타 행위는 없었으나, 그것도 이제로론 주둔함대라 그렇지 다른 부대였다면 사정이 달랐을 것이다. 사령관인 양 웬리는 거의 모든 면에서 군율에 무른 편이었으나 단 두 가지, 군인이 민간인에게 위해를 가하는 것과 상관이 부하에게 삿되게 제재를 가하는 것에 대해서는 누구보다도 엄하게 대처했다. 언젠가는 많은 전장에서 무훈을 세운 장교를 강등해선 하이네센으로 송환한 적이 있다. 그는 습관처럼 부하에게 폭력을 휘두른 자로, 그의 능력을 아까워하는 의견도 있었으나 양은 귀를 기울이지 않았다.

"저항도 할 수 없는 부하를 때리는 자가 군인으로서 칭찬받아 마땅하다면 군인이란 인류의 치부 그 자체로군. 그런 군인은 필요 없다. 적어도 내게는."

그렇게 말할 때조차 양은 목소리를 높이지 않았다. 표정도 성량도 지극히 부드러웠다. 그가 자신의 고집을 관철할 때의 버릇이었다.

율리안이 군인이 되고 싶다는 희망을 밝혔을 때, 그의 보호자는 탐탁찮은 표정을 보였다. 하고많은 직업 중에서 하필 군인을 택할 이유는 없지 않느냐…… 표정과 언행으로 그런 뜻을 밝혔다.

양 웬리 자신은 군인이다. 그냥 군인이 아니라 젊어서 대장 지위까지 올랐으며, 자유행성동맹군에서는 통합작전본부장 쿠브르슬리 대장, 우주함대 사령장관 뷰코크 대장에 이은 제복군인 제3인자로 평가받는 위치다.

율리안이 군인을 지망한다면 기꺼이 편의를 봐주어야 할 텐데도, 양은 군인을 자신의 천직이라고 생각한 적이 없었으며, 율리안에 대해서도 아마 같은 생각인 모양이었다. 그러나 동시에 소년의 자유의사를 무시할 만큼 사리에 어둡지도 않았다. 결국 울며 겨자 먹기로 묵인하고 있는 것이 현재 정황이었다.

양은 율리안의 보호자이며 친권자이며 보증인이다. 그러나 그것이 훈련에서 율리안에게 유리하게 작용한 적은 한 번도 없었다. 오히려 성질 사나운 부사관들은 이를 트집 잡아 욕하고 비아냥거리기 일쑤였다.

"양 제독님의 양자라고 어리광이 통할 것 같아?"

"그 꼬락서니가 뭐냐? 제독님 이름에 먹칠을 해도 유분수지!"

"우리가 봐줄 거라 생각하면 단단히 착각하는 거다."

"제독님께 하소연하면 어떻게 될 거라 생각하는 모양인데, 어디 할 테면 해 봐라!"

사실 적잖이 속이 뒤틀리는 말들이었지만 율리안의 인내를 넘어서는 수준은 아니었다. 자신이 시샘 대상이 될 만한 처지란 것을, 소년은 잘 알고 있었다.

이제르론 요새와 함대 분위기는 의심할 여지없이 동맹군 전체에서 최고였으나, 그럼에도 이런 음습한 감정을 일소하지 못하는 것은 군대만이 아니라 인간 집단이 지닐 수밖에 없는 속성인지도 모른다.

II

분함대 기함 트리글라프는 고대 슬라브 신화에 등장하는 군신軍神의 이름을 딴 전함으로, 우아할 정도로 세련된 기능미는 양의 기함 히페리온을 능가할 정도였다.

최신예 함정 트리글라프가 이제르론 요새에 배속되었을 때는 양 사령관이 지휘석을 이 전함으로 옮기는 것이 아닐까 수군거리는 사람들도 있었지만, 그 예상은 빗나갔다. 그러자 이번엔 '양 사령관은 군함이 아름다워야 할 필요성을 인정하지 않는 사람.'이라는 목소리가 들리기 시작했다.

"왜 기함을 바꾸시지 않는 겁니까? 트리글라프는 충분히 기함에 어울리는 품격을 지녔다고 생각합니다만……"

참모장 무라이 소장은 그렇게 질문한 후, 양의 대답에 입을 다물고 말았다. 흑발흑안의 청년 사령관은 이렇게 대답한 것이다.

"물론 트리글라프는 **보기 좋은** 전함이죠. 그렇기 때문에 기함으로 삼지 않는 겁니다. 제가 거기 탔다간 그 아름다움을 감상할 기회가 없을 테니까요."

양의 대답이 과연 진심일지 율리안은 다소 의구심을 품었다. 양은 오랫동안 승선해 익숙해진 기함에서 지휘석을 옮기는 것이 귀찮았던 것뿐인지도 모른다. 본질을 벗어나 따지려 드는 부하들이 귀찮았기 때문에 허를 찌르는 대답으로 그들의 입을 막아버린 것은 아니었을까? 그렇게 생각하긴 했지만 의외로 진심일 것 같기도 했다. 다시 말해, 율리안도 아직 양의 심리를 잘 읽지 못했던 것이다.

바로 그 트리글라프 함교에서 오퍼레이터들의 움직임이 다급해졌다. 관측 시스템에 미확인 함정 한 무리가 포착된 것이다. 수는 1000척 이상. 대규모 망명자 선단이라는 희박한 가능성을 제외한다면 은하제국 함대일 수밖에 없었다. 보고는 분함대 사령관 아텐보로 소장에게도 올라갔다. 아텐보로 소장은 각 함 함장에게 즉시 훈련을 중지하고 제2급 임전태세로 돌입하라는 명령을 하달했다. 그때 이미 선두함대 각 함은 통신전파가 교란되는 것으로 적 접근을 피부로 느끼고 있었다.

경보가 울려 퍼졌다.

『적 함대 발견! 50분 후 접촉! 전원 전투배치!』

긴장이 광속으로 전 장병의 정신회로를 가득 채웠다. 취침 중이던 병사들도 벌떡 일어났으며 식당은 눈 깜짝할 사이에 텅 비었다. 신병들에게는 고참들에게 없는 감정이 더해졌다. 낭패와 미지에 대한 공포였다. 숙련병보다 두 배나 되는 시간을 들여 전투복을 걸친 그들은 해야 할 일을 몰라 복도에서 우왕좌왕하다 살기 띤 고참들에게 떠밀리기 일쑤였다.

"나 원, 이게 무슨 꼴이람. 나더러 보이스카우트를 지휘해 적과 싸우

라는 거야?"

함내 모니터를 바라보던 아텐보로 소장은 검은 군용 베레모와 함께 철회색 머리카락을 쥐어뜯었다. 올해 스물아홉인 그는 동맹군에서도 최연소 장성 중 한 사람으로, 사관학교에서는 양의 2년 후배였다. 도량과 용기를 충분히 갖춘 사내로, 잠시나마 율리안을 그에게 맡긴 것은 아텐보로에 대한 양의 신뢰를 증명하는 것이나 마찬가지였다.

분함대 주임참모 라오 중령이 눈살을 찡그렸다.

"그 말씀은, 신병과 훈련생도 출동시키시겠다는 뜻입니까?"

"당연한 거 아냐?!"

아텐보로는 고함을 질렀다. 그들도 싸우기 위해 함대에 배속된 것이며, 언젠가는 '첫 전투'를 경험해야만 한다. 수많은, 아니, 거의 모든 신병들에게 이 전투는 지나치게 이른 것이리라. 하지만 이제 와서 전투를 회피하는 것은 불가능하며, 고참들만으로 신병을 멀쩡하게 보호할 수도 없다. 애초에 신병을 각 부서에 배속하지 않으면 전투요원의 수가 터무니없이 부족한 형편이었다.

"그놈들도 싸워야지. 특등석에서 전쟁게임이나 구경하게 놔둘 수는 없잖아. 출동시켜."

명령하는 아텐보로 또한 내심 암담했다. 신병들 중 과연 몇 명이 이제 르론 요새의 숙사 침대로 돌아갈 수 있을까. 하다못해 원군이 올 때까지 피해를 최소한으로 막을 수밖에 없다. 젊은 지휘관은 '이기는' 것보다도 '지지 않는' 것을 방침으로 삼기로 결정을 내렸다. 아니, 정확하게 말하자면 그에게 그 외의 선택은 주어지지 않았다.

"아텐보로 분함대, 회랑 FR 포인트에서 제국군과 접촉. 전투태세에 돌입."

통신장교에게 보고를 받았을 때 동맹군 대장 양 웬리 제독은 요새 중앙지령실에 없었다. 근무시간 외에도 직장에 들러붙어 있을 만큼 근면한 자가 아니다. 그래도 행선지만큼은 늘 알리고 움직였기 때문에, 부관 프레데리카 그린힐 대위는 식물원 벤치에서 낮잠을 자던 청년 사령관의 모습을 금세 발견할 수 있었다.

"각하, 일어나십시오."

"왜?"

양은 얼굴 위에 얹어놓은 베레모에 손만 슬쩍 가져다 댄 채 말했다. 졸음이 가득한 목소리였다. 베레모를 집어 든 것은 부관의 보고를 다 들은 후였다.

"변경 요새 평안할 날 없고 북녘 땅 봄볕은 더디게 찾아온다더니……. 귀찮게 됐군. 율리……."

습관처럼 소년을 부르려던 양은 주위를 둘러보다 프레데리카의 얼굴에 시선을 멈추더니, 살짝 한숨을 쉬곤 검은 머리카락을 한 손으로 긁었다. 그리고 일어나 베레모를 뒤집어쓰며 침울하게 혼잣말을 했다.

"안전하다고 생각했기 때문에 보낸 건데 말이지……."

"분명 무사히 돌아올 겁니다. 재능도 운도 따라주는 아이니까요."

말이란 것이 얼마나 무력한지 잘 알면서도 프레데리카가 위로하자 양의 표정이 미묘해졌다. 자신의 발언이 공사를 혼동한 것이었다고 생각했기 때문이리라.

"신병이 많이 타고 있으니 아텐보로도 힘들 거야. 가능한 빨리 원군을 보내야겠어."

언짢은 표정과 목소리는 누가 보더라도 부끄러움을 감추기 위한 것에 불과했다.

1월 22일, 이제르론 회랑이라 불리는 가늘고 긴 터널형 공역空域의 제국 방면 공점空點에서 은하제국군과 자유행성동맹군이 우연히 충돌하며 시작된 전투는 전략상 거의 의미 없는 것이었다. 전형적 조우전遭遇戰이라고 할 수 있으리라. 제국군과 동맹군 모두 상대가 이렇게까지 진출했을 줄은 생각도 못했기 때문이다.

그곳은 체제가 다른 두 나라의 세력범위가 서로 부딪치는 국경지대였다. 쌍방 모두 상대를 대등한 외교 대상으로 인정하지 않으므로 공식 국경이라 부를 만한 곳은 존재하지 않지만, 긴장과 불안과 적의가 소리도 모양도 없는 폭풍이 되어 소용돌이치는 위험한 공역임에는 틀림없었다. 그곳을 바라보는 눈길이 평화로울 리가 없다. 그러나 그렇다 해도 이따금 이완상태가 찾아온다. 쌍방 함대 모두 일상 초계행동 도중 적군과 접촉할 것이라고는 생각도 하지 못했다. 군기가 해이하다고 지적할 수도 있는 일이었다. 하지만 가능성이 지극히 낮은 사태에 대해서까지 항상 만전 태세를 갖출 만큼 인간은 완벽한 주의력을 갖춘 존재가 아니다.

단좌식 전투정 스파르타니안 승무원인 율리안은 탄력 있는 몸에 전투복을 걸치고 함내방송에 귀를 기울이며 모함 격납고에서 출격 명령을 기다리고 있었다.

"적 병력은 전함 200 내지 250척, 순항함 400 내지 500척, 구축함 약 1000척, 우주모함 30 내지 40척으로 추정된다."

'대규모는 아니구나.'

율리안은 생각했다. 그래도 20만 명 이상 장병이 탑승해, 진공 우주와 겨우 벽 한 장을 사이에 둔 함내 공간에 생명과 미래를 맡기고 있는 것이다. 그중에는 자신처럼 첫 출전하는 사람도 있지 않을까.

율리안은 주위 파일럿들을 돌아보았다. 고참들의 유들유들할 정도로 자신에 넘치는 표정은 신병들의 창백한 얼굴과 큰 대조를 보였다. 허세일지도 모른다. 하지만 신병들에게는 허세를 부릴 여유조차 없는 것이다.

『……민츠 중사! 스파르타니안에 탑승하라!』

관제관의 목소리가 헤드폰을 통해 고막을 때렸다. 신병들 중에선 그가 처음으로 이름이 불린 것이다.

"예!"

대답하며 율리안은 316이라는 숫자가 각인된 그의 전용 스파르타니안으로 뛰어갔다.

이름, DNA 패턴, 혈액형(ABO식과 MN식 두 종류), 지문, 성문, 군번, 계급을 기록한 ID 카드를 캐노피 한 점에 가져다 댄다. 스파르타니안의 전자두뇌가 이를 읽어 들여야 비로소 캐노피가 열리고 파일럿을 맞이하는 것이다.

조종실에 앉아 벨트를 잠그고 풀 페이스 헬멧을 뒤집어쓴다. 헬멧은 전자석으로 전투복에 밀착된다. 이 헬멧은 두 가닥 코드로 전자두뇌에 직접 연결되어 파일럿의 뇌파 패턴을 전달한다. 만약 뇌파 패턴이 전자두뇌에 기억된 파일럿의 뇌파와 다를 경우 저출력 고압 전기충격이 그를 기절시킬 것이다. 입체 TV의 어린이용 액션 드라마와는 달리 적병이 스파르타니안을 강탈해 조종할 수는 없다. 한 대의 스파르타니안을 단한 명의 파일럿이 조종하기 위한 임프린트 시스템이다.

헬멧을 쓴 율리안은 재빨리 기기를 체크하고 기내 비품을 검사했다.

우선 소금 정제. 이것은 염화나트륨을 핑크색 과당으로 코팅한 것으로, 농축 비타민액이 든 플라스틱 병, 로열젤리와 글루텐이 혼합된 튜브 등과 함께 일주일 동안 생명을 유지해 주는 영양보급 세트 일부이다.

다음은 기체에 균열이 발생했을 때를 위한 순간응고수지 스프레이, 신호탄과 이를 쏘기 위한 핸드 캐터펄트, 그리고 칼슘 주사기. 이는 무중력 상태에 있을 때는 인체에서 칼슘이 빠져나가며 식사와 내복약으로는 이를 보충할 수 없기 때문에 마련된 것이다. 여기에 즉효성 진통제, 체온저하 가사동면제, 유기 게르마늄제, 기타 의약품과 압축식 주사기 등이 한 세트로 되어 있다.

즉사하지 않았을 때만 효과가 있고 유익한 물품들이었다. 그것은 동맹군이 병사를 소모품으로 보지 않으며 최대한 그들의 생명을 존중한다는 것을 소리 높여 선전하는 것처럼 보였다. 이 사실이 국가에 공헌하는 죽음을 미화하는 것과 모순 없이 공존할 수 있을까?

율리안은 자신의 죽음에 대해서는 누구나 예감을 느끼는 법이라는 말을 들은 적이 있다. 그 말이 사실일까 궁금해진 소년은 몇 번이나 사선을 넘어섰던 양 웬리에게 물어보았다. 대답은 이랬다.

"한 번도 죽어본 적이 없는 놈이 죽음에 대해 거들먹거리며 지껄인 말을 믿는 거냐, 율리안?"

이때 양의 가차 없는 말투는 물론 율리안을 힐난한 것이 아니었으나, 소년은 얼굴을 붉히며 물러날 수밖에 없었다.

"관제실, 발진 준비가 갖추어졌다. 지시 바란다."

율리안이 형식에 따라 말하자 지시가 내려졌다.

『라저. 발진 게이트로 진입하라.』

이미 10기 이상이 모함에서 허공으로 뛰쳐나갔다. 율리안이 탑승한 스파르타니안은 벽을 따라 게이트로 미끄러져 갔다. 벽 자체가 전류에 의해 자력을 띠며 스파르타니안을 흡착하는 것이다.

게이트 끝에 도달했을 때, 전류가 끊기고 벽면이 자력을 잃었다.

"발진!"

스파르타니안은 모함의 품을 떠났다.

III

율리안의 주위에서 세계가 회전했다.

소년은 숨을 들이켰다. 무슨 일이 일어났는지는 알고 있다. 유중력상 태에서 무중력으로 바뀐 순간 상하감각이 사라져 자신의 위치를 놓쳤기 때문이다. 이미 훈련으로 몇 차례나 경험했다. 하지만 아무리 경험해도 쉽게 익숙해질 것 같지는 않았다.

호흡과 맥박이 빨라지고 혈압이 상승했다. 아드레날린 분비도 왕성해 졌을 것이다. 두개골 안쪽과 바깥쪽이 동시에 확 뜨거워졌다. 심장과 위 장이 각각 다른 방향으로 뛰어가는 것 같았다. 귓속에서는 세반고리관 이 반역의 노래를 소리 높여 부르고 있었다. 그 노랫소리가 작아지고 마 침내 사라져 평형감각과 안정이 되살아난 것은 20초 이상이나 지난 후 였다.

율리안은 크게 숨을 들이마시고 내쉰 후 겨우 주위를 관찰할 여유를 되찾았다.

전장 한복판이었다. 어둠과 빛이 매 순간마다 자리를 바꾸며 서로 영역을 침식하고 있다. 어둠은 무한한 두께와 깊이로 빛을 가로막았으며, 빛은 한순간 생명을 해방해 이에 저항하는 것처럼 보였다.

어떤 광경이 율리안의 눈길을 사로잡았다. 아군 모함이 스파르타니안을 발진시키려던 순간 피격당해 그대로 폭발한 것이다. 부풀어 오른 하얀 광구가 사라진 뒤에는 공허한 우주의 일부만이 남았다.

오싹해졌다. 용케도 출격하는 순간 저격당하지 않았다 싶었다. 모함 관제관이 절묘한 타이밍에 발함해준 데 소년은 감사했다.

죽음과 파괴가 충만한 공간 속에서 율리안의 애기愛機가 비상했다. 적 공격을 받은 전함이 찢겨 나간 빈사상태의 거구로 발버둥치며, 아직까지 파괴를 면한 함포로 적에게 에너지 다발을 쏟아내고 있었다. 조종할 사람을 잃은 순항함 잔해가 잔류 에너지의 어렴풋한 빛을 흘리며 율리안 곁을 지나가고 있었다. 광선이 번뜩이며 어둠을 가르고 미사일 예광이 허공을 꿰뚫었으며 함정 폭발광은 몇 초 만에 수명이 다하는 항성이 되어 사방을 비추었다. 곳곳에서 소리 없는 천둥이 교차하고 있었다. 만약 이 세계에 소리가 존재한다면 악의에 가득 찬 에너지의 포효가 사람들의 고막을 찢어놓아 모두 영원한 광기의 포로가 되었을 것이다.

갑작스럽게 율리안의 시야 안으로 제국군의 단좌식 전투정 발퀴레 1기가 날아들었다. 심장 고동이 한 박자를 건너뛴 것 아닌가 싶은 심정으로 율리안이 이를 쳐다보니, 상대는 원래 위치에 잔상을 남긴 채 급속도로 이동하고 있었다.

움직임이 날카롭고 민첩해 무생물로는 보이지 않다. 파일럿은 역전의 강자일 것이다. 미숙한 적병을 앞에 놓고 살의와 승리의 확신에 번뜩이는 두 눈을 본 것 같았다. 그런 생각을 하는 동안에도 소년의 두 손은 주인의 의지를 반영해 움직였다. 그것은 스파르타니안 기체가 항의하며 진동을 일으킬 정도로 급격한 운동이었다. 중력가속도의 강렬하고도 급격한 변동으로 구토 중추를 자극당하면서도 율리안은 기체를 제대로 포착하지 못한 하이파워 바주카 탄 예광을 지근거리에서 보았다.

운이 좋다고 해야 할까? 그렇게밖에 말할 수 없었다. 율리안은 자신보다도 월등히 숙련된 적의 초탄初彈을 회피한 것이다.

전투복 안에서 온몸의 피부가 전율하는 것을 자각했다. 그러나 가슴을 쓸어내릴 틈조차 없었다. 그가 지금 해야 하는 일은 메인 스크린에 포착된 적의 모습을 정면으로 보면서 좌우의 작은 모니터에 표시된 수많은 데이터를 읽어 최대한 효율적으로 적 전투력을 빼앗는 것이다.

'말이야 쉽지!'

스파르타니안 설계자나 매뉴얼 제작자는 조종사더러 곤충 같은 겹눈을 가지라고 요구하는 걸까? 다른 파일럿들도, 그리고 발퀴레에 탑승한 제국군 병사들도 이런 과중한 요구에 부응해야만 살아남을 수 있는 것일까? 정말로 그렇다면, 무리라는 것을 알면서도 해낼 수밖에 없다.

필살 일격에 실패한 적은 증폭되는 살의로 자신을 고무하며 재도전에 나섰다. 광선이 백열하는 송곳니가 되어 짓쳐들었다. 그러나 이것도 명중하지 않았다. 피한 걸까? 아니면 단순히 적이 조준을 실수한 것일지도.

직선으로 움직여서는 안 된다. 우주공간에서 물체는 움직이는 것이건 정지한 것이건 원과 구가 기본이다.

선회, 상승, 강하. 보이지 않는 구면을 허공에 그리고 그 표면을 최대한 빠르게 이동한다. 기체가 반드시 계산대로 움직여주지는 않았지만 그것이 오히려 적의 예측을 빗나가게 하는 결과가 되었다. 쌍방 기체가 스칠 정도로 가까운 거리에서 교차한 다음 순간, 율리안은 눈 아래로 적 기체를 굽어보며 중성자 광선 발사 스위치를 누르고 있었다.

명중했다! 정말로? 정말로!

무채색과 유채색이 시야 가득 작렬했다. 파괴된 기체 파편이 광구 중심에서 암흑 허공으로 튀어나가고 무지갯빛 입자가 되어 우주 한구석을 만화경처럼 빛냈다.

지금 율리안 민츠는 생애 최초로 적을 물리친 것이었다. 그것도 아마 백전연마의 조종사였을 것이며, 분명 그동안 수많은 아군이 그의 칼날에 쓰러졌으리라. 첫 출전한 애송이 때문에 인생의 막을 내릴 것이라고는 상상도 못 했겠지.

흥분이 몸 안쪽에서부터 체세포를 태우는 듯했으나, 용암의 열류 속에 우뚝 솟은 바위처럼 율리안의 마음 한구석에 싸늘한 부분이 남아 있었다. 자신이 쓰러뜨린 적은 어떤 사내였을까. 처자식이 있었을까. 아니면 애인이……? 한 대의 발퀴레는 한 병사의 인생으로 이어지며, 그것은 무수히 가지를 쳐 사회 한구석까지 뻗어 나간다.

이것은 감상이 아니다. 한 인생을 아무런 권리도 없이 끊어버린 자가, 자신에게도 그 순간이 찾아올 때까지 뇌리에 새겨놓아야 할 마음인 것이다.

제국군 각 함에서는 고개를 갸웃거리는 자들이 나오기 시작했다. 현재 그들은 적에게 우위를 점하고 있다. 그것은 환영할 만한 일이었으나, 한편으로는 기묘한 심정을 금치 못했다. 적의 전력에 불균형이 느껴졌다. 이제르론 요새 주둔함대는 동맹군 최정예라 들었는데, 스파르타니안에 탑승한 적병은 거의 자멸하듯 최후를 맞는 열악한 기량의 소유자가 대부분이었다. 대체 어찌 된 영문이란 말인가.

제국군 지휘관 아이헨도르프 소장은 켐프 대장의 부하로 일급 용병가라는 평가를 받는 장성이었으나, 이때는 진격 기세를 늦추고 우세를 확보한 채 신중하게 전황을 유지하기로 했다. 양 웬리라는 이름이 그들에게 경계심을 품도록 한 것이기도 했다.

그러나 다른 때 같았으면 칭찬을 받아 마땅한 이 태도는 결국 우유부단했다는 비난의 대상이 되고 말았다.

이제르론 요새 회의실에 간부들이 모여 있었다. 양 제독은 유달리 회의를 좋아한다고 수군거리는 자들도 있지만, 회의를 하지 않으면 하지 않는 대로 독단이니 독재니 하는 말을 들을 것이다. 양의 입장에서 보자면 부하들의 의견을 들을 수 있는 만큼 이쪽이 그나마 나았다.

이번 경우엔 최대한 신속하게 원군을 보내자는 데 이견은 없었다. 문제는 그 규모였다. 한 차례 의견을 들은 후 양은 사령관 고문인 메르카츠에게 물었다.

"객원제독께서는 어떻게 생각하십니까?"

질문한 사람도 받는 사람도 아닌 주위의 간부들이 더 긴장했을지도 모르는 일이다. 빌리바르트 요아힘 폰 메르카츠는 작년까지 제국군 상급대장으로서 적의 녹을 받던 사람이다. 제국의 젊은 권신權臣 라인하르트 폰 로엔그람 공작이 귀족연합군을 패멸시켰을 때, 부관 슈나이더 소령의 권고로 자살을 단념하고 동맹에 몸을 의탁해 양의 고문을 맡은 것이다.

"증원을 하신다면 신속하게, 그리고 최대한의 병력을 보내는 것이 좋을 것이라 소관은 생각합니다. 그렇게 하여 적에게 반격을 허용치 않는 일격을 가한 후, 아군을 수용해 신속히 철수하는 것입니다."

적이라는 단어를 입에 담았을 때 초로에 접어든 메르카츠의 얼굴에는 미미하나마 씁쓸한 그늘이 비쳤다. 설령 라인하르트 휘하라 하더라도 그것이 제국군인 이상 역시 마음을 비우고 대하기는 어려웠으리라.

"저도 객원제독의 생각에 찬성합니다. 이런 상황에서 병력을 순차 투입하다가는 오히려 수습할 기회를 놓치고 전투의 규모만 확대할 테니까요. 신속하게 전 함대를 투입해, 적의 증원군이 오기 전에 일격을 퍼붓고 철수하죠. 즉시 출동 준비에 착수해 주십시오."

간부들은 사령관에게 경례로 대답했다. 설령 다른 면에서는 불만이 있다 해도 양의 용병에 대해서만큼은 그들도 무조건 신뢰하고 있었다. 사병들에게는 이미 신앙이라 해도 좋을 정도였다.

그 모습을 보던 양은 메르카츠에게 말했다.

"메르카츠 제독께서도 기함에 동승해 주셨으면 하는데, 괜찮으시겠습니까?"

메르카츠는 동맹군에서는 중장 대우이므로, 따지자면 계급이 위인 양이 이렇게 저자세로 나설 필요는 없지만 양은 그를 빈객賓客으로 대하고 있었다.

극단적으로 말하자면 양은 메르카츠가 아무리 바보 같은 제안을 하더라도 이를 모두 수용할 생각이었다. 메르카츠가 망명했을 때 그의 보증인이 된 것은 양이었다. 그것은 그가 적국 사람이지만 메르카츠에게 경의를 품고 있기 때문이다. 아울러 동맹군에서 메르카츠의 입장을 강화하기 위해 다소 희생을 감수할 생각도 있었다.

이는 양이 그동안 아무리 전략적으로 불리한 상황에 처하더라도 그 조건에서 최대한의 성공을 거두었다는 자신감에서 비롯된 판단이었다. 물론 과거 실적이 반드시 미래의 성공을 약속해주지는 않으므로, 이것은 양의 과도한 자신감일지도 모른다.

다행히 메르카츠의 의견은 양의 생각과 일치했다. 그가 건실한 정통파 용병가라는 것을 재확인한 양은 기뻐했으나, 동시에 조금 부끄럽기도 했다. '아무리 바보 같은 제안을' 운운하는 생각 자체가 용병학에 노련한 선배에게는 매우 무례한 마음가짐이었기 때문이다.

한편으로 양은 메르카츠의 심정을 헤아려, 제국군과 직접 전투하는 자리에는 그를 끌어들이지 않으려 했다. 하지만 양이 함대를 이끌고 출격한 후 메르카츠가 남아 있다면 사령관이 부재중일 때의 위험을 우려하는 목소리가 반드시 나올 것이다. 어리석기 짝이 없는 생각이긴 하지만, 무시할 수도 없었다. 부하들에 대한 배려의 균형 문제였다. 메르카츠도 양의 입장을 이해했다.

"알겠습니다."

망명한 객장은 짧게 대답했다.

IV

율리안은 격전 한가운데 있었다.

적아군 식별 모니터에 명확하지 않은 신호가 잡히자마자 율리안은 애기를 왼쪽 아래로 급속히 이동했다. 한순간 후 율리안이 있던 공간을 은색 빛줄기가 훑고 지나갔다. 그것이 에너지를 낭비하고 사라지기도 전에 율리안은 광선이 발사된 위치를 확인하고 있었다. 조준을 맞추고 광선을 2연사했다. 직격당한 발퀴레가 백열광을 구형으로 발하며 사방으로 흩어졌다. 메인 스크린의 입광량 조정 시스템이 작동해, 맥박 치며 확대되는 폭발광을 마치 화가의 펜이 그려낸 것처럼 비추었다.

"2기 격추……."

율리안이 중얼거렸다. 스스로도 믿기지 않는 전과였다. 적을 해치우기는커녕 첫 전투와 마지막 전투를 동시에 경험하는 신병이 적지 않다. 이것은 행운의 소산일까? 아니다, 행운만으로 이렇게 될 수는 없다. 적어도 이 한순간만큼은 율리안의 기량이 적을 능가했기 때문이리라.

헬멧 안에서 암갈색 눈동자가 날카롭게, 자신감에 넘쳐나며 반짝였다. 이제 자신은 제몫을 다하는 군인이 된 것이 아닐까 싶었다. 첫 출격에서 적을 2기나 격추했다면 양 제독도 칭찬할 것이 분명하다.

새로운 적이 소년 앞에 출현했을 때 그는 자신이 침착함을 잃지 않았음을 자각했다. 그 어떤 상황에서도 최선의 대응을 할 수 있다고 느꼈다.

X자형 날개를 가진 발퀴레 중심부에서 섬광이 솟아 나왔다. 그러나 그것이 아직 하나의 점에 불과했을 때 이미 율리안은 왼쪽으로 '뛰고' 있었다. 레일 캐논 탄환은 몇 센티미터 차이로 스파르타니안에 입을 맞추지 못한 채 초저온 공간 속을 영원의 방향으로 날아갔다. 율리안은 중성자 광선포 스위치를 눌렀으나 발퀴레도 허공을 박차듯 이동해 빛의 창은 무궁한 어둠만을 꿰뚫었다.

율리안은 혀를 찼다. 하지만 공격에 실패해 원통한 것은 적도 마찬가지였으리라. 소년은 제2격 찬스를 노렸지만, 일대일 전투 공간으로 적과 아군의 전투정이 쇄도해 시야는 빛과 그림자의 분류로 넘쳐났다. 율리안은 적을 놓치고 말았다.

난전이 벌어졌다.

난입자들에 대한 분노가 소년의 가슴속에 끓어올랐다. 앞으로 2, 3분만 있었으면 전과에 새로운 한 페이지가 더해졌을 텐데. 운이 좋은 상대였군.──그렇게 생각한 후 갑자기 한 방 얻어맞은 기분이 들었다.

율리안은 내심 얼굴을 붉혔다. 갑작스럽게 자신의 오만함을 깨달았다. 첫 전투에서 두 대의 적기를 물리쳤다고 자신이 역전의 용사라도 된 듯한 착각에 빠졌던 것이다. 우습지도 않다. 바로 몇 시간 전까지만 해도 교관이며 고참들에게 욕을 먹는 것이 그의 일과가 아니었던가. 실전을 경험이 아니라 상상으로밖에 알지 못했던 미숙자가 아니었던가. 양 웬리 곁에서 대함대 간 회전을 직접 본 적은 있다. 하지만 그때 판단하고 통찰하고 결단을 내린 것은 양이었으며, 아무리 진지하게 열중했더라도 율리안은 책임을 지지 않는 방관자에 불과했다. 그러나 방관자로서가 아니라 당사자로서 싸운다는 것은 자신은 물론 적에게도 책임을 진다는 뜻이다.

율리안은 분명히 그것을 양에게 배웠다. 입으로 설명한 것이 아니다. 태도를 통해, 마땅히 지켜야 할 모습을 가르쳐 준 것이다. 그렇게 생각하고, 잊지 말자고 스스로에게 몇 번이고 말했는데도, 아주 조금 무훈을 세웠다고 콧대가 높아졌다. 율리안은 자신이 한심해졌다. 다른 곳에는 백만 부하와 백만 적에게 책임을 지는 사람이 있는데, 자신은 자기 하나

조차 책임지지 못하고 있다. 이 거리를 메울 날이 정말로 올까?

그렇게 생각하는 동안에도 율리안은 충실한 애기를 혹사하고 있었다. 적의 빔을 회피하고 아군 기체를 피하며 그 궤적으로 허공을 가득 메웠다. 발포도 수십 차례에 이르렀으나 수호천사가 낮잠을 자는지, 아니면 이것이 진짜 실력에 걸맞은 결과였는지 한 발도 명중하지 못했다.

그러는 사이 계기판에서 붉은 램프가 깜빡이기 시작했다. 귀환하라는 신호였다. 스파르타니안 본체와 중성자 광선포 에너지가 얼마 남지 않은 것이다.

10분 후, 율리안은 모함에 착함했다. '자장가'라 불리는 모함과 함재기 사이 특수한 감응 시스템의 산물이었다. 정비병이 달려오는 것을 바라보며 관제관에게 보고했다.

"민츠 중사, 귀환했습니다."

『라저. 에너지를 보급하는 동안 휴식을 허가한다. 규정에 따라 행동하도록.』

주어진 시간은 30분이었다. 그사이에 샤워와 식사를 마치고 다음 전투에 대비해야 한다.

피부가 새빨갛게 될 정도로 뜨거운 물과 냉수를 번갈아 뒤집어써, 율리안은 젊은 생기로 넘쳐나는 피부에 자극을 주었다.

다음엔 옷을 입고 식당으로 가 식사를 배급받았다. 쟁반 위에 단백질이 가미된 우유, 닭고기 그라탱, 누들 수프, 믹스 샐러드 등이 쌓여 있었으나 위장이 심신의 긴장을 혼자 부담하고 있는지 식욕이 전혀 없었다. 우유만을 마시고 일어나자 테이블 맞은편에서 마찬가지로 우유만 마시던 병사가 말을 걸었다.

"잘 했어, 신참. 안 먹는 게 나아. 배를 얻어맞았을 때 위장에 음식물이 차 있으면 복막염에 걸리거든. 조심해야지."

"네, 그렇죠. 주의하겠습니다."

율리안은 그렇게 대답할 수밖에 없었다. 우주공간 전투에서 그런 주의가 얼마나 도움이 될까. 율리안의 적수가 그렇듯 한순간에 몸이 박살나는 것이 대부분일 터. 복부만 맞았다고 해도 복막염을 일으키기 전에 안팎 기압차로 인해 내장이 튀어나오고 혈액은 혈관 속에서 끓어올라 뇌와 심장 세포를 익혀버리면서 코와 귀와 콧구멍을 통해 튀어나올 것이다. 생존 가능성 따위 있을 리가 없다. 그러나 병사에게는 죽음보다 삶 쪽으로 1미크론이라도 가까워지기 위해 노력할 의무가 있다. 이 병사가 율리안에게 가르쳐준 것은 오히려 그러한 내용이었을 것이다.

식당을 나왔을 때는 25분이 경과했다. 대여섯 명의 병사를 태운 비행갑판행 전기자동차가 막 발차하는 것을 발견한 율리안은 재빨리 뛰어가 가볍게 올라타고, 3분 정도 달린 후 뛰어내렸다.

이미 재발진 준비가 갖추어져 있었다. 빠른 걸음으로 애기에 다가가며 율리안은 장갑을 끼었다. 정비병들이 말을 걸었다.

"꼬마야, 힘내라. 죽지 말고."

"고맙습니다."

대답하면서도 조금 복잡한 기분이 들었다. '꼬마'라 불리는 동안에는 역시 죽고 싶지 않은 법이다.

두 번째 발함은 썩 괜찮았다. 어디까지나 첫 발함과 비교했을 때 그렇다는 뜻이지만.

그래도 모함의 중력제어 시스템을 벗어나는 순간 닥쳐드는 상하감각 소실에서는 10초 만에 회복할 수 있었다.

암흑 꽃밭에 폭발과 빛줄기의 꽃이 흐드러지게 피어나고 있었다. 그 모두가 인간이 살인과 파괴에 바치는 정열의 상징이었다. 그리고 낭비된 정열의 잔해가 무질서한 에너지 파도가 되어 밀려들어서는 조그만 스파르타니안 기체를 희롱해댔다.

전체 전황이 어떻게 돌아가고 있는지 알고 싶었으나, 전자파와 방해 전파가 보이지 않는 파도가 되어 전장을 에워싼 지금, 통신기능에는 기대를 할 수 없었다. 각종 신호와, 조금 우스꽝스러운 일이기는 하지만 통신 캡슐을 실은 연락정으로 함대의 유기성을 간신히 유지하는 형편이다. 지상전에서 아군끼리 연락을 할 때는 전령은 물론이거니와 때로는 군용견, 전서구까지 동원한다니, 전쟁 양상은 2000년 가까이 역사를 역행하고 있는 셈이다.

어찌 됐든 아군이 우세하다는 생각은 들지 않았다. 아텐보로 소장은 유능한 지휘관이지만 이번 전투에서는 부하가 소장의 생각대로 움직여 주지 않는다. 아니, 움직일 수 없다. 율리안 같은 소수 예외를 제외하면 신병들은 피로 물든 이 카니발에서 적에게 절호의 제물이 되고 있을 것이다. 율리안은 최소한 그의 모함 아무르타트만이라도 무사하기를 바랄 수밖에 없었다. 아무르타트란 '불사'를 뜻하는 말이라고 하는데, 부디 그랬으면 싶었다.

그렇게 생각한 순간 율리안은 경악했다. 자신과 애기의 눈앞을 거대한 벽이 가로막고 있었다. 무의식중에 애기를 급상승시키지 않았더라면 그 벽에 격돌해 원치 않는 죽음을 맞았을 것이 분명했다.

순항함이었다. 전함에 비하면 작지만, 반대로 스파르타니안에 비하면 움직이는 성채라고밖에는 형언할 수 없다. 그것은 금속과 수지와 결정 섬유로 이루어진 기하학적 합성품이었으며, 살인을 목적으로 한 공업기술이 낳은, 손으로 만질 수 있는 신기루였다. 바로 지금, 그 어마어마한 화력으로 동맹군 순항함을 불덩어리로 만들며 승리를 과시하고 있었다.

율리안은 함부로 움직여서는 안 된다는 것을 깨달았다. 순항함 주포에 직격당하면 고통을 느낄 틈도 없이 이 세상에서 사라지고 만다. 그것은 어쩌면 가장 바람직한 죽음의 형태일지도 모르지만 율리안은 그 길을 선택할 생각은 없었다.

소년은 애기의 속도를 순항함에 동조하며 외벽에서 3미터 정도 거리를 신중하게 유지했다. 순항함이 펼친 에너지 중화자장에 겨우 접촉하지 않을 거리였다.

외벽에 설치된 포탑 중 하나가 급선회하기 시작했으나 포구는 자리를 잡지 못했다. 관측 시스템에 한순간 포착당하기는 했지만, 율리안은 이미 그 안쪽 사각지대로 파고든 것이다. 순항함 입장에서 보자면 동격의 적을 해치우는 동안 한참 격이 떨어지는 조그만 적이 품에 파고들도록 내버려둔 셈이다. 게다가 관측이 육안으로 이루어지는 것이 아닌 만큼, 귀찮은 날파리가 밀착했는지 혹은 도망쳤는지 판단하기는 오히려 어려웠다.

율리안은 기다렸다. 아무런 행동도 취하지 않고, 심장 고동 소리만을 벗 삼아 적의 판단이 낙관 쪽으로 기울기만을 기다렸다. 무한한 순간이 흐른 후, 거대한 적의 등이 살짝 갈라지더니 은회색 광자 미사일이 떠올라 악의에 가득 찬 반구형 앞머리를 동맹군 구축함에 겨누었다. 율리안은 숨을 멈추었다. 발사 직후 미사일이 자장을 안쪽에서 뚫고 나가는 그 한순간, 율리안은 무형의 은신처에서 뛰쳐나와 중성자 광선포를 쏘았다. 그리고 급상승. 등 뒤에서 빛의 덩어리가 작렬하며 에너지 노도가 스파르타니안을 높이 들어 올리고, 내팽개치고, 다시 들어 올렸다.

V

"순항함 렌바흐, 파괴되었습니다."

오퍼레이터의 보고는 이따금 지휘관에게 불쾌감을 주곤 한다. 무미건조할 만큼 침착해도, 히스테릭한 위기감으로 넘쳐나도 서로 다른 형태로 지휘관의 신경회로를 혼란시키기 때문이다. 그래서 어쩌라는 거냐고 오퍼레이터에게 노성을 지르고 싶어진다. 아무에게도 판단과 결단을 맡길 수 없는 지휘관의 고독함이란, 책임 없는 자들로서는 이해할 수 없는 감정이리라.

"쓸데없는 보고는 올리지 마라!"

율리안의 무훈을 아군 피해라는 형태로 보고한 제국군 오퍼레이터 중 하나는 이런 부조리한 노성과 구타로 보답을 받았다. 그도 어쩌면 율리안에게 당한 피해자 중 하나일지 모른다.

그러나 동맹군의 아텐보로 소장도 그와 비슷한 초조함을 느끼고 있었다. 그는 지휘관으로서 탁월한 소질을 지녔지만, '보이스카우트 집단'을 지휘한다는 난해함 때문에 자신을 대신해 책임을 져줄 사람을 찾아 헤맸던 것이다.

제국군 지휘관 아이헨도르프 소장의 지나치게 신중한 태도는 그에게 생각지도 못한 구원이 되었으나, 이는 동시에 아군의 커다란 약점이 언젠가 들통 날지 모른다는 의구심을 천천히, 그러나 확실하게 강화해 준 것이기도 했다. 견디기 힘든 압박감에 끊임없이 저항하던 아텐보로는 스크린을 유유히 가로지르는 아군함 한 척을 보며 문득 의아한 표정을 짓고, 부관에게 물었다.

"저건 분명 율리시스였지?"

"예, 전함 율리시스입니다."

그 이름을 들은 소장의 표정이 활짝 펴졌다. 격전 한복판에서도 사멸하지 않는 유머 감각이 자극을 받은 것이다. 율리시스는 이제르론 주둔 함대에서도 손꼽히는 '투사의 군함'이었으며, 숱한 참전 경력과 무훈은 수많은 아군함 중에서도 상위권에 든다. 그런데도 그 이름을 입에 담고 그 이름을 듣는 사람들이 웃음을 짓는 것은 율리시스가 '화장실이 박살 난 전함'으로 알려졌기 때문이다. 그것은 사실이 아니지만, 인간이란 무미건조한 사실보다 취향에 맞는 화장을 덧씌운 허구를 훨씬 좋아하는 법이다. 물론 당사자들이 아무리 언짢아하더라도.

"우리도 율리시스의 무훈을 본받아야지. 제군! 아무리 처참한 꼴을 당해도 상관없다. 살아남아라!"

함교에서 웃음이 터지고, 한순간이기는 했지만 분위기가 누그러졌다. 율리시스의 승무원들에게는 유감스러운 일일지 몰라도 그 이름은 장병들의 긴장을 풀어주고 심신을 다시 활성화해주는 데 매우 효과가 있었다.

전투가 시작된 지 이미 아홉 시간이 지났다. 그사이에 율리안은 모함 아무르타트에서 네 차례 출격했다. 세 번째 출격에서는 단 한 대도 격추하지 못했다. 아군 스파르타니안이 잇달아 발퀴레의 총화에 쓰러지며 양측 생존기 수에 차이가 벌어졌기 때문이리라. 두 대의 발퀴레에 동시에 쫓겨 사력을 다해 도망쳐야만 했다. 율리안이 처음부터 무익한 반격을 포기하고 도주에만 전념한 것, 두 대의 발퀴레가 공을 다투며 개인플레이에 빠지는 바람에 상호협력이 부족했던 것, 이 가운데 어느 한 조건만 없었더라도 율리안은 살아남지 못했을 것이다. 서로를 방해하기만 하던 두 대의 발퀴레를 뿌리치고 간신히 모함 품으로 도망쳤을 때, 율리안은 한동안 조종석에 엎드린 채 아무 소리도 하지 못했다.

그리고 네 번째 출격. 이는 출격이라기보다, 정확하게 말하자면 피격당한 모함에서 탈출한 것이었다. 모함은 '불사'라는 이름에 어울리지 않게, 핵융합탄의 희생양이 되어 함체가 두 조각으로 갈라진 후 각각 폭발해버렸다. 커져가는 불덩어리에 빨려들 뻔했으나 간신히 허공으로 탈출한 율리안은 눈앞에 나타난 발퀴레를 한순간의 몇 분의 1도 안 되는 차이로 격추했다. 불덩어리를 등지고 있었던 덕에 적의 관측능력이 저하되었던 것이다. 승리는 얻었으나 모함에서 보급이 덜 끝났던지라 에너지가 거의 바닥을 드러냈다. 율리안은 암갈색 눈동자를 절망으로 물들이며 모니터를 노려보고, 한순간 숨을 죽인 채 응시하더니, 이윽고 날카로운 웃음을 터뜨렸다. 이제르론 요새 방향에서 무수한 광점이 나타나 급속도로 커지며 빛의 장벽을 이룬 것이다.

"원군이 왔다! 원군이 왔다!!"

전함 트리글라프 함교에서 통신장교가 펄쩍펄쩍 뛰며 외쳤다. 이런 경우에는 다소 요란한 반응을 보이는 것이 그들의 의무이기도 했다. 아군의 사기를 고무할 수 있기 때문이다.

실제로 효과는 훌륭했다. 환성이 치솟고 무수한 군용 베레모가 허공에서 춤추었다. 아군에게 연락하고 동시에 적에게도 알리기 위해, 방수될 것까지 모두 예측한 전파가 동맹군 통신회로를 내달렸다.

한편 제국군은 큰 충격을 받았다. 각 함 오퍼레이터들이 창백해진 얼굴로 모니터를 바라보았다. 비명 섞인 보고에 지휘관들이 딱딱하게 굳어버렸다.

"1만 척 이상이라고?! 그, 그렇다면 승부는 뻔한 것 아닌가!"

신음하듯 외치는 그들의 뇌리에 '퇴각'이라는 글자가 깜빡거렸다. 그들은 유리한지 불리한지를 따질 수 있는 이성을, 아울러 해답이 불리함으로 나왔을 때는 퇴각할 수 있는 유연함을 잃지 않았다. 그들의 원군도 머잖아 도착할 테지만 적만큼 대병력은 아닐 것이며, 무엇보다도 그들이 섬멸당한 후에는 원군도 각개격파의 희생양이 될 것이 분명했다. 아이헨도르프는 스스로 모범을 보여 퇴각하기 시작했다.

"적은 전의를 상실하고 도주하기 시작했습니다. 추격하시겠습니까?"

전함 히페리온 함교에서 부관 프레데리카 그린힐 대위가 사령관의 지시를 기다렸다.

"됐어. 놔두지, 뭐."

양은 대답했다. 제국군을 퇴각케 하고 아군을 구하면 출동한 목적은 달성하는 것이다. 전의가 없는 소수의 적을 쫓아가 궤멸해봤자 전략적으로도 무의미하며, 용병가로서 쾌감을 느낄 수도 없다. 애초에 대병력을 동원한 이유의 반 이상은 싸우지 않고 적을 위압하는 데 있었으니까.

"그럼 함정을 잃은 아군을 수용하고, 응급처치를 마치는 대로 전 함대

귀환토록 명령을 내리면 되겠습니까, 각하?"

"그 정도가 타당하겠군. 아, 그리고 나중을 위해 감시위성과 전파중계위성을 이 부근에 몇 개 배치해 놓는 게 좋겠어."

"예, 즉시 수배하겠습니다."

사령관의 지시를 딱 부러지게 실행하는 프레데리카에게 메르카츠가 부드러운 칭송의 시선을 보냈다. 이렇게 유능한 부관은 그의 오랜 군 경력을 통틀어서도 그리 많이 보지 못했다.

"그리고 율리안 민츠 중사는……."

새로운 보고를 올리는 프레데리카의 눈에는 양의 몸이 이루는 실루엣이 언뜻 경직되는 것처럼 보였다.

"……무사히 생환했습니다."

어깨에서 힘을 빼는 양을 따뜻한 시선으로 바라보면서, 프레데리카가 덧붙였다.

"전과는 발퀴레 3기 격추, 순항함 1척 완파. 이상입니다."

"순항함을 파괴해? 첫 출격에서 말인가?"

그렇게 말한 것은 양이 아니라 신병들의 훈련 성과를 보고 싶다며 자청해 탑승한 요새방어 지휘관 발터 폰 쇤코프 소장이었다. 그는 율리안에게 사격과 백병전 기술을 가르친 스승이기도 하다. 프레데리카가 고개를 끄덕이자 그는 자못 재미나다는 듯 손뼉을 쳤다.

"이거 놀랍군. 천성이라고 해야 하나? 내가 처음 출격했을 때도 이렇게 요란하진 않았는데. 앞으로 얼마나 성장할지, 무섭기까지 하구만."

"뭐, 평생 쓸 운을 한꺼번에 낭비했겠지. 이래놓고 전쟁을 우습게 본다면 오히려 본인에게 해가 되는 걸세. 진짜 그릇을 알아볼 수 있는 건

나중 일이야."

양 본인은 엄격한 지도자이자 교육자다운 태도로 말할 생각이었겠지만, 프레데리카나 쉰코프의 표정을 보니 성공했다고 할 수는 없을 것 같았다. 그들은 표정으로 말하고 있었다. 왜 애써 무리하느냐고.

이렇게 율리안 민츠는 첫 출격을 마치고 생환했다.

제 2 장

날개 치는
가이에

I

이제르론 회랑에서 치러진 우주력 798년, 제국력 489년 1월 전투는, 규모는 커도 다른 때 같았다면 단순한 국경분쟁으로 그치고 말았을 것이다.

동맹군 책임자인 이제르론 요새 사령관 양 웬리 제독은 전투가 확대되기를 원하지 않았으므로 재빨리 함대를 요새 안으로 수용하고 말았다.

제국에서는 이 방면의 경비책임자 칼 구스타프 켐프 제독이 적을 격멸하지 못한 것을 제국군 최고사령관 라인하르트 폰 로엔그람 원수에게 사죄하였으나, 라인하르트는 한마디로 마무리를 짓고 말았다.

"백 번 싸워 백 번 모두 이길 수는 없는 법. 일일이 사죄할 필요는 없다."

제국재상이기도 한 라인하르트는 내정을 정비하고 자신의 권력기반을 충실히 다지는 데 상당한 힘과 시간을 쏟아야만 했다. 따라서 국운이 걸린 큰 전투라면 모를까, 전략 면에서나 외교 면에서나 별로 의미도 없는 국지전의 승패 따위에 집착할 때가 아니었다.

스물두 살이 된 라인하르트는 타고난 화려한 외모에 우수 어린 그림자와 지배자로서의 위엄이 더해져 반신半神과도 같은 분위기를 뿜어냈다. 병사들이 보기에는 신앙과도 같은 외경심을 바치기에 충분한 존재였다. 그 이유 중 하나는 그의 생활태도에도 있었다.

누이 안네로제가 떠난 후 라인하르트는 슈바르첸의 저택을 나와 관저 중 하나로 거처를 옮겼다. 고급장교용 관저이기는 했으나 250억 국민과 수천 항성계를 지배하는 권력자의 주거치고는 너무나도 소박했다. 서재, 침실, 욕실, 거실, 식당, 부엌, 당번병용 개인실. 그것이 전부였다. 정원 한구석에 경호병용 숙소가 세워지기는 했지만.

"제국재상 자리에 계신 분께서 이래서야 너무 초라하지 않습니까? 사치를 누리시라는 말씀까지 드리지는 않겠습니다만, 다소 권위를 보이실 필요가 있을 줄로 압니다."

그러한 의견도 당연히 있었으나, 그는 냉담하게 미소만 지을 뿐이었다.

물욕이 거의 없다는 점에서 라인하르트는 양 웬리와 비슷한 면이 있었다. 그는 항상 지상의 권력과 영광을 추구했으나, 그것은 형태로 드러나는 것이 아니었다. 권력은 물론 물질의 충족을 약속해준다. 마음만 먹는다면 라인하르트는 대리석 궁전에 살며 방마다 미녀를 거느리고 황금과 보석에 허리까지 파묻힌 채 살아갈 수 있으나, 그래서는 루돌프 대제의 추악함을 그린 풍자화를 재연하는 것일 뿐이다.

루돌프는 손에 넣은 더할 나위 없이 강대한 권력을 눈에 보이는 형태로 드러내야만 직성이 풀리는 사내였다. 더할 나위 없이 장엄한 황궁 노이에 상수시, 광대한 장원과 사냥터, 무수한 시종과 시녀, 회화, 조각, 귀금속, 보석, 전속 악단, 근위병, 호화 유람선, 초상화가, 포도주 양조장에 이르기까지. 그는 온갖 최고 요소를 독점했다. 귀족들은 그 주위에 몰려들어 그의 커다란 손에서 흘러넘치는 것을 받들었다. 그들은 어떤 의미로는 분수를 파악할 줄 아는 자들이었다. 역사상 최초로 전 인류의 전제군주가 된 거인에게 노예도 아닌 가축처럼 종속했기 때문이다. 그들이 루돌프에게 꼬리를 흔들지 않았던 것은 단순히 그것이 몸에 달려 있지 않았기 때문에 불과했다.

루돌프는 이따금 후궁을 신하들에게 하사했다. 그녀들에게는 항상 장원과 작위와 보석이 딸려 있었으므로, 신하들은 희희낙락 이를 받아들이고 황제폐하의 은총을 입었다며 다른 귀족들에게 자랑하기 바빴다.

이와 같은 정신의 부패는 현재의 라인하르트와는 거리가 먼 것이었다. 그가 높은 창조성과 진취성을 겸비한 위정자가 아니라고 논증할 수 있는 자는 존재하지 않았다. 설령 아무리 그를 미워하는 자라 할지라도.

"체제가 민중의 신뢰를 얻기 위해서는 두 가지만 있으면 된다. 공평한 재판과, 마찬가지로 공평한 세금 제도. 오직 그뿐이다."

이 발언은 라인하르트가 전쟁 천재임과 동시에 통치 천재이기도 하다는 사실을 증명하는 것이었다. 설령 그것이 개인의 야망에서 비롯되었다 할지라도, 민중이 바라 마지않던 것은 바로 그 두 가지였다.

라인하르트는 공평한 형법 및 민법 제정과 세제 개혁을 추진함과 동시에 구대귀족 세력이 소유하던 광대한 장원을 농민에게 무상으로 지급하고 농노들도 해방했다. 브라운슈바이크 공작 진영에 속해 멸망한 수많은 귀족 저택이 병원이나 복지시설로 평민들에게 개방되었으며, 귀족들이 축재한 회화, 조각, 도자기, 귀금속 세공 등등은 공공 미술관으로 옮겨졌다.

『……아름다운 정원은 천한 것들에게 짓밟히고, 두툼한 융단에는 흙 발자국이 찍혔으며, 고귀한 자만이 잘 수 있었던 천장 달린 침대에 지저분하고 불결한 아이들이 침 자국을 남기는구나. 과거 위대했던 이 나라는 이제 아름다움과 고귀함을 이해하지 못하는 짐승 같은 것들의 수중에 떨어졌다. 바라건대 이 추태와 참상이 하룻밤 악몽으로 끝나기를······.』

특권과 부를 빼앗긴 귀족 중 하나는 분노와 증오를 펜 끝에 담아 일기를 써 내렸다. 오늘날까지 이어온 그들의 풍요로운 생활이 '천한 것들'의 노동과 희생에서 얻어진 불공평한 사회체제의 산물이었다는 사실을 이 귀족들은 생각하려고도 하지 않았던 것이다. 그리고 반성할 줄 모르는 이 태도가 자기들 발판을 파헤쳐 넘어지게 했다는 것도.

이처럼 과거의 영광만을 그리워하는 자들이 적이라면 라인하르트는 두려워할 필요가 없었다. 그들이 이룰 수 있는 것은 반사회적 음모와 테러뿐이며, 그것은 귀족 과격파 이외에는 지지와 지원을 얻을 수 없기 때문이다.

이제 민중은 라인하르트 편이며, 적의와 복수심에 가득 찬 그들의 눈이 구귀족세력을 날카롭게 감시하고 있었다. 그들을 지배하던 자들이 이제는 보이지 않는 우리에 갇힌 것이다.

라인하르트는 재정과 법제만이 아니라 행정조직에도 가차 없는 개혁의 손을 뻗쳤다. 민중지배, 사상탄압 행정실행기관으로 악명 높았던 내무성 사회질서유지국은 5세기 가까운 역사에 종지부를 찍었다. 국장 하이드리히 랑은 오베르슈타인의 감시를 받게 되었으며, 사상범과 정치범은 급진파 공화주의자와 테러 실행자를 제외하고는 모두 석방되었다. 발매금지 처분을 받았던 몇몇 신문이나 잡지도 재간이 허가되었다.

귀족을 대상으로 운영되던 특수한 금융기관이 폐지되고, 대신 해방농노에게 영농자금을 낮은 금리로 대출해주는 '농민금고'가 신설되었다. '해방자 라인하르트', '개혁자 라인하르트'를 칭송하는 민중의 목소리는 나날이 높아져만 갔다.

"로엔그람 공작은 전쟁만이 아니라 선심정책에도 달인이로군."

진보 진영 주요 멤버로서 라인하르트의 개혁을 돕고 있는 칼 브라케가 동지 오이겐 리히터에게 그렇게 속삭였다.

"그래, 선심정책일지도 모르지. 하지만 구체제 귀족들은 선심정책조차 펼치지 않았잖나. 오로지 민중을 착취할 뿐이었지. 그에 비하면 이것은 전진이자 향상이 분명하네."

"하지만 민중의 자주성이 뒷받침되지 않은 전진을 전진이라 부를 수 있을까?"

"전진은 전진이야."

리히터의 목소리에는 브라케의 교조주의에 대한 은근한 반감이 담겨 있었다.

"설령 위에서 강권으로 촉구한 것이라 해도, 한번 민중의 권리가 확장된 이상 되돌릴 수는 없네. 지금 우리가 선택할 수 있는 최선의 길은 로엔그람 공작을 모시며 개혁을 추진하는 일이야. 그렇지 않나?"

브라케는 고개를 끄덕였으나, 그의 표정에는 만족과 납득 외의 무언가가 있었다.

II

제국군 과학기술총감 안톤 힐머 폰 샤프트 기술대장은 공학박사와 철학박사 학위를 가진 쉰여섯의 사내이다. 머리는 벗겨졌으나 암적색 눈썹과 수염은 덥수룩하며 코는 붉은 기운을 띠었다. 몸은 영양상태 좋은 유아처럼 윤기가 나며 투실투실해 언뜻 보기에는 비어홀 주인을 연상케 했다.

그러나 안광은 비어홀 주인과 사뭇 다르다. 이 기술대장은 연구개발 능력도 갖추기는 했지만, 그보다는 상사를 실각시키고 동료를 새치기하고 부하를 억압하는 재능과 투쟁심으로 오늘날의 지위를 얻었다는 뒷소문이 있다. 그의 야망은 함대 지휘관도 작전참모도 아닌 군사과학자로서 역사상 최초로 '제국원수' 칭호를 얻는 것이라고 한다.

바로 그 샤프트가 원수부 건물을 방문했을 때, 오전 집무를 마치고 점심을 먹던 라인하르트는 방문객의 이름을 듣자마자 불쾌한 표정을 지었다. 6년 동안 과학기술총감부 우두머리로 군림하면서도 지향성 제플 입자를 제외하면 이렇다 할 업적도 세우지 못한 채, 나쁜 의미의 정치력만 구사해 지위와 특권을 유지하고 있는 이 '과학꾼'을 라인하르트는 결코 좋아할 수 없었다. 라인하르트가 샤프트를 경질하고 과학기술총감부 진용을 쇄신하려 한 것도 한두 번이 아니었다. 그러나 최근 6년 동안 샤프트의 경쟁자로 지목되었던 인재들은 모조리 중앙에서 쫓겨났으며, 총감부의 주요 역직은 샤프트 파벌에 의해 독점되다시피 했다. 샤프트를 경질하면 그 파벌도 정리할 수는 있겠지만, 당장 조직 운영에 적잖은 장애가 일어날 것이 분명했다. 게다가 샤프트는 전부터 대귀족만이 아니라 라인하르트에게도 협력을 아끼지 않는 태세를 보였다.

라인하르트는 샤프트를 쳐내고 싶었으나, 당장은 그럴 만한 핑계가 없었다. 라인하르트는 샤프트를 대신할 인재를 몰래 물색하는 한편 샤프트가 큰 실패를 저지르거나 공사를 혼동하는 스캔들이 터지기를 한동안 기다릴 생각이었다. 또한 샤프트 하나를 처분하는 데만 전념할 수 있는 상태도 아니다. 현재 제국은 건설자 라인하르트의 재능을 절실히 필요로 했다.

　그날도 오후부터 몇몇 내정관계 고관들과 회동을 갖고 구귀족령 토지 소유권, 징세와 사법경찰에 관한 행성 수준의 권한 규정, 중앙관청 조직 개편 등 번잡한 몇몇 문제에 대해 설명을 듣기로 되어 있었다. 이는 제국재상의 직무이므로 점심식사를 마치면 원수부를 나가 재상부에 들러야만 한다. 라인하르트가 한마디 하면 고관들을 원수부로 부를 수도 있겠지만 이 젊은이는 결벽 때문인지 고집 때문인지 그러한 데서 편안함을 누리기를 거부했다.

　"만나지. 단, 15분뿐이다."

　그러나 라인하르트의 예정은 변경되고, 고관들은 재상부에서 젊은 권력자를 기다려야만 했다. 라인하르트의 마음을 사로잡기 위해 샤프트가 열변을 토했기 때문이다.

　"……다시 말해, 이제르론 요새 앞에다 그에 대항하기 위한 거점이 될 아군 요새를 구축한다, 이건가?"

　"바로 그렇습니다, 각하."

　과학기술총감은 당당하게 고개를 끄덕였다. 누가 봐도 칭찬을 기대하는 모양이었으나, 그가 젊은 제국재상의 수려한 얼굴에서 본 것은 씁쓸한 실망의 감정뿐이었다. 라인하르트는 겨우 15분이라 해도 시간을 낭비했다는 생각밖에 들지 않았다.

　"구상은 나쁘지 않으나, 성공하려면 한 가지 조건이 필요하겠군."

　"그 조건이 무엇입니까?"

　"아군이 요새를 구축하는 동안 반란군 놈들이 잠자코 이를 구경만 할 뿐, 결코 방해하지 않아야 한다는 것이지."

과학기술총감은 침묵으로 라인하르트를 바라보았다. 대답이 궁색해진 것처럼 보였다.

"총감, 매력적인 발상이긴 했네만 현실적이라고 말하기는 힘들겠군. 개량할 점을 개량한 후 언젠가 다시 제안을 해보도록."

라인하르트는 나긋나긋한 동작으로 일어나려 했다. 더 이상 이 거만하고 불쾌한 사내와 얼굴을 마주하고 있다간 신경이 날카로워져 욕설이라도 퍼부을 것만 같았다.

"잠시만 기다려 주십시오. 그 조건은 필요 없습니다. 왜냐하면 제 아이디어는⋯⋯."

과학기술총감은 연기력을 한껏 발휘해 목소리를 높였다.

"이미 구축된 요새를 이제르론 회랑까지 옮기는 것이니까요."

라인하르트의 시선은 자신감으로 빚어낸 듯한 샤프트의 얼굴을 정면으로 노려보았다. 푸른 얼음빛 눈동자에 흥미의 그림자가 일렁였다. 그는 일으키려던 몸을 다시 소파에 묻었다.

"자세히 들어보지."

과학기술총감의 혈색이 좋다 못해 불그스레한 얼굴에 승리의 빛이 한층 윤기를 더했다. 라인하르트는 그것이 마음에 들지 않았으나, 흥미가 언짢음을 웃돌았다.

III

칼 구스타프 켐프 대장을 '질투심 많은 성격의 소유자'라 평가하는 자는 이제까지 없었으며 앞으로도 나타나지 않으리라. 그는 호방하고 공명정대한 인물이며, 통솔력도 용기도 비범한 것으로 알려졌다.

하지만 켐프에게도 자존심과 경쟁의식이 있다. 작년 '립슈타트 전역'에서 미터마이어와 로이엔탈은 현저히 두드러진 무훈을 세워 상급대장으로 승진했음에도, 켐프 자신은 대장에 머물렀다. 그것이 불만이라고까지는 할 수 없어도 유감이기는 했다. 하물며 그는 올해 서른여섯으로, 그들보다도 연장자인 것이다.

게다가 새해를 맞자마자 벌어진 이제르론 회랑 국경분쟁에서 그의 휘하 함대는 고전을 면치 못했다. 켐프의 자존심은 상처를 입을 수밖에 없었으며, 명예회복의 기회, 다시 말해 새로운 전투를 바라고 있었다. 하지만 켐프 한 사람의 자존심을 세우기 위해 전쟁을 일으킬 수는 없는 법이다. 부하의 훈련과 국경 초계 임무를 수행하며 그는 채워지지 않는 마음을 끌어안고 하루하루를 보내야 했다.

그러던 차에 라인하르트로부터 제국 수도 오딘으로 돌아와 원수부에 출두하라는 명령이 내려왔다.

부관 루비치 대위를 대동하고 원수부에 출두한 켐프를 맞이한 것은 뤼케 중위였다. 전에는 켐프의 휘하에 있었으며 작년부터 원수부 직속이 된, 아직 스물두 살밖에 안 된 젊은이였다.

그의 안내로 라인하르트의 집무실에 들어선 켐프는 황금색 머리카락과 푸른 얼음빛 눈동자를 가진 미모의 청년원수 외에 또 다른 인물을 발견했다. 샤프트 기술대장이었다.

"일찍 왔군, 켐프. 곧 오베르슈타인과 뮐러도 올 것이다. 그곳에 앉아서 잠시 기다리도록."

라인하르트의 말에 따르면서도 켐프는 놀라움을 금치 못했다. 젊은 원수가 속물인 기술대장을 싫어한다는 것을 켐프는 옛날부터 알고 있었기 때문이다.

이윽고 파울 폰 오베르슈타인 상급대장과 나이트하르트 뮐러 대장이 차례차례 모습을 나타냈다.

오베르슈타인은 제국 통수본부총장 대리와 우주함대 총참모장을 겸임하고 있으므로 중요한 회합에 출석한다 해도 이상할 것이 없었다. 말하자면 후방작전집단 대표인 것이다. 하지만 실전지휘관 대표는 로이엔탈과 미터마이어일 텐데, 두 사람의 모습은 보이지 않았다. 뮐러는 대장 계급을 가진 제독들 중에서도 켐프나 비텐펠트보다도 서열이 아래였으며 나이도 어리다. 비범한 작전실행능력을 보유했으며 무훈도 세웠기 때문에 젊어서 제독 칭호를 받은 것이지만, 전우들만큼 흔들림 없는 명성은 아직 얻지 못했다.

"다들 모였군. 그러면 샤프트 기술대장, 경의 제안을 이야기해 보게."

라인하르트의 말에 샤프트는 자리에서 일어났다. 그 모습은 볏을 곧두세우며 자랑스러워하는 당닭을 연상케 했다. 정신의 고양감이 자신감이 아니라 과신으로 직결되는 타입이리라.

그가 신호하자 오퍼레이션 룸에서 조작이 이루어지고 공간에 입체영상이 떠올랐다. 은색으로 빛나는 그 구체는 언뜻 몰개성해 보였으나, 제국과 동맹을 통틀어 군인이라면 이 존재를 모르는 자는 없다.

"이것이 무엇인지 알겠나, 켐프 제독?"

군인이 아니라 교사라도 된 듯한 말투였다. 두 사람의 나이 차이가 스무 살에 이르는 것도 샤프트가 그러한 말투를 쓰게 만든 한 요인이었으리라.

"이제르론 요새로군요."

켐프는 예의 바르게 대답했다. 어조를 억누른 것은 라인하르트 앞이 기 때문이다. 뮐러가 필요 이상으로 자세를 바르게 하고 있는 이유도 마찬가지일 것이다. 샤프트는 고개를 끄덕이더니 두툼한 상체를 뒤로 젖혔다.

"우리 은하제국은 인류사회의 유일한 정치체제이나, 이를 인정하려 들지 않고 1세기 반에 걸쳐 우주에 유혈과 파괴를 가져오는 악랄한 반도 무리가 있다! 놈들은 자유행성동맹이라는 주제넘은 이름을 참칭하지만 그 실체는 머나먼 과거에 제국 신민의 길을 벗어났던 과격한 폭도들의 자손이 분수도 모르고 연출하는 우스꽝스러운 희극에 불과하다."

'학문에 대한 경건함이라고는 찾아볼 수도 없는 이 속물이, 대체 무슨 말을 하고 싶어서 이러고 있단 말인가.'

켐프는 속으로 독설을 내뱉고 있었다. 샤프트를 제외한 네 사람의 표정과 태도는 저마다 달랐지만, 독창성이라고는 찾아볼 수 없는 이 연설에 감명을 받은 자는 한 명도 없었다.

샤프트의 말이 이어졌다.

──우리는 우주 평화와 인류사회 통일을 위해 자유행성동맹 반도 놈들을 섬멸해야만 한다. 그러려면 적 침공에 반격을 가할 뿐만이 아니라 아군이 먼저 침공해 적 본거지를 제압할 필요가 있다. 그러나 적 본거지는 너무나도 멀어 보급선과 통신선이 지나치게 길어진다. 하물며 쌍방 사이에는 터널형 이제르론 회랑이 한 줄기 있을 뿐이라 요격하는 측은 전력을 집중할 수 있어 유리하다. 반대로 공격하는 측은 전술상 선택지가 현저히 제한되는 것이다.

──과거 제국군이 적 세력범위 깊숙이 침공할 수 있었던 것은 이제르론 요새를 교두보이자 보급 거점으로 활용했기 때문이다. 그러나 현재 이제르론 요새는 적 수중에 있으며, 따라서 제국군은 회랑을 지나 적 본거지를 칠 수가 없다. 현재 반란군은 암릿처 회전의 참패와 작년 내란에서 입은 타격을 회복하지 못했으므로, 이제르론 요새만 함락한다면 제국군은 단숨에 전 반군령을 제압할 수 있을 것이다. 게다가 이제르론에는 반란군 최고 지장 양 웬리가 있어, 이제르론을 함락하는 것과 동시에 양을 포살捕殺한다면 인적자원 관점에서도 동맹군에 막대한 타격을 줄 수 있다.

──그러나 이제르론은 성능만을 보더라도 난공불락의 요새이다. 직경 60킬로미터의 인공구체 표면은 광선 공격에 대응하기 위해 미러 코팅이 된 초경도강과 결정섬유와 슈퍼 세라믹 4중 복합장갑으로 이루어져, 거대전함의 고출력 주포로도 상처를 입힐 수 없다. 이것은 단순한 이론만이 아니라, 반란군이 외측에서 공격을 가했을 때는 이제르론을 함락하지 못했던 전례로 증명된 바 있다.

──함대로 이제르론 요새를 공략할 수 없다면 과연 어떻게 해야 하는가. 유일한 방법은 이제르론에 필적하는 화력과 장갑으로 대항하는 것이다. 다시 말해 요새로 요새에 대항한다. 이제르론 전면에, 그에 대항할 수 있는 요새를 이동해 이제르론에 공격을 가하는 것이다.

샤프트 기술대장이 입을 다물고 나머지 네 사람을 둘러보았을 때, 이미 이야기를 들어 알고 있던 라인하르트는 놀라지 않았다. 오베르슈타인은 설령 내심으로는 놀랐다 해도 이를 표정이나 동작으로는 드러내지 않았다. 나머지 두 명은 그러지 못해, 켐프는 굵은 숨을 몰아쉬며 의자 팔걸이를 손가락으로 두드렸고, 밀러는 입안으로 무언가를 중얼거리며 크게 고개를 가로젓고 있었다.

샤프트의 말이 이어졌다.

——이제르론에 대항할 수 있는 요새를 제국 내에서 찾는다면, 작년 내전에서 귀족연합군 본거지가 되었던 '가이에스부르크' 요새밖에 없다. 방치된 가이에스부르크 요새를 수복하고 워프와 통상항행용 엔진을 장착해, 1만 광년을 항행하여 이제르론과 요새 간 결전을 벌이는 것이다. 현재까지 등장한 워프 엔진 출력으로는 거대한 요새를 항행시킬 수 없으므로 열두 개 엔진을 고리 모양으로 연결해 이를 동시에 작동해야 한다. 기술상의 문제는 없으며, 성공 여부는 오직 지휘관의 통솔력과 작전실시능력 여하에 달렸다.

더할 나위 없이 비대해진 자존심으로 부풀어 오른 샤프트가 자리에 앉고, 대신 라인하르트가 일어났다.

"경들을 부른 것은 이 때문이다."

푸른 얼음빛 눈동자가 예리함을 담아 제독들을 바라보고, 켐프와 밀러는 등줄기를 곧게 폈다.

"켐프를 사령관, 밀러를 부사령관으로 임명한다. 과학기술총감의 계획에 따라 이제르론을 공략하라."

새로운 작전행동 사령관에 칼 구스타프 켐프 대장, 부사령관에 나이트하르트 밀러 대장이 임명된 인사는 군 내부에 다소 파문을 일으켰다.

이처럼 대규모의, 그것도 독립된 작전행동을 지휘할 사람은 로이엔탈이나 미터마이어 두 상급대장 중 하나여야 하지 않겠느냐는 것이었다.

물론 두 사람은 일체 언급을 피했으나, 서로에게만은 실망한 마음을 털어놓지 않을 수 없었다.

"뻔해. 오베르슈타인 총참모장 나리의 의향이었겠지."

미터마이어가 그렇게 단정한 것은 추리라기보다 편견에 가까웠으나, 그리 헛짚은 것도 아니었다.

라인하르트가 작전지휘관 인선에 대해 물었을 때, 오베르슈타인은 즉시 답하지는 않고 참모팀 일원인 페르너 대령의 의견을 들어보았다. 대답은 이러했다.

"로이엔탈, 미터마이어 두 제독이 무훈을 세웠을 때 그들에게 내릴 수 있는 상은 제국원수 지위밖에 없습니다. 하지만 그렇게 되면 로엔그람 공작님과 계급이 같아집니다. 인사질서로 보았을 때 이는 위험합니다. 반대로 대장급에서 인선을 한다면 작전이 성공했을 때 상급대장으로 승격해 로이엔탈과 미터마이어의 지위가 두드러지는 것을 누를 수도 있을 것입니다. 실패한다 해도 비장의 카드를 쓴 것이 아니므로 피해가 적지 않겠습니까?"

그 의견은 오베르슈타인의 생각과 일치했다. 인사질서를 유지하고 제1인자의 권위를 높이려면 제2인자를 만들어서는 안 된다. 지크프리트 키르히아이스가 살아있을 당시 오베르슈타인이 마음을 썼던 것도 그 점이었다. 키르히아이스는 라인하르트를 감싸고 죽어 무수한 영예로 보답을 받았다. 죽은 자에게는 얼마든지 영예가 주어져도 상관없다. 그러나 산 자라면 사정이 다르다. 키르히아이스가 죽은 후 미터마이어나 로이엔탈이 대신 그 자리를 차지해서는 의미가 없다. 제2인자를 두지 않는 대신 제3인자를 다수 만들어 권한과 기능을 분산해야 한다. 그렇게 하여 라인하르트의 독재 체제를 다지는 것이다.

이때 오베르슈타인이 제2인자 자리를 스스로 손에 넣으려 한다면 그의 이기심을 비난하는 목소리가 높아지겠지만, 그를 싫어하는 미터마이어조차 오베르슈타인이 지위에 대한 야심이 없다는 것만은 인정한다. 그가 바라는 것은 다른 데 있었다.

"켐프로 하지. 지난 패전의 굴욕을 설욕하고 싶을 테니. 기회를 주는 거야."

오베르슈타인이 대장급 제독들 가운데에서 고르라는 의견을 제시하자 이를 받아들인 라인하르트는 그렇게 결단을 내렸다. 자연스럽게 부사령관으로는 켐프보다 나이와 경력이 밑도는 뮐러가 선택되었다.

이때 라인하르트의 정신세계 한곳에선, 이제까지 보이던 뜨겁고도 격렬한 모습과는 다른, 자기 자신조차 멀리서 냉담하게 바라보는 시점이 태어나고 있었다. 이를 싸늘한 정열이라고 불러야 할지 메마른 허무라 불러야 할지 그는 알 수 없었다. 그의 다리는 저 높은 곳으로 달려가기 위한 것일 텐데도 부양력이 현저히 저하된 것처럼 느껴졌다.

그 원인은 잘 알고 있다. 그러나 그는 차마 이를 직시할 수 없었다. 라인하르트는 자신이 강한 인간이며, 따라서 타인의 조력이나 이해를 필요로 하지 않는다고 생각하려 했다. 전에는 그런 노력 따위 필요하지 않았다. 이따금 돌아보고, 지크프리트 키르히아이스가 반걸음 뒤에서 따라온다는 것만을 확인하면 모든 것이 해결되었다. 그렇다. 꿈은 공유해야만 가치가 있는 것이었다. 그렇기 때문에 그는 자기 한 사람만의 것이 아닌 야심을 실현해야만 했다.

우주를 손에 넣으리라. 그림자를 잃고 날개 한쪽이 뜯겨 나갔어도 아직 송곳니는 남아있다. 그 송곳니마저 잃는다면 라인하르트 폰 로엔그람이 이 세상에 태어난 의미가 사라진다. 언젠가 꺾여 부서진다 하더라도 지금은 갈고닦아야만 한다.

IV

작년, 충성심과 식견과 능력 등 모든 면에서 아무와도 비견할 수 없는 존재였던 지크프리트 키르히아이스가 죽은 후. 라인하르트 휘하 제독들 가운데 쌍벽으로 대두된 것이 볼프강 미터마이어와 오스카 폰 로이엔탈이었다.

두 사람 모두 용병의 명수이며, 지모에서도 용기에서도 부족함이 없다는 평이었다. 그들은 필요하다면 중앙돌파 후 배면전개에서도, 전면직진공세에서도, 거점방어에서도 상황에 따라 최고수준의 용병기술을 구사했다. 미터마이어의 신속한 작전행동, 로이엔탈의 냉정하고도 끈덕진 공격과 수비는 범재들이 감히 흉내 낼 수 없는 영역에 오른 것이었다. 아울러 정확한 상황판단과 위기에 대한 초연함, 유연한 대처능력, 주도면밀한 준비능력 등은 두 사람 사이에서도 우열을 가리기 어려울 정도였다.

볼프강 미터마이어 상급대장은 서른 살이며, 정리가 잘 되지 않는 벌꿀색 머리카락과 활력 넘치는 회색 눈동자를 가졌다. 다른 제독들에 비해 작은 몸집은 체조선수처럼 다부지고 균형이 잡혀 준민하다는 인상을 주었다.

오스카 폰 로이엔탈 상급대장은 서른한 살로, 머리는 검은색에 가까운 암갈색이며 귀공자와 같은 미모와 장신의 소유자이다. 그러나 무엇보다도 강렬한 인상을 주는 것은 검은 오른쪽 눈과 푸른 왼쪽 눈의 대비, 즉 금은요동金銀妖瞳일 것이다.

이들 둘은 명성과 실적에서 라이벌 관계라 할 수 있지만 서로 파벌을 만들어 대항하는 일은 없었다. 오히려 전장에서는 곧잘 공동작전을 펼쳐 거대한 무훈을 나누기도 했다. 전장을 떠나서도 그들은 돈독한 교우 관계를 유지했다. 동격의 지위와 서로 다른 기질을 가진 두 사람이 그러한 관계를 유지할 수 있다는 것은 한편으로는 신기하면서도 어찌 보면 당연한 일이었다.

미터마이어는 평민 출신으로, 집안의 사회 지위나 생활수준은 중간 정도였다. 부친은 원예사였으며, 귀족이나 유복한 평민들을 상대로 견실하게 일을 해왔다.

"이렇게 위에서 아래까지 틀이 꽉 짜인 세상에서 평민이 살아갈 방법은 기술을 익히는 거야."

아버지는 아들을 그렇게 가르쳤다. 그는 어린 볼프강이 기술자나 장인이 되어 파란 없는 인생을 살아가기를 바랐던 것이 분명했다. 아들은 실제로 기술자가 되었다. 그것도 달인이라 불리는 영역에 속한다. 다만 그가 나아간 분야는 정원 만들기도 수공예도 아닌, '전쟁'이라는 파란 밖에 없는 길이었지만.

미터마이어는 열여섯 살에 사관학교에 입학했다. 한 학년 위에는 오스카 폰 로이엔탈이 있었으나 재학 중에는 만날 기회가 없었다. 사관학교에서는 상급생이 무리를 지어 하급생에게 온갖 간섭과 압력을 가하곤 했으나, 로이엔탈은 그런 집단행동에는 전혀 관심이 없었기 때문이다.

오랜만에 기숙사에서 집으로 돌아온 2학년 여름, 미터마이어는 가족이 하나 늘어난 것을 깨달았다. 어머니의 먼 친척뻘 되는 소녀가 아버지를 전장에서 잃고 맡겨졌던 것이다.

에반젤린이라는 이름의 열두 살 된 소녀는 크림빛 머리카락과 제비꽃빛 눈동자와 장밋빛 뺨을 가졌으며, 빼어난 미소녀는 아니었으나 활달하게 일하면서도 미소를 잃는 법이 없었다. 그녀가 종종걸음으로 달려가면 제비가 하늘에 몸을 날린 것처럼 명랑하고 경쾌한 느낌이 들었다.

"미헬, 미헬, 미헬…… 일어나요, 날씨가 맑고 화창해요……."

그런 노랫소리도 귓속에서 기분 좋게 메아리치는 것이다.

"밝고 순하고 착한 아이 아니냐, 볼프?"

어머니의 말에 사관생도는 자못 관심 없다는 듯 건성으로 대답했으나, 그 후로는 휴가를 얻을 때마다 늘 집으로 왔으니 부모가 그 속내를 짐작하지 못할 리 없었다.

마침내 미터마이어는 사관학교를 졸업하고 소위로 임관해, 부모님과 에반젤린의 배웅을 받으며 전장으로 떠났다. 이 준민하고도 용감한 젊은이에게 군인은 천직이었다. 얼마 안 되는 기간 동안 그는 크고 작은 무훈을 세워 승진을 거듭했으나, 만사에 과감하고 행동이 빠른 그가 고민하고 또 고민한 끝에 제비꽃빛 눈동자의 소녀에게 구혼을 결심하기까지는 무려 7년이라는 세월이 걸렸다.

그날, 휴가를 얻어 시내로 나온 그는 주위를 두리번거리더니, 무슨 일인가 싶어 놀라는 사람들 틈을 뚫고 뛰어가 난생처음 꽃집 문을 밀어젖혔다. 군복 차림 청년이 갑자기 뛰어들자 꽃집 여주인은 심장이 멈출 뻔했다. 낯빛이 상기된 군인이 황급하게 들어오는 모습을 보고 좋은 일이라고는 생각할 수 없었던 것이리라.

"꽃, 꽃! 꽃 주세요! 꽃이면 뭐든지 좋으니. 아니, 그게 아니고! 아주 아주 예쁘고, 여자가 좋아할 만한 것이 필요해요!"

강제수색도 탄압도 아니라는 것을 깨닫고 안도한 여주인은 노란 장미를 권했다. 그 가게에 있던 노란 장미 중 절반을 사 꽃다발을 만들어달라고 한 후, 미터마이어는 제과점에 들어가 초콜릿과 럼이 들어간 스펀지케이크를 샀다. 보석가게 앞을 지나갈 때는 반지도 살까 생각했지만, 아무리 그래도 너무 성급하다는 생각이 들었다. 애초에 지갑은 이미 거의 비었으므로 포기할 수밖에 없었다.

꽃다발과 케이크 상자를 끌어안고, 미터마이어는 집에 도착했다. 정원에서 잔디를 손질하던 소녀가 고개를 들자, 그녀의 제비꽃빛 눈동자에는 긴장으로 딱딱하게 굳은 청년장교의 모습이 비쳤다. 에반젤린은 놀라 자리에서 일어났다.

"볼프……?"

"에바, 이걸 받아줘."

그 순간의 긴장감은 전장에 나갈 때와 비교할 수 없었다.

"제게 주시는 건가요? 고맙습니다."

활짝 빛나는 듯한 미소가 눈부셨다.

"에반젤린……."

"예, 볼프."

미터마이어는 구애를 위한 멋들어진 문구를 이것저것 준비해 왔으나, 소녀의 제비꽃빛 눈동자를 보는 순간 멋들어진 수사 따위 100광년 너머로 날아가고 말았다. 그저 자신이 어리석게만 여겨질 뿐이었다.

"쩔쩔매기는. 제대로 좀 해 봐라. 못난 것 같으니."

멀리서 이 모습을 지켜보던 미터마이어의 아버지는 혀를 찼다. 그는 아들이 전장에서 어떻게 싸우는지 몰랐기에, 구혼까지 7년이나 걸린 아들의 우유부단함이 그저 못마땅했던 것이다. 원예용 가위를 손에 든 채 지켜보고 있으려니, 아들은 손짓발짓을 섞어가며 무언가를 횡설수설하고, 소녀는 고개를 숙인 채 가만히 이를 들을 뿐이었다.

그리고 원예사의 아들은 소녀를 끌어안더니 서툴게, 그러나 혼신의 용기를 쥐어짜내 입을 맞추었다.

"잘했다."

아버지는 만족스럽게 중얼거렸다.

이 순간 벌꿀색 머리의 청년장교는 세상에 자기 자신보다도 귀중한 것이 존재하며, 지금 자기 팔 안에 있다는 것을 온몸으로 실감했다.

소박한 결혼식이 치러졌다. 볼프강 미터마이어가 스물네 살, 에반젤린이 열아홉 살 때였다. 그 후 6년이 지났다. 아이는 없었지만, 그것은 그들의 행복에 흠이 될 수 없었다.

오스카 폰 로이엔탈은 지금은 고인이 된 지크프리트 키르히아이스처럼 우상으로 삼은 여성을 마음의 신전에 앉혀놓는 일은 없었다. 전우 볼프강 미터마이어처럼 가련한 소녀와 성실하게 연애를 한 적도 없다.

소년 시절부터 여성의 관심을 모으기는 했다. 귀공자 같은 용모에 깊이 가라앉은 듯한 검은색과 날카롭게 빛나는 푸른색 금은요동이 신비한 인상을 주어, 젊은 아가씨에서 중년 귀부인에 이르기까지 숱한 여인들에게서 한숨을 자아내었다.

훗날 이 젊은이는 지용智勇을 겸비한 은하제국 굴지의 명장으로 칭송받게 되지만, 적에게 무자비한 군인으로서 두려움을 사기 이전부터, 여성에게 냉혹한 사내로 지인들의 구설수에 오르곤 했다. 일방적으로 구애를 받고, 관계를 맺은 후, 일방적으로 버리는 것이다.

사관학교를 졸업하고 몇 년이 지나는 동안 볼프강 미터마이어와 알게 되었으며, 그 후 두 사람은 수많은 전장에서 어깨를 나란히 하고 싸웠다. 자라난 환경도 성격도 달랐지만 이상하게도 서로에게 호감을 느껴 교우를 다졌다. 그러는 사이 미터마이어는 에반젤린이라는 반려를 얻어 행복한 가정을 꾸렸으나, 로이엔탈은 독신인 채, 제삼자가 보기에는 엽색獵色행각으로밖에는 보이지 않는 여성관계를 계속했다.

"너무 죄를 짓지 말라고."

보다 못한 미터마이어가 충고한 것도 한두 번이 아니었다. 로이엔탈은 고개를 끄덕이기는 했으나 충고를 받아들이려 하지는 않았다. 미터마이어도 로이엔탈의 심리에 어딘가 어긋난 면이 있다는 것을 느끼고 아무 말도 하지 않았다.

제국력 484년, 그들은 행성 카프체란카 전투에 참가했다. 혹한, 고중력, 수은성 가스와 같은 열악한 환경 속에서 처참한 지상전이 전개되어, 아직 중령이었던 로이엔탈과 미터마이어는 전선 소재조차 불명한 혼전 속에서 악전고투해야만 했다. 에너지 캡슐이 텅 빌 때까지 입자광선 라이플을 쏘아대고, 총신을 거꾸로 쥔 채 동맹군 병사를 섞써 영하 30도의 진창 속에 때려눕혔다. 토마호크가 냉기를 가르고, 솟아 나오는 피는 순식간에 얼어붙어 무채색 혹한세계에 선명한 꽃을 피웠다.

"이봐, 아직 살아 있어?"

"간신히. 몇이나 해치웠나?"

"글쎄. 열 명까지는 셌는데……."

토마호크는 잃어버렸고, 피에 물든 총신은 구부러져 더 이상 구실을 못했다. 적의 포위망 속에서 그들은 때 이른 죽음을 각오했다. 너무나도 용맹하고 너무나도 잔혹하게 싸워 적에게 어마어마한 손실을 입혔으니 투항해봤자 목숨을 부지할 수는 없었다. 미터마이어는 마음속으로 아내에게 작별을 고했다.

그러나 굉음과 함께 제국군의 대기권 내 전투기가 급강하하며 동맹군 진영 한복판으로 극저주파 미사일을 쏘았다. 솟아오르는 얼음조각과 토사가 안 그래도 약하던 태양빛을 완전히 차단하고 레이더를 교란했다. 덕분에 포위망 한쪽이 무너졌다. 두 사람은 혼란과 암흑 속에서 간신히 탈출할 수 있었다.

그날 밤, 로이엔탈과 미터마이어는 기지 바에서 생환의 축배를 들었다. 향료가 가미된 샤워로 몸의 피는 씻어냈으나 마음의 피를 씻어내는 데는 알코올 이상 가는 것이 없었다. 욕구가 시키는 대로 그들은 적정량을 넘어 마시고 또 마셨다.

갑자기 로이엔탈이 자세를 바꾸더니 친구를 바라보았다. 색이 다른 두 눈에 취기와 그 외의 것이 깃들어 있었다.

"이봐, 미터마이어. 내 말 잘 들어. 자넨 어쩌다 결혼을 했지만 말이야, 여자라는 생물은 남자를 배신하기 위해 태어난 존재라고."

"그렇게 단정 지을 것까진 없잖아."

에반젤린의 미소를 떠올리며 미터마이어가 조심스럽게 반론하자, 금은요동의 친구는 격렬하게 머리를 가로저었다.

"아니, 맞아. 우리 어머니가 좋은 예였지. 말해줄까? 우리 아버지는 허울뿐인 하급귀족이었는데, 어머니는 백작가에서 시집을 왔어……."

로이엔탈의 아버지는 대학을 졸업하고 재무성 관리가 되었으나, 폐쇄성과 계급성이 강한 관계官界에서는 미래가 없다는 사실을 일찌감치 깨닫고 나이오븀과 백금 광산에 투자했다. 이것이 5년 만에 성공을 거두어 억만장자라 불릴 정도는 아니더라도 3대까지는 먹고살 만한 재산을 얻었다.

그는 마흔이 다 되도록 독신이었으나, 이렇게 얻은 재산을 채권과 부동산으로 바꾸어 생활이 완전히 안정되었을 무렵 아내를 맞아 가정을 꾸려야겠다고 생각했다. 어느 정도 자산이 있고 어느 정도 명문인 집안 여식이라면 괜찮을 것이라 생각했다. 그런데 지인이 물어다준 신붓감은 다름 아닌 마르바흐 백작가의 셋째딸 레오노라였다.

당시 은하제국에서 명문귀족은 정치로나 경제로나 널리 보호받았지만, 그래도 낙오자가 생기는 것은 피할 수 없다. 마르바흐 백작가는 2대에 걸쳐 방탕한 당주를 만난 나머지 광대한 장원과 별장을 모조리 포기했을 뿐만 아니라, 골덴바움 황실이 생활안정 지원을 위해 하사한 고금리 채권까지 팔아야만 할 정도로 전락했다.

입체영상으로 본 레오노라의 미모는 분별과 타산을 겸비한 로이엔탈의 아버지를 황홀하게 했다. 그는 마르바흐 백작의 부채를 대신 떠안고는 스무 살이나 어린 아름다운 아내를 새 집으로 맞아들였다.

이 결혼은 아내와 남편 양쪽에게 모두 고통을 안겨주었다. 다만 시기의 차이가 존재했을 뿐이다. 남편은 자신의 나이와 신분에 열등감을 느끼고 물질로 이를 메우려 했다. 그것이 가장 큰 실수였으며, 아내 또한 이를 조장했다. 그녀는 고가의 상품을 끊임없이 남편에게 졸라대고, 얻으면 곧바로 흥미를 잃었다.

로이엔탈의 어머니는 폐쇄된 상류사회 여성들 가운데 이따금 볼 수 있듯, 과학보다도 점술이나 운명학을 믿는 사람이었다. 푸른 눈의 자신과 똑같이 푸른 눈의 남편 사이에서 금은요동을 한 아기가 태어났을 때, 그녀의 뇌리를 차지한 것은 유전상의 확률이 아니라 검은 눈의 정부情夫였다.

그녀는 신의 악의라 믿고 공포에 사로잡혔다. 남편의 재력으로 보호받고 있기 때문에 사치와 남자놀음에 빠질 수 있었던 것이 아닌가. 얼굴은 잘생겼지만 생활력이 없어 그녀에게 은밀히 원조를 받아 놀며 지내는 청년과 함께 사회로 쫓겨난다면 과연 어떻게 될까. 물질의 안정만이 아니라 결국 정부마저도 잃고 말 것이 분명했다.

"……그래서 내가 눈을 뜨자마자, 친어머니는 아버지와 대면하기 전에 내 오른쪽 눈을 도려내려 했단 말이지."

로이엔탈은 입술 끝에 일그러진 미소를 슬쩍 지었다. 미터마이어는 아무 말도 하지 못하고 전우를 바라보았다.

로이엔탈의 뇌리에는 한 광경이 떠오르고 있었다.

침대에서 상반신을 일으킨 젊고 우아한 여성이 섬세한 얼굴 근육을 일그러뜨린 채, 눈에는 불꽃을 일렁이며 가슴에 안은 아기의 오른쪽 눈에 과도 끝을 들이대는 장면이다. 문이 열리고, 여주인에게 줄 따끈한 우유를 가져온 하녀가 요란한 비명을 지른다. 카펫 위로 흩어지는 우유와 컵 파편. 실내로 뛰어오는 사람들. 나이프가 하얀 손을 벗어나 바닥에 떨어지고, 딱딱하게 굳은 공기를 찢어발기듯 갓난아기의 울음소리가 울려 퍼진다……

금은요동의 청년은 기억할 리가 없는 광경을 손에 잡힐 듯 생생하게 망막과 마음 양쪽에 새겨놓고 있었다. 그것은 여성 전반에 대한 심각한 불신이 되어 정신의 토양에 뿌리를 내리기에 충분했다.

미터마이어는 전우의 엽색행각 뒤에 어떤 배경이 있었는지를 알게 되었다. 그는 할 말을 찾지 못해, 흑맥주를 한 모금 마신 후 친구에 대한 동정과 아내를 위해 여성을 변호해 주어야겠다는 심정 양쪽에 협공당해 먼 산만 바라보고 있었다. 이럴 때 취해야 할 태도를 결정하는 것은 지성이나 교양과는 거리가 멀다. 미터마이어는 행복했으며, 이때는 그것이 약점이 되었다.

"이봐, 로이엔탈. 내 생각엔 말이야……"

다시 로이엔탈에게 고개를 돌린 미터마이어는 입을 다물었다. 금은요동의 청년장교는 카운터에 엎드린 채 잠의 신의 애무에 몸을 맡기고 있었다.

다음 날, 숙취에 찌든 두 사람은 간부식당에서 마주쳤다. 식욕이 없는 미터마이어가 포크 끝으로 감자며 베이컨을 쿡쿡 헤집고 있으려니 전우의 언짢은 목소리가 들려왔다.

"어젯밤엔 술기운에 이상한 소리를 했던 거니 잊어버리게."

"무슨 소린데. 난 기억이 안 나는걸."

"……흠, 그래? 그럼 됐고."

로이엔탈은 빈정대듯 웃었다. 미터마이어의 거짓말이 서툰 데 쓴웃음을 지은 것인지, 술기운을 빌려 여성멸시의 원인을 고백한 자신을 비웃은 것인지는 스스로도 알 수 없었다. 아무튼 그날 이후 그 화제가 두 사람의 입에 오르는 일은 한 번도 없었다.

그들은 그런 사이였다.

V

오랜 기간 동안 라인하르트의 부관이었던 지크프리트 키르히아이스가 독립부대 지휘관이 된 이후 몇몇 장교가 그 자리를 거쳤으나, 아무도 오래 지속되지는 못했다. 라인하르트와 마음을 공유할 수 있는 자는 달리 존재하지 않았으며, 모두들 라인하르트를 조심스러워 하는 바람에 동조성이 떨어져, 그저 일방적으로 명령을 수령하고 전달하는 것이 고작이었다.

키르히아이스가 건재했을 무렵, 참모가 필요했던 라인하르트는 오베르슈타인을 얻었다. 지금은 키르히아이스의 만분지일이라도 충실하고 유능한 부관이 필요했다.

하루는 아르투르 폰 슈트라이트가 라인하르트를 찾아왔다.

슈트라이트는 대귀족연합 맹주 브라운슈바이크 공작의 부하였다. 그는 대규모 내전을 일으켜 제국 전토를 전쟁의 소용돌이에 몰아넣는 것보다 라인하르트 하나를 암살해 국면을 타개해야 한다는 대담한 제안을 했다가 오히려 주군의 불쾌감을 사 버림을 받았다. 그리고 얼마 안 가 사로잡혔지만, 라인하르트는 그의 당당한 태도가 마음에 들어 그를 자유로이 풀어 주었다.

라인하르트는 인간이 보일 수 있는 행동의 미추美醜에 지극히 민감했으며, 적이라 해도 이런 자에게는 칭찬을 아끼지 않았다.

작년 9월, 형제 이상의 존재였던 지크프리트 키르히아이스를 잃었을 때 라인하르트의 충격과 비탄은 인격이 붕괴되지 않을까 우려될 정도였다. 그런데도 라인하르트는 키르히아이스를 살해한 안스바흐에게 이상하게도 증오를 느낄 수 없었다. 그의 자책감이 너무나 깊었기 때문이기도 하지만, 안스바흐가 자신의 목숨을 버리면서까지 주군의 원수를 갚으려 했던 행위에 미의식을 느꼈기 때문이기도 했다.

반면 옛 적인 브라운슈바이크 공작에게는 경멸 섞인 분노가 있었다. 안스바흐나 슈트라이트처럼 유능한 인재를 활용하지도 못하고 결국 허영과 교만 끝에 무참한 죽음에 이른, 멸시받아 마땅한 자.

"죽어 마땅한 자였다. 굳이 내가 멸할 필요도 없었지."

라인하르트는 그렇게 생각했다. 이에 대해 양심의 가책 따위를 느낀 적은 없었다.

슈트라이트가 라인하르트를 찾아온 것은 귀족이라는 죄로 재산을 몰수당하기 직전인 한 친족이 그를 찾아와 애원했기 때문이었다.

"라인하르트에게 고개를 숙인다면 재산 전부는 아니더라도 일부는 남겨 주지 않겠느냐."

슈트라이트는 과거 그에게 은혜를 입은 적이 있어, 일가가 길거리로 나앉는 모습은 도저히 간과할 수 없었다. 두 번 다시 세상에 나오지 않겠노라 스스로 맹세한 슈트라이트였으나, 결국 부끄러움을 무릅쓰고 옛 적 앞에 무릎을 꿇었다.

이야기를 들은 라인하르트는 미소를 지으며 고개를 끄덕였다.

"알겠다. 선처하지."

"감사합니다."

"다만, 조건이 있다."

라인하르트의 미소가 사라졌다.

"내 부하가 되어 통수본부의 일원이 될 것."

"……."

"나는 경의 견식과 지모를 높이 평가하고 있다. 1년 가까이 재야에 있었으나, 새해도 밝았으니 이제 그만 옛 주인에 대한 충성을 정리할 때가 아니겠나?"

고개를 숙이고 듣던 슈트라이트는 이윽고 머리를 들었다. 그의 눈에 결의의 빛이 어려 있었다.

"각하의 관용에 무어라 드릴 말씀이 없습니다. 부족한 몸에게 이만한 후의를 보여 주셨으니, 모든 충성을 다해 보답코자 하옵니다."

아르투르 폰 슈트라이트는 소장 계급을 받고 라인하르트의 수석부관에 임명되었다. 여기에 또 한 사람, 차석부관으로 테오도르 뤼케 중위가 등용되어 슈트라이트 소장과 함께 호흡을 맞추게 되었다. 이로써 키르히아이스의 빈자리는 한 사람으로는 메울 수 없다는 것이 증명된 셈이었다. 사실 뤼케는 계급을 보나 나이를 보나 부관의 부관이라 봐도 좋으리라.

슈트라이트가 라인하르트의 옛 적이라는 사실은 잘 알려져 있었으므로, 그를 부관이라는 요직에 임명한 라인하르트의 결단은 사람들을 놀라게 했다.

"참으로 대담하시군."

대담함으로는 누구에게도 꿀리지 않는 미터마이어가 혀를 내두르며 한 말이었다.

오베르슈타인 총참모장이 반대할지도 모른다는 의견도 있었으나, 그 예측은 빗나갔다. 총참모장은 상관의 대담한 인사를 받아들였다. 그는 슈트라이트가 유능하다는 것을 알고 있었으며, 브라운슈바이크 공작의 충신인 슈트라이트마저 라인하르트에게 굴복했다는 사실의 정치 효과도 내다보고 있었던 것이다. 그러나 장래 슈트라이트가 필요 이상 힘을 얻는다면 그는 이를 깎아내기 위해 행동에 나설 것이다.

오베르슈타인은 가정이 없다. 관저에서는 당번병이, 사저에서는 초로의 집사 부부가 그의 시중을 들어주었으나, 그 외에도 식솔이 있다.

그것은 인간이 아니라 달마티안 종의 개였다. 척 보기에도 상당히 늙은 개였다. 작년 봄, 아직 '립슈타트 전역' 이 시작되지 않았을 무렵. 외부에서 점심을 먹은 오베르슈타인이 라인하르트 원수부 건물로 돌아오던 어느 날이었다. 계단을 올라 건물 현관으로 들어가려 했을 때, 위병이 받들어 총 자세를 취하면서 문득 의아해하는 표정을 지었다. 돌아보니 그의 발밑에 말라빠지고 지저분한 늙은 개 한 마리가 달라붙어 있었다. 나름 애교를 부리는 것인지 빈약한 꼬리를 천천히 흔들기까지 했다.

"이 개는 뭔가?"

냉철하고 비정하기로 악명 높은 총참모장이 무뚝뚝한 말투로 물으며 무미건조한 의안 빛을 향하자, 위병은 긴장과 낭패한 기색을 보였다.

"예! 저, 각하의 애견이 아닙니까……?"

"흐음. 내 개로 보였나?"

"아, 아니었습니까?"

"그렇군. 내 개로 보였단 말이지."

묘하게 감탄한 것처럼 오베르슈타인은 고개를 끄덕였다. 그리고 그날부터 이름도 없는 늙은 개는 은하제국 우주함대 총참모장의 부양가족이 된 것이다.

이 늙은 개는 떠돌이로 살다 거둬진 주제에 기특함이라고는 찾아볼 수가 없어, 부드럽게 삶은 닭고기가 아니면 먹으려 들질 않았다.

"그래서 우는 아이도 뚝 그친다는 제국군 상급대장이, 한밤중에 직접 정육점으로 닭고기를 사러 나간다더군요."

근무를 마치고 돌아가다 오베르슈타인의 모습을 발견한 나이트하르트 뮐러가, 제독들이 모인 클럽에서 꺼낸 이야기였다. 이 말을 들은 미터마이어와 로이엔탈은 무언가 말하고 싶은 표정이었으나 결국 침묵으로 절도를 지켰다.

"흥, 우리들의 총참모장 나리께서는 인간에겐 미움을 받아도 개에겐 사랑을 받는다 이건가? 개끼리 마음이 잘 맞나보군."

독설을 내뱉은 것은 '슈바르츠 란첸라이터' 함대 사령관 프리츠 요제프 비텐펠트였다.

비텐펠트는 맹장으로 이름 높은 자였으며, 두 시간으로 한정된 전투에서는 로이엔탈이나 미터마이어조차 한 수 접고 들어갈 것이라는 평을 받고 있다. 다만 이 평가는 그가 성질이 급하고 인내심이 없다는 것을 나타내는 말이기도 했다. 그의 최고 주특기는 일격강습—擊强襲과 전면 공격인데, 상대가 첫 일격을 견뎌낸 후까지 기세가 이어지질 않는 것이

다. 물론 그의 첫 일격을 견뎌낼 수 있는 적은 그리 많지 않지만.

로이엔탈이 미터마이어에게 자신만만하게 한 말이 있다.

"비텐펠트는 물론 강하지. 나와 놈이 전장에서 맞붙는다고 가정한다면, 전투가 시작되었을 때는 놈이 우세할 걸세. 하지만 전투가 끝난 후에는 내가 남아 있을걸."

물론 그들 두 사람만 있을 때의 이야기였다. 금은요동의 제독이 패배를 각오할 만한 강적은 이 우주에서는 한 손으로 꼽을 정도밖에 없다.

라인하르트의 개혁에 성역은 존재하지 않는 것 같았다. 낭비와 사치의 꽃이 흐드러지게 피어나던 궁정에도 그의 손길이 미쳤다.

황제의 거성 노이에 상수시는 비록 철거되지는 않았으나 광대한 정원과 장려한 건축물들 절반이 폐쇄되었으며, 그에 따라 많은 시종과 여관女官이 해임되었다. 남은 자들은 대부분 노인이었다.

"로엔그람 공작은 궁정이 화려해지는 것이 싫었던 게지."

그런 소문도 돌았지만, 라인하르트에게는 라인하르트의 생각이 있었다. 노령의 시종이나 여관은 수십 년이나 되는 세월 동안 궁정 안에서만 살았으므로 이제 와서 바깥 사회에서 살아갈 수 없는 자들이 대부분이다. 젊은 사람들이라면 체력도 적응력도 뛰어나고, 아울러 노동력으로 바라는 수요도 있으므로 다른 직업에 종사해 생활할 수 있을 것이다.

이처럼 라인하르트의 비정한 야심가라는 가면 밑에는 자상한, 혹은 무른 일면이 감추어져 있었다. 이를 군이 말로 하지 않더라도 이해해주었던 것은 지금은 죽고 없는 지크프리트 키르히아이스뿐이었다. 라인하르트는 말로 표현해 남들의 이해를 구하는 것을 완고하게 거부했으므로, 그가 황제에 대해 악의를 품고 있다는 오해를 사도 어쩔 수 없는 노릇이었다. 실제로 그는 황제에게 악의를 품고 있었으니까.

젊은 권신 로엔그람 공작이 언제 어린 황제를 폐하고 지존의 관을 머리 위에 쓸까. 제국만이 아니라 전 우주가 숨을 죽이며 지켜보고 있는 것 같았다.

우주력 310년에 루돌프 폰 골덴바움이 공화제를 폐지하고 은하제국을 세운 후 5세기 동안 황제라고 하면 골덴바움 가의 당주를 의미했다. 하나의 가족, 하나의 혈통이 국가를 사유화하고 최고권력을 500년이나 독점하니, 이제는 그것이 정통 체제가 되어 신성불가침한 상황이 만들어진 것이었다.

그러나 찬탈이 세습보다 나쁘다고 그 누가 규정했는가. 그것은 기득권을 지키려는 지배자의 자기정당화 논리에 불과한 것 아닐까. 찬탈이나 무력반란 이외에 권력독점을 타파할 방법이 없다면, 변혁을 꿈꾸는 자가 그 유일한 길을 선택하는 것은 당연한 이치이리라.

어느 날, 라인하르트를 찾아온 오베르슈타인이 지나가는 말투로 물은 적이 있다. 어린 황제에게 어떠한 처우를 내릴 것인가에 대해서였다.

"황제는 죽이지 않는다."

라인하르트가 손에 든 크리스털 글라스 안에서 핏빛을 띤 향긋한 액체가 살짝 출렁이고, 푸른 얼음빛 눈동자에 반사되어 요사스럽게 빛났다.

"살려두어야 이용할 가치도 있겠지. 그리 생각하지 않나, 오베르슈타인?"

"하기야, 지금은 그렇군요."

"그래. 지금은……."

라인하르트는 글라스를 기울였다. 뜨거운 질감을 가진 액체가 흉곽 안으로 미끄러져 들어온다. 그것은 그의 가슴 안쪽을 뜨겁게 태웠으나, 결코 빈자리를 메워주지는 못했다.

제 3 장

가느다란
한 줄기 실

I

이제르론 요새 중앙지령실은 사방 약 80미터에 천장 높이 16미터의 거대한 방이다. 복도에서 문을 열고 들어오면 경비병 대기실이 있으며, 그 안쪽 문을 열면 정면 벽 하나에 온통 스크린이 펼쳐진다. 메인 스크린은 가로 15미터, 세로 8.5미터이며 그 오른쪽으로 열두 개의 서브 스크린, 왼쪽으로 열여섯 개의 전술정보 모니터를 볼 수 있다.

메인 스크린 바로 앞에는 오퍼레이터 박스가 3열 24석으로 배치되어 있으며 그 뒷자리에 3차원 디스플레이가 놓였다. 사령관석 위치는 바로 그 뒤였으며, 평소에는 양 웬리가 심드렁한 표정으로 앉아 차를 마시고 있다. 사령관석에서는 핫라인을 통해 수도 하이네센의 통합작전본부나 출동 중인 주둔함대와 직통 대화가 가능하다.

사령관석 좌우와 후방으로 합계 스무 개의 좌석이 있는데, 이곳이 바로 요새 수뇌부가 앉는 자리이다. 보통 양 왼쪽에는 부관 프레데리카 그린힐 대위, 오른쪽에는 참모장 무라이 소장이 착석하며, 요새방어 지휘관 쇤코프 소장 자리는 그 뒤였다. 객원제독 메르카츠, 함대 부사령관 피셔, 요새 사무감 카젤르느의 자리도 있지만 카젤르느는 사무관리본부 집무실에, 피셔는 출입항 관제실에 있는 경우가 많다.

실내 연락, 지시, 명령, 공적 의사소통은 모두 헤드폰을 통해 이루어진다. 벽면에는 두 개의 모니터 카메라가 설치되어 각각 다른 모니터 관제실에 영상을 보낸다. 만에 하나 중앙지령실이 적에게 점거된다면 이 모니터 관제실이 전투유지를 위한 새로운 지령센터 역할을 한다.

훗날 이제르론에 대해 회상할 때 율리안 민츠의 뇌리에 가장 먼저 떠오르는 것은 사령관석에 앉은 양 웬리의 모습이었다. 양은 매너 없이 책상 위에 두 다리를 올려놓고 있거나, 혹은 데스크 위에 책상다리를 하고 앉아 있었다. 이 모습 때문에 근엄한 형식미야말로 군인의 첫째 조건이라고 믿는 일부 사람들에게는 평가가 좋지 못했다. 원래부터 규격품으로 올라온 사람이 아니므로 근엄함을 바라는 것 자체가 무리겠지만.

율리안은 아직 이곳에 자기 위치를 확보하지 못해, 스크린을 향해 계단형으로 사면을 그리는 바닥에 앉아 있다가 양이 부를 때마다 벌떡 일어나서는 그 곁으로 달려가곤 했다. 그가 지령실 내에 자기 자리를 확보하는 것은 장교로 승진한 후였다.

후각에 대한 기억도 있다. 미미한 전자향과, 사람들이 손에 든 종이컵에서 풍기는 커피 향기였다. 홍차파인 양은 지령실에서는 소수파였기 때문에, 홍차 향기는 항상 커피 향기에 눌리곤 했다. 양은 그 사실이 다소 못마땅한 것 같았다.

물론 이런 것은 사소한 일일 뿐, 그는 그 외에도 크고 작은 다양한, 의도에 부합하지 않는 문제들을 떠안고 있었다. 율리안의 첫 출격부터가 그러했다.

율리안이 첫 출격에서 귀환해 양과 처음 대면했을 때, 양은 참으로 형용하기 힘든 표정으로 소년을 맞으며 한동안 침묵을 지켰다. 그리고 겨우 한다는 말이, 군인이 입에 담을 수 있는 것 중 가장 모순된 발언이었다.

"위험한 짓을 하면 안 된다고 내가 늘 말했잖느냐."

율리안도, 곁에 있던 프레데리카 그린힐 대위도 웃음을 참느라 안간힘을 써야 했다.

관사로 돌아온 율리안이 홈 컴퓨터로 평화로운 일상작업을 수행하며 저녁 메뉴를 고민하고 있으려니 TV 전화가 울렸다. 화면에 나타난 것은 프레데리카였다.

『생활전쟁의 전사로 변신했구나, 율리안.』

"이 전쟁에서는 상관이 전혀 도움이 안 되거든요. 무슨 일이신가요?"

소년의 말투는 어딘가 딱딱했다. 연상의 여성에게 동경을 품을 나이라는 말을 들으면 발끈해서 부정할 것이 분명했다.

『중요한 전달사항이 있어. 넌 내일부터 상사로 승진하게 됐단다. 사령장을 받아야 하니 내일 정오까지 사령관 집무실로 오도록 해.』

"승진이라고요? 제가?"

『당연하지. 넌 무훈을 세웠으니까. 첫 출격인데도 아주 훌륭했어.』

"고맙습니다. 하지만 양 제독님 생각은 어떠실지……."

프레데리카는 개암색 눈동자에 가벼운 놀라움의 빛을 띠었다.

『물론 기뻐하셨어. 직접 말씀하신 것은 아니지만…….』

그녀는 그렇게 대답할 수밖에 없었으리라. 통화를 마친 소년은 잠시 생각에 잠겼다.

양은 율리안을 군인으로 만들고 싶지 않았다. 하지만 율리안 자신은 군인이 되기를 원했다. 양은 소년에게 자기 생각을 강요하지 못하면서, 한편으로는 손이 닿는 곳에 놔두고 싶다는 심정도 있었다. 결국 이 안건에 관해서는 '동맹군 최고 지장'도 언동에 정합성이 현저히 부족했다.

그도 그럴 것이, 양 자신의 직업선택은 이상과는 완전히 반대쪽에 있는 것이 아니었던가. 공짜로 역사를 공부할 수 있는 학과를 찾아 사관학교 전쟁사연구과에 입학했고, 그것이 중도폐지되었기 때문에 울며 겨자 먹기로 전략연구과에 들어가, 완전히 타의에 의해 군대에 들어온 것이었으니.

그에 비하면 율리안의 직업 선택은 훨씬 주체적이었으며, 직업에 대해서도 자기 자신에 대해서도 진지하다고 할 수 있으리라. 양이 이러쿵저러쿵 말할 자격은 없다. 그렇지만, 율리안은 역시 양이 자신의 진로를 축복해 주었으면 했다.

율리안의 친아버지는 군인이었지만, 그가 죽은 후 양 곁에서 자라지 않았더라면 율리안이 반드시 군인을 지망하지는 않았을지도 모른다. 마음에 들고 안 들고는 둘째치더라도 양은 인격 면에서 율리안에게 큰 영향을 미쳤으므로, 그가 소년의 직업 선택에 대해 잔소리를 한다면 그것은 거울에 대고 인상을 찡그리는 것과 같은 결과가 될 것이다.

양의 표정을 떠올리고 율리안은 혼자 웃음 지었다. 언젠가 이해해 줄 것이라는 생각에는 의심을 품지 않았다.

그해, 양 웬리는 서른한 살이 되었다. 본인은 되고 싶어서 된 것이 아니라고 열심히 주장했다.

"아직 젊으세요."

율리안이 위로할 것도 없이, 실제로 양은 젊어 보여서 20대 중반으로도 충분히 통할 만했다. 사관학교 선배인 알렉스 카젤느는 가정을 꾸리는 고생을 모르기 때문에 젊어 보이는 것이라고 이죽거렸다. 그 말에 양은 이렇게 반론했다.

"고생하는 건 그런 남편을 둔 카젤느 부인이지! 그분의 인내심은 거의 성녀라니까. 보통 여성 같았으면 그렇게 제멋대로 구는 남편은 1년도 견디지 못했을 거다."

율리안은 그 말에 키득키득 웃었다. 카젤르느의 가정이 화목하다는 것과 양과 카젤르느가 '독설 친구'라는 것을 모르는 사람에게는 혹독한 규탄으로밖에 들리지 않았겠지만.

군인이라는 점에서 보았을 때 양 웬리는 사격에는 젬병이고, 완력과 반사신경은 간신히 보통 수준에 미치는 정도여서, 전투원으로서는 아무 도움도 되지 않았다. 카젤르느는 이렇게 평했다.

"그놈은 목 아래쪽으로는 쓸모가 없는 인간이야."

물론 그렇게 혹평을 서슴지 않는 카젤르느 본인도 행정업무 달인이며 우수한 군 관료이기는 해도 전투 능력은 일류라 말하기 힘든 수준이지만.

카젤르느의 임무는 거대한 이제르론 요새를 하드웨어와 소프트웨어 양면으로 관리 및 운용하는 것이었다. 시설, 장비, 통신, 생산, 유통 등 요새가 제구실을 다하기 위해 필요불가결한 온갖 기능이 그의 수완 덕에 돌아가고 있었다.

"카젤르느 소장이 재채기를 하면 이제르론 전체가 감기에 걸린다."

병사들은 농담의 틀에 진실을 담아 그렇게 말하곤 했다. 실제로 카젤르느가 급성 위염으로 일주일 정도 휴양했을 때 이제르론 행정업무는 단순한 전례처리의 장으로 둔갑해 '무능, 비능률, 공무원식 행정의 전형'이라는 병사들의 비난에 시달려야 했다.

문자에는 강하지만 숫자에는 약한 양인 만큼 카젤르느는 부관 프레데리카 그린힐과 함께 더할 나위 없이 귀중한 존재였다.

무미건조한 일은 그들에게 떠맡긴 채, 양은 대군을 상대로 하는 작전안을 짜고, 전장에서 이를 실행하는 데 활발하게 머리를 움직일 수 있었다. 양 자신의 심정은 둘째 치더라도 그의 자질은 난세에, 그리고 비상시에 매우 적합한 것이었다. 평화로운 시대였다면 무명으로 끝났을, 잘해봐야 2류 역사가로 일부 사람들에게 알려졌을 청년이 거대한 항성간 국가의 VIP가 될 수 있었던 것은 시대가 그의 재능을 필요로 했기 때문이었다.

군사적 재능이라는 것은 인간의 능력 중에서도 지극히 특이한 부류에 속한다. 시대와 상황에 따라서는 사회에 전혀 도움이 안 되기도 한다. 평화로운 시대에 거대한 재능을 발휘하지 못하고 생을 마감한 자도 있을 것이다. 학자나 예술가의 경우 묻혀 있던 작품이 후세에 드러나기도 하지만 그것과는 완전히 다르다. 가능성을 평가받을 수조차 없다. 결과가 전부다. 그리고 그 '결과'를 양은 젊은 나이에 충분하고도 남을 만큼 쌓아올리고 있었다.

II

그날 밤 양과 율리안은 알렉스 카젤느의 관사를 방문했다. 예전에도 온 적은 있었지만 그들의 생활 터전이 이제르론으로 바뀐 후로는 매달 한두 번씩 이렇게 찾아와 식사와 대화를 나누는 것이 습관처럼 되었다. 카젤느 부인은 가정 요리로 두 사람을 대접해 주었으며, 식사가 끝나면 주인과 손님은 브랜디를 곁에 두고 3차원 체스를 즐기는 경우가 많았다.

그날 밤은 특히 율리안 민츠 **상사**의 첫 출격과 첫 무훈과 승진을 축하하는, 조촐하지만 따뜻한 회식이 마련되었다.

두 손님이 도착하자 카젤느 가의 장녀인 여덟 살 난 샤를로트 필리스 카젤느가 맞이했다.

"어서 오세요, 율리안 오빠."

"안녕, 샤를로트."

작은 숙녀에게 소년이 인사했다.

"어서 오세요, 양 **아저씨.**"

"……안녕, 샤를로트."

인사가 한 박자 늦은 양을 쳐다보며, 다섯 살 난 둘째딸을 품에 안고 있던 카젤느 가의 가장은 심술궂은 미소를 지었다.

"왜 그래? 뭐가 불만이야?"

"상처 입었단 말입니다. 독신인 동안에는 저도 오빠 소리를 듣고 싶으니까요."

사적인 자리에서는 양과 카젤느도 선후배 사이로 돌아가 격식을 차리지 않고 이야기를 나눈다.

"주제 넘는 소릴 다 하는군. 서른 살 넘어서 독신이라니, 용서할 수 없는 반사회행위라고 생각하지 않나?"

"평생 독신으로 사회에 공헌한 사람도 얼마든지 있는걸요. 4, 500명 정도 리스트를 만들어 드릴까요?"

"난 가정을 꾸리고 사회에 공헌한 사람을 더 많이 알고 있어."

율리안은 결판이 났다고 생각했다. 3차원 체스에서도 독설다툼에서도 여섯 살 연상인 카젤느가 한 수 위인 것 같았지만, 양이 재반격하지 않았던 것은 요리 냄새에 정신이 팔렸기 때문이리라.

식사는 즐거웠다. 카젤느 부인이 자랑하는 바테르조이_{waterzooi, 벨기에식} _{크림스튜나} 치커리 오믈렛도 맛있었지만, 율리안에게 가장 기념할 만한 일은 처음으로 와인을 권유받았다는 것이었다. 이제까지는 샤를로트와 같은 애플사이다였다.

물론 얼굴이 온통 새빨갛게 물드는 바람에 어른들의 놀림감이 되고 말았지만.

식사가 끝난 후 손님과 주인은 여느 때처럼 응접실로 자리를 옮겨 3차원 체스를 시작했다. 1승 1패가 되었을 때 카젤르가 갑자기 정색을 하고 말했다.

"나 진지한 이야기 하나만 하자, 양."

건성으로 고개를 끄덕이며 양은 카젤르의 어깨 너머로 시선을 보냈다. 바닥에 도화지를 펼쳐놓고 율리안이 여자아이들에게 그림을 그려주고 있었다. 양이 보기에는 그 자체가 한 폭의 그림 같았다. 전투복을 입고 전장에 나가도 평화로운 가정 한가운데에 있어도 명화처럼 멋들어진 것이다. 타고난 소질이리라. 직접 만난 적은 없지만 이러한 소질의 소유자를 양은 한 사람 알고 있다. 은하제국의 라인하르트 폰 로엔그람 공작이었다.

"……양. 넌 조직에 속한 주제에 자기 보신에 너무 무관심해. 요즘 세상엔 그게 장점이 아니라 결점이 된다고."

양은 슬쩍 시선을 움직여 사관학교 선배의 진지한 표정을 보았다.

"넌 세상을 버리고 황야에서 사는 은자가 아니잖나. 많은 사람들에게 책임을 지는 몸이야. 자신을 지키기 위해 좀 더 신경을 쓰라고."

"하지만 안 그래도 바쁜 몸인걸요. 그런 데까지 신경을 썼다간……."

"썼다간?"

"낮잠 잘 시간이 없어질걸요."

양은 농담으로 넘기려 했으나 카젤느는 넘어오지 않았다. 양과 자신의 잔에 브랜디를 따르고, 자세를 바꿔 다리를 꼬고 앉았다.

"시간이 있느냐 없느냐 문제가 아닐걸. 넌, 그냥 싫은 거야. 그런 일에 대해 생각할 필요가 있다는 걸 충분히 알고 있는 주제에, 생각하고 싶지 않은 거라고. 내 말이 틀려?"

"그렇게 결벽증 심한 사람이 못 되는걸요, 저는. 귀찮아서 그래요. 정말로. 그냥 그게 다라니까요."

잔을 한 손에 든 채 카젤느는 한숨을 내쉬었다.

"내가 이런 소릴 하는 것도 말이다, 우리들의 경애하는 국가원수 트뤼니히트 각하가 마음에 걸리기 때문이야."

"트뤼니히트 의장이 왜요?"

"그놈은 이상도 정책도 없지만, 타산과 음모는 충분히 있잖아? 웃어 넘겨도 상관없다만, 사실 나는 요즘 그놈이 무서워."

물론 양은 웃지 않았다. 작년 가을, 군중의 환호 속에서 내키지 않는 악수를 했을 때의 기이한 공포를 떠올렸기 때문이다.

"궤변과 미사여구를 빼면 써먹을 데라곤 없는 2류 정치꾼이라고만 생각했는데, 요즘은 어째, 이거 요사스러운 놈이다 싶어. 어처구니없는 짓을 태연하게 해치우는 것 아닐까 하는 의구심이 강해진다고. 뭐랄까, 그러니까, 악마와 계약이라도 맺었지 싶은 인상이."

카젤느의 불안 요소는 한두 가지가 아니었으나, 그중 하나는 군부에 대한 트뤼니히트 파벌의 영향력이 나날이 커져가는 것이었다. 제복군인 제1인자인 통합작전본부장 쿠브르슬리 대장은 암살 미수와 장기 입원 및 쿠데타 일파의 구금을 이겨내고 현직으로 복귀했으나, 그사이에 본부 중추가 도슨 대장을 중심으로 한 트뤼니히트 파벌에 점유당한 것을 알고 소극적 불복종과 마찰의 연속에 혐오감을 드러내고 있다고 한다.

"그렇게 기운 넘치던 뷰코크 영감님도 참모 인사며 함대 운용에 사사건건 트집을 잡혀서 진저리를 치고 계신다는군. 이대로 가다간 언젠가 군 상부는 트뤼니히트 파벌 분가처럼 되고 말 거야."

"그때는 퇴역하면 되죠, 뭐."

"좋아할 일이 아니야. 넌 예편해서 염원하던 연금생활을 시작하면 그걸로 끝날지도 모르지만, 남은 장병들 입장도 좀 생각해 봐. 도슨 같은 놈이 요새 사령관으로 부임했다간 이제르론 전체가 신학교 기숙사처럼 바뀔걸? 날을 잡아 전 장병이 나서 쓰레기 통로 대청소를 하자고 나설지도 모르지."

농담이든 진지한 추측이든, 웃어넘길 수는 없는 이야기였다.

"뭐, 아무튼 보신에 대해서는 조금이라도 좋으니 신경을 써 달라는 소리다. 율리안은 이미 한 번 부모를 잃었잖아. 아무리 못난 보호자라고 해도 또 잃는 건 너무 가엾지 않겠어?"

"제가 그렇게 못난 보호자인가요?"

"그럼 잘난 줄 알아?"

"4년 전에 율리안을 그 못난 보호자에게 굳이 떠넘긴 게 누구였더라."

"……브랜디 한 잔 더 할래?"

"좋죠."

벌써 몇 잔을 마셨는지 모를 브랜디를 입가로 가져가며, 손님과 주인은 마치 약속이라도 한 듯 율리안을 쳐다보았다. 조그만 두 숙녀는 모두 잠이 오는지 카젤느 부인과 율리안이 끌어안고 침실로 데려가는 참이었다.

"보호자하곤 달리 참 착실한 애란 말이지."

"보호자와의 차이라면, 보호자에게는 나쁜 친구가 있지만 저 녀석에게는 친구가 없다는 점이랄까요."

"그건 무슨 소리냐?"

"저 무렵에는 싸움 친구니 커닝 동료니, 팀 메이트에 라이벌…… 수많은 명목으로 같은 또래 친구가 있는 법이죠. 하지만 율리안에겐 주위 어른, 그것도 빼딱한 어른들밖에 없지 않습니까. 좀 문제예요. 하이네센에 있을 때는 그렇지도 않았는데."

"그런 것치고는 잘 컸어."

"저도 그렇게 생각합니다."

진지하게 대답하며 양은 한마디를 덧붙였다.

"보호자가 잘나서 다행이죠."

카젤느가 아니더라도 그것이 멋쩍음을 감추기 위한 농담임은 꿰뚫어 볼 수 있었으리라.

"율리안이 딱 한 번 제 말을 어긴 적이 있었어요. 이웃집 나이팅게일을 하루 맡은 적이 있었는데, 먹이를 주라는 말을 잊고 플라잉 볼 연습 시합에 나가고 만 거예요."

"그래서, 어떻게 했지?"

"엄격하게, 저녁을 굶도록 명령했죠."

"그거 참, 너도 안됐군."

"왜 제가 안됐다는 겁니까?"

"율리안에게는 저녁을 안 주고 자기만 배불리 먹을 네가 아니잖아? 안 봐도 훤하다. 나란히 저녁을 걸렀겠지."

"……다음 날 아침에 식욕이 있었던 건 사실이지만요."

"호오, 식욕이 말이지."

양은 브랜디를 홀짝이며 자세를 바로잡으려 했다.

"제가 가정적인 인간과는 거리가 멀다는 건 잘 압니다. 하지만 저도 할 말은 있어요. 독신인 데다 결손가정에서 자랐으니까요. 완전한 부모가 될 리가……."

"아이는 완전한 부모를 보면서 자라나는 게 아니야. 오히려 불완전한 부모를 반면교사 삼아 자주독립 정신을 함양하는 거지. 그것도 모르셨습니까, 제독 각하?"

"중상모략을 당하고 있다는 건 알겠군요."

"당하기 싫으면 방법이 있지. 어때? 완전한 부모에 가까워지기 위해 결혼을 하는 건."

갑작스런 기습에 양은 가볍게 사레들리고 말았다.

"전쟁도 안 끝났는데 말입니까?"

"그 소리 할 줄 알았다. 하지만 인간의 가장 큰 의무가 뭐냐? 인간만이 아니라 생물 전체가 마찬가지지만, 그건 유전자를 후세에 전해 보존하는 거야. 새로운 생명을 낳는 거라고. 내 말이 틀렸냐?"

"네. 그러니까 인간의 최대 죄악은 사람을 죽이는 거고, 사람을 죽이게 하는 거지요. 군인이란 직업으로 그 짓을 하고 있고요."

"굳이 그렇게 생각할 것도 없잖아? 죄를 범했다고 치고, 다섯 명이나 되는 아이를 기르면 그중 한 사람쯤은 인도주의의 길을 걸어 아버지 죄를 갚아줄 놈이 생길지도 모르지. 한번 버렸던 뜻을 이어줄 아이도……."

"뜻을 잇는 건 딱히 피를 나눈 아이가 아니어도 상관없잖아요?"

그렇게 말하며 양은 율리안에게 시선을 보내더니, 다시 사관학교 선배를 처다보며 문득 생각났다는 듯 덧붙였다.

"……뜻이 있다면 말이지만요."

양이 화장실에 가자, 카젤느는 율리안을 불러다 양이 지금까지 앉아 있던 의자를 권했다.

"중요한 말씀이라는 게 뭔가요?"

"넌 양의 제일가는 충신이지. 그러니 하는 말인데, 네 보호자는 어제는 잘 알아. 내일도 아주 잘 내다보지. 그런 인간이 곧잘 오늘 식사에 대해 모르기 십상이야. 내 말 알겠냐?"

"예. 알 것 같습니다."

"극단적인 비유다만, 오늘 저녁 메뉴에 독을 풀어놨다고 치자. 그걸 눈치 채지 못하면 내일과 모레를 아무리 잘 안다고 해도 양 자신에게는 의미가 없어지는 거야. 이것도 알겠지?"

이번엔 율리안도 잠시 입을 다물었다. 암갈색 눈동자에 사려 깊은 광채가 일렁였다.

"……다시 말해, 제가 음식을 미리 판별해야 한다는 말씀이군요."

"바로 그거지."

카젤느는 고개를 끄덕였다. 율리안은 총명한 미소를 짓고 있었다.

"카젤느 소장님은 인선에 뛰어나시네요."

"사람 보는 눈은 그리 나쁘지 않다고 생각해."

"제가 할 수 있는 일이라면 뭐든지 하겠습니다. 하지만 양 제독님 입장이 그렇게나 위험한가요?"

율리안의 목소리가 낮아졌다.

"아직까지는 괜찮아. 제국이라는 강대한 적이 있는 이상 양의 재능이 필요하니까. 하지만 사태란 게 언제 어떻게 급변할지 모르는 법이잖냐. 내가 알아차릴 정도니 양이 모를 리는 없겠지만, 너도 알다시피 그놈이……."

"순진한 소년을 이상하게 세뇌하지 마세요, 선배."

돌아온 양의 쓴웃음 섞인 목소리가 들렸다. 율리안에게 돌아갈 채비를 하라고 일러놓고, 카젤느를 보며 어깨를 으쓱해 보인다.

"뭐, 그리 걱정하지는 마십시오. 저라고 아무 생각 없는 건 아닙니다. 미스터 트뤼니히트의 장난감이 되기는 싫고, 안정된 노후를 보내겠다는 꿈도 버리지 않았으니까요."

III

Phezzan ——페잔.

기묘한 나라다. 정확하게 말하자면 나라가 아니며, 은하제국 황제의 종주권 밑에서 내정 자치와 교역 자유를 인정받은 특수한 지방행정단위에 불과하다. 하지만 그 이름은 동시에 활발한 경제활동, 집적된 부, 번영, 성공의 기회, 향락, 재능의 발휘 등등 수많은 인상을 주었다. 카르타고, 바스라, 코르도바, 장안長安, 사마르칸트, 콘스탄티노플, 제노바, 뤼벡, 상하이上海, 뉴욕, 마즈 포트, 프로세르피나…… 인류사에 존재한 이 모든 '모험가와 야심가의 천국'이 한데 모여 있다 해도 과언이 아닌 존재였다.

원래 불모의 땅이었던 이 행성은 수많은 성공의 전설과 그 몇 배나 되는 실패의 설화로 치장되어 있다. 페잔은 흐름의 중심이다. 인류가 사는 거의 모든 우주에서 사람이, 물자가, 금전이, 그리고 정보가 흘러 들어와 부가가치와 함께 흘러 나간다.

소문 또한 중요한 정보의 흐름 중 한 분야였다. 독립상인들이 모여드는 것으로 알려진 주점 '드라쿨'은 광대한 메인 바 외에 담화 및 도박을 위한 무수한 룸이 존재하며, 엄중한 도청 방지 시스템과 방음벽의 보호를 받는 실내에서 수많은 정보가 교환된다고 한다.

이들 대부분은 무책임한 풍문이나 단순한 웃음거리로 치부되어 버림받지만, 개중에는 황금보다 귀중한 것도 있다. 지금도 사업가들의 입에 오르내리는 이야기 중 하나로, 반세기쯤 전에 살았던 밸런타인 카우프라는 사내의 에피소드가 있다.

카우프는 중견 정도 되는 상선주의 아들로 태어났으나, 아버지 뒤를 잇자마자 무모한 투기로 전 재산을 잃고 말았다. 친절한 친구의 조력을 얻고 조그만 광석수송선을 사들여 재기를 꾀했으나, 배가 자기폭풍에 난파되어 보증인이 되어준 친구까지 파산으로 몰아넣게 되었다. 카우프는 자신에게 보험을 들어 친구를 수취인으로 설정하고 자살해 빚을 조금이나마 갚아 줄 수밖에 없다고 생각하기에 이르렀다. 어느 날 밤, 그는 '드라쿨'의 메인 바에서 최후의 날이라는 결심으로 혼자 술을 마시고 있었는데, 그때 문득 곁 테이블에서 오가는 대화의 단편이 귀에 들어왔다.

"……그래서 후작은 황제 동생을 옹립하려고……하지만 오히려 군무상서가……."

"……자포자기해서……궁지에 몰려……병사를……이기지는 못하겠지만……따지고 보면 그 몸으로는 도살장에 끌려가는 돼지의 반란……."

웃음소리가 그 뒤를 이었지만 카우프의 귀에는 들리지 않았다. 그는 술값을 테이블 위에 내던지고는 '드라쿨'을 뛰쳐나왔다.

일주일 후, 내란이 발발했다는 속보에 시장으로 달려간 상인들은 중요한 전략물자 몇 종류가 카우프라는 무명의 청년에게 매점당했다는 것을 깨달았다. 카우프는 대화의 단편 속에 등장한 인물의 특징을 조사해, 이름과 영지를 밝혀내고, 그 영지에서 생산되는 광물을 찾아, 내란으로 그것이 부족해지리라고 예측했던 것이었다. 그리고 억지로 빚을 내 자금을 만들어 이를 모조리 매점했다. 내란 자체가 끝날 때까지는 한 달도 걸리지 않겠지만 그 기간 동안 그 물자는 반드시 필요했다.

카우프는 도박에 승리했다. 처형대로 가는 열두 번째 계단에서 왕좌로 도약을 거둔 것이다. 그는 상선을 단번에 열두 대나 사들일 만한 이익을 거두었으며, 그 절반을 떼어 은혜를 입은 친구에게 갚았다.

그 후 카우프는 그때까지의 불운을 해소하듯 왕성한 활동을 보였으며, 세 차례에 걸쳐 '올해의 신드바드 상'을 받았다. 50대 중반에 급사했을 때는 여섯 아들과 어마어마한 부를 이 세상에 남겼다. 오늘날 카우프 재벌이 기둥 하나 남아있지 않은 것은 여섯 아들들이 죽은 아버지로부터 재산만 상속받았을 뿐 재능과 행동력은 물려받지 못했기 때문이었다. 하지만 한 세대뿐이라고는 해도 밸런타인 카우프의 화려한 성공담은 폐잔 상인들의 꿈과 야심을 키워주기에 충분했다.

『오늘 너는 무명의 신인. 그러나 내일은 카우프 2세!』

이것은 폐잔 최대 상과대학에 걸려 있는 표어로, 그다지 세련된 것이라고 할 수는 없지만 젊은이들의 마음에 자극을 주는 것은 사실이었다. 참고로 이 대학은 평생 카우프의 충실한 벗이었던 오히긴스의 기부로 설립된 것이다. 어떤 의미에서 본다면 오히긴스는 카우프 이상으로 페잔에 공헌한 인물이라고도 할 수 있으리라. 카우프의 막대한 부는 신기루처럼 사라졌으나 오히긴스가 설립한 대학은 오늘날까지도 남아 수많은 독립상인, 경제학자, 경제관료를 배출해 페잔 유일의 자원, 즉 인재를 공급하고 있으니까.

어느 날, '드라쿨'의 메인 바 테이블 중 하나에서, 무역을 마치고 돌아온 상인들이 술과 소문을 나누고 있었다. 화제는 나날이 모습을 바꿔가는 제국사회였다.

"특권을 잃은 귀족들이 부동산이며 보석이며 유가증권을 모조리 팔아치우고 있다나봐. 그래봤자 약점을 잡힌 상태라 그리 좋은 값은 못 받겠지만. 뒤가 무서우니 어디 하소연할 데도 없어서 울며 겨자 먹기로 넘어간다더라고."

"체제가 변혁되면 구체제에서 특권을 좀먹던 놈들은 복수의 대상이 되게 마련이잖아. 역사의 철칙이야."

"선조의 악업을 자손이 피로 갚는 게지. 그렇게 생각하면 좀 불쌍하기도 하지만……."

"불쌍한 건 5세기에 걸쳐 귀족 놈들에게 뜯어먹혔던 민중이야. 앞으로 5세기에 걸쳐 귀족들이 고통을 받게 된다 해도 난 동정하지 않겠어."

"그건 너무 잔인한걸. 그 귀족 놈들 덕에 단물을 얼마나 빨아먹었는데."

"난 언제나 목숨을 걸고 장사했고, 실패했을 때를 각오하며 살아왔

어. 하지만 그놈들은 머리도 몸도 쓰지 않고 돈이 넘쳐난다고만 생각한
다고. 용서할 수 없지."

"알았네, 알았어. 그런데 자치령 정부청사 관리에게 이상한 소문을
들었는데."

"호오, 뭐지?"

"란데스헤르에게 요즘 이상한 승려들이 찾아온다는 거야."

"승려라고? 검은 여우하곤 이미지가 좀 안 맞는데."

"의외로 맞을지도 모르지. 그 승려들은 후드 달린 검고 긴 옷을 입고
있었다고 하니까."

아드리안 루빈스키가 집무를 보는 정부청사에서는 직원들이 대합실
쪽을 보며 속닥속닥 귓속말을 나누고 있었다.

공사 양면으로 다망해, 몸이 둘이거나 하루가 50시간쯤 있었으면 좋
겠다는 말을 입버릇처럼 달고 다니는 란데스헤르 아드리안 루빈스키.
그런 그가 최근 며칠 동안 무슨 이유인지 정체 모를 종교가들과 밀담을
나누고 있으니 부하들은 이해할 수 없었다. 페잔인들 중에서도 자치령
과 지구 사이에 심상찮은 관계가 있다는 것을 아는 사람은 정치 중추부
에 위치한 극소수 사람들뿐이었다.

호의와는 거리가 먼 시선이 집중되는 곳에 검은 옷의 실루엣이 서 있
었다. 마침내 비서가 나타나 그를 란데스헤르 곁으로 안내했다. 그들보
다 먼저 루빈스키에게 면회를 청했는데도 뒷전으로 밀린 내방객들이 불
쾌한 눈으로 검은 뒷모습을 지켜보았다.

루빈스키를 감시하기 위해 지구의 총대주교가 파견한 주교 데그스비.

그것이 그의 신분과 이름이었다.

방으로 들어선 데그스비 주교는 후드를 벗었다.

후드 아래에서 드러난 얼굴은 의외로 젊었다. 아직 서른도 되지 않았으리라. 야위고 혈색 나쁜 얼굴은 엄격한 규율로 지켜지는 금욕생활과 영양의 불균형을 보여주고 있었다. 검은 머리는 길기만 할 뿐 손질이 되어 있지 않았으며, 푸른 눈에는 열대우림지대 태양과도 비슷한 빛이 있었다. 다시 말해 열기는 있으나 남에게는 오히려 불쾌감을 주는 빛이었으며, 이성과 신념 사이 불균형이 드러나 있었다.

"주교 예하, 편히 앉으시지요."

루빈스키는 고승高僧에 대한 경칭을 사용했다. 온몸으로 공경을 드러내고 있었으나, 그것은 세련된 연기일 뿐 진심에서 우러나는 것은 아니었다. 데그스비는 거만하다기보다는 예의범절이라는 것에 무관심한 태도로 루빈스키가 권하는 의자에 앉았다.

"어제 그대가 말한 것이 진실인가?"

인사할 필요성도 느끼지 않는지 싸늘한 목소리로 캐묻는다.

"그러하옵니다. 경제활동을 비롯한 그 외 분야에서 제국에 대한 협력 및 원조를 늘려 나갈 생각입니다. 물론 급격히는 아닙니다만."

"그렇다면 제국과 동맹 세력균형이 무너질 텐데. 그것을 어찌 이용할 생각인가."

"라인하르트 폰 로엔그람 공작이 전 은하계를 통일하도록 지원한 후, 그를 말살하고 유산을 모조리 장악하는 것이옵니다. 그리 하면 되지 않겠습니까?"

란데스헤르의 말을 듣던 주교의 얼굴에 우선 놀라움의 표정이 나타나고, 이어서 의혹이 소리도 없이 날개를 펼쳤다.

"……재미있는 생각이기는 하나, 지나치게 염치가 없는 것 아닌가? 금발 애송이는 그리 녹록한 자가 아니며, 오베르슈타인인지 하는 책사도 함께 있지. 그리 쉽게 우리 의도대로 놀아나지는 않을 텐데."

"정세에 매우 정통하시군요."

루빈스키는 아부가 능숙했다.

"하오나 로엔그람 공작이든 오베르슈타인이든, 전지전능한 것은 아닙니다. 파고들 허점도 있을 것이며, 없으면 만들 수도 있을 것입니다."

로엔그람 공작이 전능하다면 작년 가을에 암살자의 표적이 되는 일도, 심복인 키르히아이스 제독을 잃는 일도 없었을 것이 아닌가.

"권력이든 기능이든, 집중하면 할수록 작은 부분을 통제하여 전체를 지배할 수 있게 됩니다. 다가올 새 왕조에서 로엔그람 공작, 아니, 황제 라인하르트 한 사람을 타도하고 신경회로 중추를 거머쥔다면 그것이 곧 전 우주 지배로 직결되는 것이므로……"

"그러나 말일세, 자유행성동맹 권력자들이 우리 손에서 멀리 있는 것은 아니야. 그대들 페잔의 재력에 발목을 붙들린 상태이며, 원수인 트뤼니히트는 우리 교도들 덕에 쿠데타를 피할 수 있었지. 은하제국에 가담하는 것도 좋네만, 기왕 얻은 동맹 쪽 체스말들을 죽게 만들 수는 없잖은가. 그대들의 용어를 빌리자면, 투자가 허사가 되는 셈이지. 그렇지 않나?"

주교의 지적은 예리했다. 정신의 균형은 둘째 치더라도 결코 우매하지는 않은 모양이었다.

"예. 지당하신 말씀입니다, 주교 예하. 동맹 권력자들은 동맹 자체를 내부에서 붕괴시키는 부식제로 이용할 것이옵니다. 무릇 국내가 강건한

데 외적의 공격 때문에 멸망한 국가라는 것은 존재하지 않으니까요. 내부 부패가 외부 위협을 조장하는 법이지요. 그리고 이것이 핵심입니다만, 국가란 아래에서 위로 부패가 진행되는 경우는 절대로 없습니다. 우선 꼭대기부터 썩기 마련입니다. 예외는 한 번도 없었습니다."

역설하는 루빈스키를, 주교는 냉소 어린 눈으로 바라보았다.

"페잔도 자치령이라는 형태로 존재하나 사실상 국가일세. 동맹처럼 꼭대기부터 썩기 시작하는 일은 없겠지?"

"따끔한 말씀이로군요……. 항상 위정자의 책임을 명심하도록 하겠습니다. 헌데, 딱딱한 이야기는 이쯤 해서 잠시 접도록 할까요?"

연회가 마련되어 있다는 란데스헤르의 말을 냉담하게 거절한 주교가 집무실을 나가자, 대신 한 청년이 들어왔다. 이제 갓 대학을 졸업한 것으로 보이는 젊은이였으나 안광에선 풋내가 느껴지지 않았으며, 단정하다 해도 좋을 얼굴에 메마른 분위기를 풍기고 있었다. 몸은 날씬한 편이었으며, 키는 중간이라고 하기에는 약간 컸지만 장신이라 부를 정도는 아니었다.

루빈스키가 작년 가을에 임명한 보좌관 루퍼트 케셀링크였다. 전임자 볼텍은 판무관이 되어 은하제국 수도 오딘에 부임해 어떤 공작 임무에 종사하고 있다.

"주교 **치다꺼리**도 힘드시겠습니다, 각하."

"누가 아니라나. 광신적인 교조주의자란 것들은 동면에서 갓 깨어난 곰보다도 다루기가 벅차다니까……. 대체 뭐가 좋아서 사는 건지."

쾌락주의자를 자처하는 란데스헤르는 젊은 주교의 청교도 같은 면모에 코웃음을 쳤다.

"수천 년도 더 된 이야기지만, 기독교는 최고권력자를 종교로 세뇌하여 고대 로마 제국을 차지하는 데 성공했네. 그 후로 기독교가 얼마나 악랄하게 다른 종교를 탄압하고 절멸했는지는 말할 필요도 없겠지. 그리고 그 결과 제국 하나만이 아니라 문명 그 자체마저 지배하게 되었네. 이보다 효율 높은 침략이 어디 있나. 그것을 재현하겠다는데, 제국과 동맹을 한꺼번에 쓰러뜨린다는 당초 계획만을 고집하고 앉았으니……."

'페잔의 검은 여우'는 혀를 찼다. 당초 계획을 수정한 데는 정당한 이유가 있었다. 라인하르트 폰 로엔그람 공작이라는 전쟁과 통치의 천재가 나타나, 은하제국을 국내부터 과감하게 개혁하기 시작했기 때문이다. 노쇠한 골덴바움 왕조는 사멸한다. 이는 당연한 일이다. 하지만 그 시체를 불태운 재 안에서 젊고 튼튼한 로엔그람 왕조가 태어날 것이다.

이 새 왕조와 동맹을 한꺼번에 쓰러뜨리는 것은 쉬운 일이 아니다. 운이 좋아 쓰러뜨렸다 해도, 남는 것은 전 우주를 뒤덮을 정치 혼란과 치안 붕괴이다. 이를 수습하려면 강대한 군사력과 길고도 긴 시간이 필요하다. 그리고 새로운 질서가 세워질 때까지 페잔의 권익은 크고 작은 정치 및 군사 세력에 의해 잠식당할 것이다. 그래서는 안 된다. 그러면 어떻게 해야 하는가.

'우주를 신新은하제국과 페잔이 분할 지배한다.'

루빈스키가 도달한 결론이 그것이었다.

분할이라 해도 우주공간에 국경선을 긋는 것은 아니다. 전 인류사회는 '신은하제국'으로 통일되어 정치, 군사 지배권 및 그에 수반하는 권위는 황제가 독점한다. 페잔은 신하로서 황제를 섬긴다. 그러나 경제 지배권만은 페잔 것이다. 공간을 분할하는 것이 아니라 사회기능 지배권을 분할해 '신은하제국'과 페잔은 공존하면서 동시에 상호 발전할 수 있는 것이다. 퇴폐하고 폐쇄적인 자유행성동맹은 새 시대 토양에 묻을 비료로 삼으면 그만이다.

그러나⋯⋯.

루빈스키는 그의 생각을 지구교의 젊은 주교에게 있는 그대로 전달한 것은 아니었다. 지구교의 목표는 종교 지배권만을 차지하는 것이 아니라 제정일치의 신권정치 체제를 구축하는 데 있었다.

지구가 전 인류의 신전이 되어 순례자가 끊이지 않게 된다. 그것까지는 인정한다고 치자. 은하계 변경에 위치한 쇠퇴한 행성이 인류 발상지인 것은 사실이니까. 그러나 그곳이 신권정치 중추부로서 다시 인류 지배의 중심지가 된다는 것은 끔찍한 일이다. 그래서야 '신성불가침한 루돌프 대제' 대신 지구의 총대주교가 등장하는 것과 무엇이 다르단 말인가. 두 가지 의미에서 역사가 퇴행하는 셈이다.

이를 막고 루빈스키의 의도를 실현하기 위해서는 지구교에 면종복배 面從腹背하며, 제국과 페잔의 이중 지배체제가 확립된 시점에서 제국의 무력으로 지구교를 탄압하고 궤멸해야 한다. 충분한 경계와 주의가 필요하다는 것은 두말할 나위도 없다. 선대 란데스헤르도 지구의 족쇄에서 벗어나려는 조짐을 보이자마자 죽음을 당하지 않았던가. 그 전철을 밟아서는 안 된다. 완전한 승리만이 지구의 주박을 없앨 수 있으므로.

IV

제국 고등판무관이었던 렘샤이트 백작은 현재 페잔 본성 한구석에서 망명생활을 하고 있다.

구체제 고관이었던 그는 귀국하면 신체제의 처단을 받을 것이다. 지난 잘못을 뉘우치고 로엔그람 공작에게 충성을 맹세한다면 용서를 받을 수 있을지도 모르지만, '벼락출세한 금발 애송이'에게 무릎을 꿇는 것은 그의 긍지와 명문의 전통이 용서치 않았다. 그는 관저를 나와 수도에서 한나절 정도 거리에 떨어진 이즈마일 지구에 새 거처를 마련했다. 정면으로는 페르시안 블루로 빛나는 인공 바다가 펼쳐지고, 등 뒤에는 마노를 깎아 만든 듯한 바위산이 보이며, 그 사이로 펼쳐진 평지에는 사이프러스 숲과 초원이 섞여 있었다. 그 속에 화강암과 경질 유리로 지은 건물이 오도카니 서 있었다.

공적 생활을 잃은 후로 고독과 무료함만을 벗 삼고 있던 백작은 오랜만에 방문객을 맞아 응접실에 앉아 있었다. 방문객은 페잔의 젊은 보좌관 루퍼트 케셀링크였다.

인사 대신 라인하르트 신체제에 대한 험담을 두세 마디 늘어놓은 후, 방문객은 금세 본론으로 들어갔다.

"외람된 말씀이오나 렘샤이트 백작님. 현재 백작님께서는 매우 난처한 상황에 처해 계십니다. 그렇지 않습니까?"

"……지적하실 필요조차 없소."

색소가 엷은 눈동자에 감출 수 없는 쓸쓸한 빛이 어렸다. 페잔 신탁회사에 자산 운용을 맡겨 생활에는 무엇 하나 부자유스러울 것이 없다. 하지만 정신의 공허함을 부정하지는 못했다. 신체제에 대한 분노와 증오, 구체제와 고향에 대한 향수. 이러한 감정이 어두운 정열이라 해도 정열임에는 변함이 없다. 렘샤이트 백작의 유리알 같은 눈에서 복고에 대한 갈망이 파동이 되어 퍼져 나가고 있었다. 백작보다 스무 살도 더 어린 루퍼트 케셀링크는 냉정함과 신랄함이 녹아든 눈으로 이를 관찰했으나, 이윽고 예의 바르게 입을 열었다.

"사실 저는 오늘 란데스헤르의 비공식 사절로서 백작님을 찾아뵌 것입니다. 저의 상사가 백작님께 어떤 계획을 제시했습니다만, 들으실 의향이 있으신지요?"

15분 후, 백작은 의구심 섞인 경악의 표정으로 케셀링크를 쳐다보고 있었다.

"대담한 제안이오. 매력도 있고. 허나, 그것은 정말로 경의 독주가 아니라 란데스헤르의 생각 그 자체이겠지?"

"저는 란데스헤르의 수족에 불과합니다."

젊은 보좌관은 입으로는 겸양의 미덕을 발휘했으나, 두 눈 깊은 곳에서는 한순간 날카로운 빛이 번뜩였다.

"그건 그렇다 쳐도, 영 이해가 안 가는구려. 아니, 내게는 더할 나위 없이 고마운 이야기지만 이 계획이 페잔에 무슨 이익을 가져다준단 말이오? 금발 애송이의 신체제에 협력하는 편이 향후 경제활동에 유익할 터인데."

케셀링크는 부드럽게 미소 지었다. 전 고등판무관의 의문을 불식하는 것은 전혀 어려운 일이 아니다. 그들의 고정관념을 긍정해 주기만 하면 되는 것이다.

"로엔그람 공작은 정치만이 아니라 사회와 경제로도 제국을 변혁하려 하고 있잖습니까? 그것은 급진적인 데다 독단성으로 가득한 것입니다. 이미 우리 페잔이 제국에 보유했던 수많은 권익이 침탈당하고 있습니다. 변혁은 좋습니다. 하지만 나쁜 방향으로 변혁해서는 안 되지요. 이것이 페잔의 입장입니다. 지극히 단순명료하지 않습니까?"

"……."

"물론 이 계획이 성공해 골덴바움 왕조가 가증스러운 찬탈자의 손에서 구원받게 되었을 때, 페잔은 상응하는 보수를 받게 될 것입니다. 구국의 위인이라는 명성은 백작님 것입니다. 어떻습니까? 쌍방에 바람직한 거래라고 생각하지 않으시는지요."

"거래라……."

렘샤이트 백작은 입술을 가볍게 일그러뜨렸다.

"페잔은 국가 존망마저도 사업수단으로 삼는구려. 그 점이 마음 든든하오. 그 활력과 패기를 우리 제국이 회복할 수 있다면 안정과 질서의 시대를 5백 년은 더 누릴 수 있을 텐데……."

은근슬쩍 벽의 파스텔화에 고개를 돌리면서 케셀링크는 웃음이 치미는 것을 꾹 참았다. 지혜로운 이는 곤궁을 알고 어리석은 이는 불가능을 모른다고 했다. 렘샤이트 백작이 그리 무능한 사내가 아니라 해도, 어렸을 때부터 주입받은 '제국불멸' 사상에서 벗어나기가 쉽지는 않을 터. 그렇지만 이 환상이 살아 있는 한, 페잔으로 도망친 망명자든 제국에 남아 있는 자든 페잔 정부는 구체제 파벌을 이용할 수 있는 것이다.

젊은 보좌관은 시간을 낭비하지 않았다. 렘샤이트 백작의 저택을 나오자 그는 랜드카를 몰아 헨슬로라는 사내의 집으로 향했다. 헨슬로는 자유행성동맹에서 페잔에 파견된 판무관으로, 동맹의 대 페잔 외교 현지 책임자였다. 한편으로는 이 뒤에 다른 임무가 숨어 있었다. 다시 말해 페잔에 펼쳐놓은 대 제국 스파이망 책임자였다. 동맹 국가전략상 매우 중요한 위치를 차지한 인물이라고 할 수 있다. 물론 지위와 책임과 능력이 언제나 일치하는 것은 아니지만.

최근 몇 년 동안 동맹 판무관의 질이 떨어지고 있다는 것이 중론이었다. 정권이 교체될 때마다 논공행상 식으로 고관 인사가 이루어지고, 그에 따라 외교수완이 떨어지는 재계 인사며 선거꾼이 명사 딱지를 붙이기 위해 이 지위를 노리고 부임하는 것이다. 헨슬로의 경우 어떤 명문 기업 창업자의 아들로, 대표이사이기는 하나 능력과 인망의 결함 때문에 경영진에 의해 밀려나 허울 좋은 유배를 당한 것이라는 평판이 있었다.

케셀링크 보좌관을 맞이하며 헨슬로는 곤혹을 감추지 못했다. 페잔이 사들인 동맹의 국채 중 이미 상환기간이 지난 것이 있다는 사실을 지적받은 것이었다. 그는 굵고 짧은 눈썹을 축 늘어뜨린 채 두툼한 뺨 위로 흘러내리는 땀을 계속 닦았다.

"총액은 약 5000억 디나르에 달합니다. 본래 즉시 상환을 부탁드려야 하는데……."

"그게…… 한꺼번에는 도저히……."

"그렇겠지요. 실례지만 귀국의 재정능력을 넘어선 액수니까요. 우리 자치령이 정당한 권리를 보류하고 있는 것은 어디까지나 귀국에 대한 우정과 신뢰의 증거라는 것을 알아 주셨으면 합니다."

"고마울 따름입니다."

"다만, 그것도 귀국이 안정된 민주국가일 때에 한해서이지요."

루퍼트 케셀링크의 목소리와 표정을 본 판무관은 불길한 예감을 느꼈다.

"그 말씀은, 폐잔이 우리나라의 정치체제에 불안을 느낀다는 뜻으로 해석해도 되는 것입니까?"

"그 이외의 뜻으로 말씀드린 것처럼 들리셨습니까?"

신랄한 반문에 판무관은 머쓱해져 입을 다물었다. 케셀링크는 표정을 풀더니 짐짓 정중한 말투를 꾸몄다.

"우리 폐잔은 자유행성동맹이 안정된 민주국가로 남아 있기를 진심으로 바라 마지않습니다."

"그야 두말할 나위도 없지요."

"그러므로 작년 쿠데타 사건과 같은 일이 있어서는 안 됩니다. 그대로 쿠데타가 성공했더라면 우리 폐잔이 투자한 자본은 국가사회주의의 이름 아래 무상으로 접수되었을지도 모릅니다. 기업활동 자유와 사유재산 보호는 우리 폐잔의 존속에 필요불가결한 것이며, 귀국에 이를 부정하는 정치체제 변혁이 일어나서는 우리도 곤란합니다."

"지당하신 말씀입니다, 보좌관님. 하지만 무모한 쿠데타 시도도 실패로 끝나, 우리나라는 오늘도 자유와 민주주의의 전통을 지켜나가고 있지 않습니까?"

"그에 관해서는 양 웬리 제독의 공적이 매우 컸지요."

댁들 공적이 아니라고 행간으로 말했던 것이지만, 물론 헨슬로는 알아듣지 못했다.

"그렇습니다. 대단한 명장이지요."

"양 제독의 재능과 명성, 실력은 동맹군 내부에서도 견줄 자가 없지 않습니까?"

"……그건 그렇습니다만."

"그런 사람이 언제까지 현 정권의 명령을 고분고분 듣고 있을까……
그런 생각은 하신 적 없습니까, 판무관님?"

판무관은 젊은 보좌관의 발언이 무슨 뜻인지 신중하게 되새겨보는 듯
했으나, 마침내 만면에 화들짝 놀란 표정을 지었다.

"서, 설마, 보좌관님의 말씀은……!"

루퍼트 케셀링크는 메피스토펠레스의 제자를 연상케 하는 미소로 대
답했다.

"판무관님께서는 정확한 통찰력을 지니고 계시군요."

아무런 노력 없이 할 수 있는 말은 아니었다. 오히려 그는 상대의 직
감이 둔함을 내심 욕하고 있었다. 그러나 물론 솔직하게 이를 드러내는
짓은 하지 않았다. 지금은 머리 나쁜 개를 훈련하는 심정으로 끈덕지게
상대를 유도해야만 했다.

"……하지만, 하지만 양 제독은 작년 쿠데타 때 정부 편을 들어 군국
주의자들의 봉기를 진압하지 않았습니까. 그런 사람이 설마 정부에 등
을 돌리다니……."

"작년은 작년이지요. 생각해보십시오. 양 제독이었기 때문에 단기간
에 쿠데타를 완전히 진압할 수 있었던 것입니다. 그런 사람이 한번 야심
을 품고 궐기했을 때, 그 누가 그를 막을 수 있을까요? 이제르론도 아르
테미스의 목걸이도 그 앞에서는 완전히 무력하지 않았습니까?"

"하지만……."

항변하려 했으나 말을 잇지 못하고 판무관은 손수건을 꺼내 이마의

땀을 훔쳤다. 공포로 맛을 낸 의혹이 그의 위장 속에서 마구 요동치고 있었다. 케셀링크의 눈에는 그것이 똑똑히 보였다. 조금 더 자극이 강한 향신료를 뿌려준다면 의혹은 수습할 수 없을 만큼 커질 것이다.

"중상모략처럼 들릴 수도 있으나, 이런 이야기를 하는 것도 사실은 나름 근거가 있기 때문입니다."

"그 말씀은······?"

뺨을 딱딱하게 굳히며 몸을 내민다. 이제 판무관은 케셀링크의 피리에 맞춰 춤을 추는 싸구려 마리오네트에 불과했다.

"조금 전에도 언급한 아르테미스의 목걸이 말씀입니다. 이는 열두 개 공격위성을 행성 하이네센의 정지궤도 위에 띄워놓은 방공 시스템이었지요. 양 제독은 이를 모조리 파괴했습니다. 헌데 열두 개를 모조리 부술 필요가 있었을까요?"

"······듣고 보니······."

"그건 훗날 양 제독 자신이 하이네센을 공략할 때 걸림돌이 된다고 생각해 미리 배제했던 것은 아닐지······. 오로지 동맹정부에 대한 호의만으로 말씀드리는 것입니다만, 그렇지 않다면 그렇지 않은 대로 양 제독에게 해명을 요구하는 것이 좋지 않을까 합니다."

독기 어린 입김을 한껏 뿜어낸 후, 헨슬로의 공관을 나와 란데스헤르에게 결과를 보고하는 케셀링크는 무언가가 영 못마땅한 모양이었다.

"왜 그러나? 무언가 불만스러운 듯한데."

"성공한 것은 다행입니다만, 다들 이렇게 간단히 넘어와 주니 영 재미가 없군요. 기왕이면 불꽃 튀는 교섭을 해보고 싶었습니다만."

"바라는 것도 많군. 언젠가 더 편한 상대와 교섭하고 싶다고 말할 날이 올걸. 오늘 교섭이 편했다 해도, 그것은 딱히 자네 외교능력이 우수했기 때문은 아니야."

"알고 있습니다. 판무관들의 입장이 매우 약했기 때문이지요…… 그것도 공사 양면에 걸쳐서."

루퍼트 케셀링크는 낮은 웃음소리를 냈다. 란데스헤르의 지시에 따라 물욕이 풍부한 판무관에게 금전과 미녀를 대 주며 조련을 해놓았던 것은 그였다. 타국 외교관을 매수하는 것은 페잔의 도덕률에 위배되지 않는다. 금전으로 살 수 없는 것은 분명히 존재하지만, 살 수 있는 것은 그 가치에 맞추어 사야 하며, 산 것은 이용해야만 한다.

"하온데 각하. 매우 사소한 일이라 말씀드리기 저어됩니다만, 보리스 코네프라는 사내에 관해 드릴 말씀이 있습니다."

"기억나는군. 그자가 어쨌는가?"

"자유행성동맹 주재 판무관 사무소에서, 조심스럽기는 하나 고충이 올라오고 있습니다. 협조성과 근면함이 부족하며, 무엇보다도 지나치게 의욕이 없다고 합니다."

"흐음……."

"사업에는 제법 재능이 있었던 것 같습니다만, 공무원이라는 신분으로 얽매놓은 것은 유목민에게 밭을 일구라고 명령한 것과 같지 않을까요?"

"적재적소인 것 같지는 않다 이 말이로군."

"듣기 언짢으셨다면 용서해 주십시오. 각하께서 숙고하셔서 내리신 조치라고는 생각하지만……."

루빈스키는 혀끝으로 와인을 굴렸다.

"마음 쓸 것 없네. 보리스 코네프라는 자는 자네 말대로 풀어놓아야 할 사람인지도 모르지. 하지만 지금은 무의미해 보여도, 조만간 쓸 구석이 생기는 체스말도 있는 법일세. 예금이든 채권이든, 오래 묵혀둘수록 이율이 오르지 않나?"

"그건 그렇습니다만……."

"석유가 지층에 형성된 후 쓸모가 생길 때까지는 수억 년이나 걸리지. 그에 비하면 인간은 아무리 늦다 해도 반세기만 지나면 결과가 나온다네. 초조해할 것 없어."

"수억 년……."

중얼거린 젊은 보좌관의 목소리에 기묘한 패배감 같은 것이 어려 있었다. 그릇의 차이를 실감한 듯, 케셀링크는 새삼 란데스헤르를 쳐다보았다.

"그건 그럴지 몰라도, 체스말은 움직이는 방향이 정해져 있지만 인간은 그렇지 않습니다. 그들을 마음대로 움직여 쓸모 있게 활용하는 일은 그리 쉽지 않을 겁니다."

"좋은 점을 지적했군. 맞아. 인간 심리와 행동은 체스말보다도 훨씬 복잡하네. 그것을 자기 의도대로 움직이려면, 보다 단순화하면 되는 게야."

"그 말씀은?"

"상대를 어떤 상황으로 몰아넣어 행동의 자유를 빼앗고 선택을 줄여나가는 것일세. 어디, 동맹군의 양 웬리를 예로 들어볼까……."

현재 양의 입장은 매우 미묘하다. 동맹 권력자들은 양에게 애증이라 표현해야 할 만한 정신상태를 보이고 있다. 양이 자신의 명망을 이용해 정계에 투신하고 합법적으로 그들의 권력을 빼앗지는 않을까 하는 불안감. 그리고 케셀링크를 통해 루빈스키가 선동했던 것처럼, 양이 강대한 무력을 동원해 비합법적으로 지배권을 확립하는 것은 아닐까 하는 공포. 이 두 가지는 권력자들이 양을 말살하고 싶어 안달복달하는 충분한 이유가 될 것이다.

반면 양의 군사적 재능은 동맹에 반드시 필요하다. 양이 없어진다면 동맹군은 전쟁 한 차례 치르지 못하고 와해될 것이다. 아이러니컬한 이야기지만, 은하제국 독재자 라인하르트 폰 로엔그람의 존재 자체가 양을 보호하고 있다고 해도 과언이 아닌 것이다. 라인하르트가 사라진다면 동맹 권력자들은 미친 듯이 기뻐 날뛰며 드디어 필요 없어진 양을 말살하려 들 것이다. 목숨까지는 빼앗지 않는다 해도, 정치적으로, 혹은 음험한 스캔들을 날조해 명성을 실추하고 시민권을 박탈하는 정도는 태연히 저지를 것이다. 일류 권력자는 권력으로 무엇을 해낼 것인가에 목적을 두지만, 이류 권력자는 권력을 계속 유지하는 것 자체에 목적을 두기 때문이다. 그리고 현재 동맹 권력자들은 누가 보더라도 이류에 속했다.

"양 웬리는 지금 가느다란 한 줄기 실 위에 서 있네. 실 한끝은 동맹에, 나머지 한끝은 제국에 걸려 있지. 이 균형이 유지되는 한 양 웬리는 아무튼 불안정하더라도 설 수 있어. 그러나……."

"우리 페잔이 그 실을 끊어버린다는 말씀입니까?"

"끊을 필요는 없네. 더욱 가늘게 깎아내면 되는 거야. 그러면 양 웬리가 선택할 수 있는 길은 점점 줄어들지. 앞으로 2, 3년만 지나면 양 웬리는 두 가지 길 중 하나를 선택할 수밖에 없을 걸세. 하나는 자국 권력자들에게 숙청당하는 길. 나머지 하나는 현재의 권력자들을 타도하고 자신이 그 자리를 차지하는 길."

"그 전에 라인하르트 폰 로엔그람에게 패해 죽을 가능성도 있을 텐데요……."

보좌관은 집요하게 문제를 제기했다.

"로엔그람 공작이 그렇게까지 잘나가도록 내버려둘 수는 없지."

루빈스키의 어조는 담백했으나, 그 밑바닥에는 불투명한 것이 도사리고 있었다. 보좌관은 허공을 향해 주먹을 휘두른 듯한 기분을 맛보았다.

"또한, 반대로 양 웬리가 로엔그람 공작을 전장에서 타도해버릴 수도 있습니다. 그때는 어떻게 대처하실 겁니까?"

"보좌관……."

란데스헤르의 목소리가 슬쩍 바뀌고 있었다.

"나는 지나치게 말이 많아진 것 같고, 자네는 지나치게 질문이 많아진 것 같군. 여기서 철학을 논하는 것 말고도 우리가 해야 할 일은 많네. 애초에 이 계획에서 렘샤이트 백작을 맹주로 삼아 부추기는 것은 당연하다 쳐도, 실행부대 책임자는 아직 결정하지 않았잖은가. 우선 그 점부터 해결해 주게."

"……실례했습니다. 빠른 시일 내에 인선을 마쳐 보고를 올리겠습니다."

보좌관이 집무실을 나가자 루빈스키는 다부진 몸을 의자에 깊이 묻었다.

이 계획이 실현되면 로엔그람 독재체제 은하제국과 자유행성동맹은 불구대천의 원수가 될 것이다. 식견 높은 정치가가 나서 쌍방 평화공존을 꾀하기 전에 실행에 옮길 필요가 있다.

폐잔 란데스헤르는 굵은 턱 언저리에 육식동물 같은 미소를 띠었다.

아무도 눈치 채서는 안 된다. 자유행성동맹의 적은 은하제국이 아니라 골덴바움 왕조였다는 사실을. 골덴바움 왕조를 타도해야 할 공통의 적으로 인식했을 때 로엔그람 신체제와 동맹은 공존이 가능해진다는 사실을.

두 세력의 투쟁은 조금 더 이어져야 한다. 영원히는 아니다. 앞으로 3, 4년 정도면 된다. 그리고 전쟁이 종식되었을 때, 모든 유인행성의 지표를, 이들을 잇는 공간을 과연 누가 지배하고 있을지. 상상력이 빈곤한 자들은 생각도 하지 못할 것이다…….

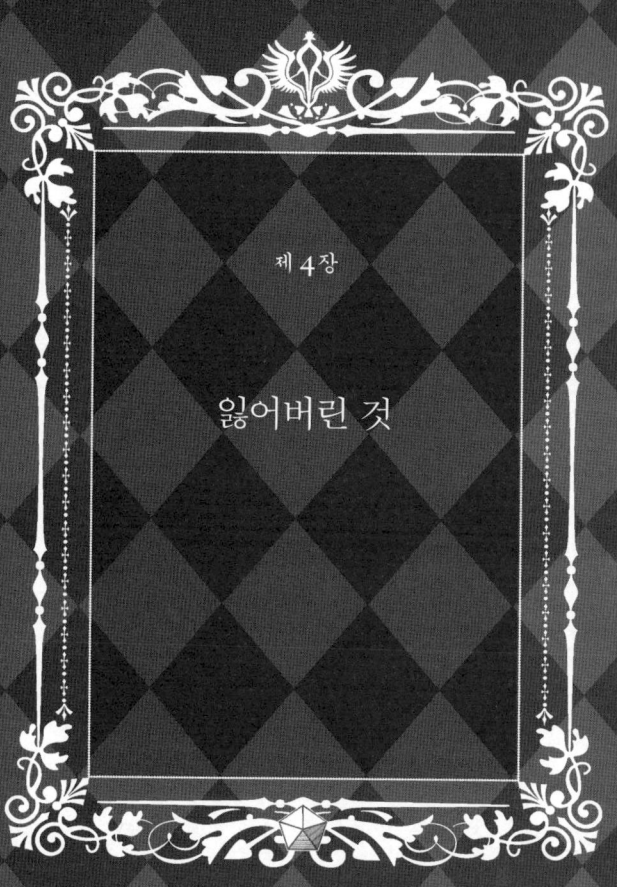

제 4 장

잃어버린 것

I

페잔 란데스헤르 보좌관 루퍼트 케셀링크가 수도 북쪽 900킬로미터에 위치한 애쉬니보이어 계곡으로 레오폴트 슈마허를 찾아간 것은 2월 말의 일이었다. 그곳은 상업국가인 페잔에서 개발되지 않은 채 방치되었던 광대한 가경지可耕地로, 최근 입주자들이 집단농장을 개척하기 시작했다.

레오폴트 슈마허는 작년까지 제국군 대령이었으며 '립슈타트 전역'에서는 귀족연합군에 속해 최고 강경파 우두머리 플레겔 남작의 참모를 지냈다. 그러나 남작은 슈마허의 진언과 의견을 모조리 무시했다. 마지막에는 이성을 잃고 참모를 사살하려 했으나, 주군보다 참모를 신뢰하던 병사들의 저항으로 되레 목숨을 잃었다. 그 후 슈마허는 부하들을 이끌고 페잔으로 망명하여, 새로운 토지에서 과거를 버린 생활을 시작하기로 마음먹었다. 군인으로서 장래가 촉망되던 서른세 살의 그였지만 전쟁에도 음모에도 신물이 나 조용히 충실한 생활을 추구하고 싶었던 것이었다.

그래서 슈마허는 자신들이 페잔까지 타고 온 전함에서 병기를 파기해 페잔 상인에게 매각하였으며, 그 대금을 부하들에게 분배해 장래를 각자 손에 맡기려 했다. 그러나 부하들은 떠나려 하질 않았다. 싸움에 패해 조국을 버리고 망명하기는 했으나, 그들은 재빠르고 교활하며 마음을 놓을 수 없는 페잔의 경쟁사회에서 살아갈 자신이 없었던 것이다. 페잔인들이 억척스럽게 이익을 추구하는 모습은 제국에 과장되어 전해졌으며, 소박하고 세상 물정에 어두운 병사들이 자기 자신의 재능을 기대할 수 없는 이상 신뢰할 수 있는 것은 슈마허의 지혜와 책임감뿐이었다. 그리고 슈마허는, 광기 어린 플레겔의 총구에서 그를 구해준 병사들을 내칠 수가 없었다.

병사들은 분배금 운용을 슈마허에게 일임했다. 지성이 풍부한 참모도 페잔인들을 상대로 상업활동에서 이길 자신은 없었다. 그가 선택한 것은 수수하지만 건실한 농장 경영이었다. 상업국가인 페잔 국민들도 식량 없이는 살아갈 수 없으며, 맛있고 신선한 음식에 대해서는 그렇지 않은 것보다도 많은 대가를 지불할 만한 도량을 지녔다. 생활을 즐길 줄 아는 상인들에게 양질의 농작물을 공급한다면 그들도 페잔에서 살아나갈 수 있지 않을까.

그렇게 생각한 슈마허는 전함 대금을 적절하게 사용했다. 애쉬니보이어 계곡에 땅을 사고 소박하지만 설비가 갖춰진 이동식 주거를 설치한 다음 종자와 묘목을 입수했다. 그렇게 망명자들은 대지와 끈덕진 싸움을 시작하려던 참이었다.

슈마허는 의외의 방문객을 곤혹스러운 난입자로밖에 여기지 않았다.

당신의 조국에 대해 중요한 이야기가 있다고 보좌관이 말하자 슈마허는 대답했다.

"저와는 상관없는 이야기입니다. 은하제국이나 골덴바움 왕조가 어떻게 되어도 말입니다. 저와 동료들의 새로운 생활 터전을 확보하는 것만도 벅찬 상황이라, 이미 버린 과거는 생각할 여유조차 없습니다."

그의 어조는 정중했으나, 기피하는 감정만은 감출 수가 없었다.

"과거는 버리셔도 좋습니다. 하지만 미래를 길동무로 삼아서야 되겠습니까? 슈마허 대령님, 당신은 흙과 비료에 찌들어 생애를 마칠 사람이 아닙니다. 역사를 바꿔보고 싶지 않습니까?"

"돌아가십시오."

"아, 진정하시고 제 말씀을 좀 들어 주십시오."

자리에서 일어나려는 대령을 보좌관이 제지했다.

"대령님의 농장에서 작물을 재배할 수는 있을 겁니다. 개발하지 않은 채 방치되었으나, 애쉬니보이어는 비옥한 토지가 될 가능성이 있으니까요. 하지만 애석하게도, 작물은 시장에 팔지 않는 한 의미가 없지요. 총명한 대령님이라면 무슨 말인지 아실 겁니다."

케셀링크는 내심 감명을 받았다. 슈마허는 안면근육 하나 꿈쩍하지 않았던 것이다. 영민함과 강인함 두 가지를 겸비한 사내라는 것을 페잔의 젊은 보좌관은 충분히 알아차릴 수 있었다. 그러나 그것은 처음부터 불공평한 게임이었다. 슈마허는 모든 체스말을 거느린 적을 상대로 폰 하나만 든 채 싸울 수밖에 없었다.

"……그것이 페잔의 방식이라 이겁니까?"

슈마허의 목소리에 깃든 가벼운 분노는 눈앞의 상대 때문이 아니었다. 효과 없는 조롱밖에 내뱉을 수 없는 자신의 무력함 때문이었다. 케셀링크는 미안해하는 기색도 없이 승리를 인정했다.

"그렇습니다. 이것이 페잔의 방식입니다. 필요하다면 방편도 사용하지요. 경멸하셔도 좋습니다. 물론, 승자에 대한 패자의 경멸만큼 허무한 것도 없다고 생각합니다만."

"이기고 있는 동안에는 그렇게 생각하겠지요."

슈마허는 덤덤한 말투로 받아치고, 자기보다 정확하게 열 살이 어린 보좌관을 가만히 쳐다보았다.

"그래서, 나더러 어쩌라는 겁니까? 로엔그람 공작이라도 암살하고 올까요?"

케셀링크는 웃음을 지었다.

"페잔은 유혈을 선호하지 않습니다. 평화야말로 번영으로 통하는 유일한 길이니까요."

슈마허가 그 말을 믿지 않는 것은 분명했다. 하지만 젊은 보좌관에게 필요한 것은 상대의 신용이 아니라 복종이었다. 그는 어제 렘샤이트 백작에게 이야기한 것과 같은 내용을 설명하고, 경악을 감추지 못하는 상대의 표정에 만족했다.

알프레트 폰 란즈베르크 또한 페잔 본성에서 망명자의 불운을 한탄하는 몸이었다. 그는 아직 스물여섯밖에 되지 않았지만 그 네 배나 되는 세월을 살았던 증조부보다도 훨씬 거대한 인생의 변천을 경험하고 있었다. 증조부는 술잔치와 사냥과 엽색으로 생애를 마쳤으나, 증손자는 그중 어느 하나도 별로 경험하지 못한 사이에 제국을 양분하는 대란에 말려든 채 재산을 모조리 잃었다. 목숨을 부지할 수 있었던 것만으로도 행운이라고 해야 하리라.

간신히 전장에서 이탈해 페잔에 몸을 의탁한 알프레트는 선제 프리드리히 4세가 은사한 스타사파이어 커프스 버튼을 팔아 당분간 생활할 비용을 마련한 후, '립슈타트 전역사戰役史'라는 책을 저술하려 했다. 귀족 살롱에서 그의 시나 단편소설은 제법 평판이 좋았다.

서문 부분이 완성되자 알프레트는 의기양양하게 원고를 출판사에 가져갔으나, 정중하게 거절당하고 말았다.

편집자는 씨근덕거리는 알프레트에게 말했다.

"백작님의 저술에는 많은 장점이 보입니다만…… 너무나도 주관적이고 부정확해 기록으로서 가치가 있을지는 의심스럽군요. 정열과 로맨티시즘에 맡긴 채 아름다운 문체로 글을 쓰시기보다는, 좀 더 필치를 억제하면서 냉정하게, 객관적으로……."

젊은 백작은 편집자 손에서 원고를 낚아채곤 난도질당한 자존심을 추슬러 임시 주거로 돌아왔다. 잠들기 위해 많은 와인이 필요했다.

다음 날이 되자 기분도 바뀌었다.

'그래. 나는 기록자가 아니라 행동자야. 지나버린 과거를 지면으로 옮기는 것보다는 현재를 행동하고 내 손으로 미래를 세워나가는 것이 훨씬 어울리지.'

그렇게 생각하던 그에게 폐잔 란데스헤르 보좌관 루퍼트 케셀링크가 찾아왔다. 알프레트보다도 훨씬 어린 보좌관은 예의 바르게 말했다.

"백작님, 백작님의 충성심과 정열을 조국에 바칠 생각은 없으십니까? 만약 그럴 의향이 있으시다면, 렘샤이트 백작님을 맹주로 하는 이 계획에 참가해 주셨으면 합니다."

이야기를 들은 알프레트는 놀라는 한편 기뻐하며 계획에 참가할 것을 맹세하고 계획 실행책임자 슈마허를 소개받았다.

옛 제국군 대령은 알프레트가 고故 플레겔 남작의 친구였다는 것을 알고 있었다. 슈마허는 다소 어색한 분위기가 될지도 모른다고 각오했으나, 알프레트는 일개 대령까지는 기억하지 못했다.

"듣자하니 경과 나는 과거에 전우였다던데, 앞으로도 동지가 되겠군.

잘 부탁하네."

집착도 응어리도 없는 표정으로 악수를 청했다. 그에 응하며 슈마허는 안도와 불안의 거품이 교대로 의식의 수면 위로 떠오르는 것을 느끼고 있었다.

슈마허가 보았을 때 알프레트의 성격은 나쁘지 않았다. 행동력과 용기도 있다. 하지만 현실과 공상을 구별하지 못하는 경향이 있는 것 같았다. 계획의 가능성을 고려했을 때, 슈마허는 낙천적으로 생각할 수 없었다.

이 계획이 과연 성공할지, 슈마허는 자문할 수밖에 없었다. 설령 성공한다 해도 여기에 어떤 의의가 있단 말인가. 전쟁을 확대하고, 평화와 진보로 이르는 길에 장애물을 가져다 놓기만 하는 것은 아닐지.

그러나 그렇게 생각하면서도 슈마허는 계획에서 발을 뺄 수 없는 입장이었다.

이렇게 루퍼트 케셀링크는 계획에 필요한 인재를 착착 모으고 있었다. 시간과 자금은 충분했다. 그는 계획이 성공할 거라 확신했다. 이 계획이 실행되었을 때 전 인류사회는 놀라 자빠질 것이다. 그보다도 한 살 어린 로엔그람 공작의 반응이 기대되는 순간이었다.

그리고 그때는 페잔 란데스헤르 루빈스키 또한 그의 능력을 인정하지 않을 수 없으리라.

II

힐다, 즉 힐데가르트 폰 마린도르프는 제국재상 수석비서관으로서 라인하르트를 보좌하는 몸이었다. 라인하르트가 정치, 외교, 전략에 관한 그녀의 재능을 높이 평가했기 때문이었다. 그러나 다른 목소리도 있었다.

라인하르트의 부하들은 문관, 무관을 막론하고 모두 공통된 반응을 보였다.

"단순히 재능 때문만은 아닐 것이다."

스물두 살의 라인하르트와 스물한 살의 힐다는 모두 보기 드문 미모의 소유자로, 두 사람이 나란히 서 있는 모습을 고대 로마 신화의 아폴로 신과 미네르바 여신에 비유하는 자마저 있었다. 하지만 공공연한 이야기는 아니었다. 제국에서 말하는 신화란 고대 게르만 신화를 가리키는 것이기 때문이다.

힐다는 백작영애라는 단어에서 상상할 수 있는 '세상 풍파를 모르는 아가씨'의 이미지와는 거리가 멀었다. 거무스름한 금발을 짧게 자르고 시원시원하게 움직이는 모습은 활력과 약동성으로 넘쳐나 오히려 소년 같은 인상마저 느껴졌다. 인습에 사로잡히지 않고 성장해, 나이와 신분의 틀을 벗어난 사고력을 겸비한 귀족 영애. 부친인 프란츠 폰 마린도르프 백작은 이러한 딸의 존재를 기적처럼 여겼으므로 아들이 없는 것을 유감스럽게 생각하지는 않았다. 힐다였기 때문에 '립슈타트 전역'의 소용돌이 속에서 정확히 장래를 예견하고 백작가를 평안으로 이끌 수 있었던 것이다.

힐다에게는 형제가 없지만, 그와 맞먹는 존재로 사촌동생 하인리히 폰 큄멜 남작이 있다. 은발에, 단정하지만 핏기 없는 얼굴. 골격도 가늘고 살집도 적은 몸. 모든 것이 섬세함을 넘어 연약하고 덧없는 인상을 주었다. 실제로 그는 하루 대부분을 침대에서 지내야만 하는 반 병자로, 그 때문에 '립슈타트 맹약'에도 가담하지 못한 결과 멸망을 면했다.

그는 태어났을 때부터 선천성 대사이상이라는 병명을 달고 있었다. 몸 안 산소가 태어날 때부터 부족하기 때문에 아미노산이나 당분을 분해 흡수할 수 없어 발육장애를 일으키는 것이다. 이는 치료용으로 만들어진 특수한 유제乳劑를 몇 년에 걸쳐 복용하면 완치할 수 있으나, 그 유제는 매우 값비싼 것이었다.

루돌프 대제가 규정한 '열악유전자 배제법'에 따르면 선천적으로 장애가 있는 아이는 살아갈 가치가 없다. 따라서 치료용 유제를 생산해 허약한 자를 구하는 것은 이미 논외였다. 그러나 귀족 가문에서도 육체에 장애를 가진 유아가 태어나는 일이 있다. 그 수요에 부합하기 위해 치료용 유제가 소량 생산되어, 평민의 구매능력을 넘어선 가격으로 판매되고 있었다. 은하제국 지배계급이 생각하는 평민의 가치란 자신들을 양육하기 위해 노동력을 제공하고 조세를 부담하는 존재 그 이상도 이하도 아니었다. 근면한 노동자는 칭송받아 마땅하나, 사회에 아무런 공헌도 못하고 타인에게 부담만 주는 약자나 장애자에게는 살아갈 권리가 없다는 것이 루돌프 대제 이래 제국의 윤리관이었다.

하인리히는 그야말로 평균 소득수준의 귀족 가문에서 태어났기 때문에 죽어야 할 목숨을 건진 것이었다. 말하자면 특권을 얻고 태어난 입장이다. 다만 아무런 비판 없이 여기에 안주할지, 이를 사색의 양식으로 삼을지는 개인의 자질과 주변 영향에 달려 있다. 태어났을 때부터 의안이 필요했던 파울 폰 오베르슈타인의 경우 사색을 넘어서 그가 악으로 규정한 체제를 타도하기 위한 행동에 나섰으나, 하인리히에게는 그만한 행동을 지지해줄 체력이 없었다. 그가 젖먹이 때 의사들은 '세 살까지 살 목숨'이라고 했다. 다섯 살 때는 '앞으로 2년이 고작'이라고 하였으며, 열두 살 때는 '열다섯까지 버티지는 못할 것'이라 하였다. 세 살 많은 사촌누이 힐다에게 하인리히는 보호본능을 자극해 마지않는 존재였다. 그녀는 물심양면으로 사촌동생을 돌보아주었다.

반면 하인리히의 입장에서 보자면 아름다울 뿐만 아니라 활력과 총명함으로 넘쳐나는 힐다는 단순한 사촌누이가 아니라 숭배에 가까운 동경의 대상이었다. 어릴 적 양친을 잃은 하인리히는 힐다의 아버지 마린도르프 백작, 다시 말해 백부를 후견인으로 삼아 가문을 물려받았다. 지성은 둘째 치더라도 나이, 건강, 경험 등 모든 면에서 부족한 당주인지라 재산은 마린도르프 백작이 관리하게 되었다. 백작이 만약 다른 마음을 품었더라면 큄멜 가의 모든 재산을 횡령할 수도 있었으나, 마린도르프 백작은 제국 귀족 가운데 얼마 안 되는 성실한 인물에 속했다.

그런 하인리히에게 영웅을 숭배하는 경향이 나타난 것은 오히려 당연한 일이었으리라. 특히 그는 한 인생에서 다방면에 걸쳐 업적을 세운 사람들을 동경했다. 레오나르도 다 빈치, 정치개혁자이자 군인이자 시인이었던 조조曹操, 혁명가이자 군인이자 수학자이자 기술자였던 라자르 카르노, 제왕이자 천문학자이자 시인이었던 투그릴 벡이 숭배의 대상이었다.

힐다는 라인하르트의 부하인 에르네스트 메크링거 대장에게 하인리히와 만나 주십사 부탁한 적이 있다. 메크링거는 하인리히에게 어떤 의미로는 이상적인 인물이었다.

내키지 않지만 군인이 되었다는 점에서는 그도 자유행성동맹 양 웬리와 비슷했다. 그러나 신상조사서 취미란에 '낮잠'이라고 썼던 양과는 달리 메크링거는 풍부한 예술표현력을 타고 태어났다. 시와 수채화 방면에서는 제국 예술 아카데미의 상을 받은 적이 있으며, 피아노 연주에서도 비평가들에게 '대담함과 섬세함의 완전한 융합'이라는 칭송을 받았다. 뿐만 아니라 암릿처 회전이나 립슈타트 전역에서 확실한 역량을 발휘해 군인으로서도 많은 무훈을 세웠다. 넓은 시야로 전황 전체를 바라보며 필요한 상황에 따라 필요한 병력을 배치 및 투입하는 전략가 타입으로, 대함대 지휘에도 뛰어나지만 그 이상으로 훌륭한 참모이기도 했다.

힐다의 청을 받아들인 '예술가 제독'은 자작 수채화 한 점을 챙겨 하인리히의 저택을 방문해 힐다를 포함한 셋이서 환담을 나누었다. 하지만 흥분한 하인리히가 가볍게 열이 나는 바람에 의사가 찾아오고, 결국 즐거운 자리는 한 시간 만에 끝나고 말았다.

현관까지 제독을 배웅한 힐다는 감사 인사를 올리며 한 가지 질문을 했다. 하인리히의 병실에 들어섰을 때 제독이 아주 어렴풋하게나마 의외라는 표정을 지었는데, 그 이유를 알고 싶었던 것이다.

"아, 역시 얼굴에 드러났군요."

서른다섯 살, 라인하르트 휘하 제독들 가운데에서는 연장자에 속하는 메크링거는 깔끔하게 정리한 갈색 콧수염 밑에서 부드러운 미소를 지었다.

"다른 뜻은 아니었습니다. 저는 남작님 같은 병자를 두셋 알고 있는데, 몸이 부자유스러운 사람은 가까운 곳에 새나 고양이 같은 동물을 두는 경우가 많지요. 퀴멜 남작님의 방에는 그러한 것이 보이지 않아 '이분은 동물을 싫어하나' 생각했습니다. 그뿐입니다."

생각해 보니 하인리히는 애완용 동물을 키운 적이 없었다. 자신이 자

유로이 움직이지 못하기 때문에, 동물이 돌아다니는 모습을 보며 즐거워하거나 부러워하는 보상심리. 하인리히에게는 그런 것이 필요치 않았던 걸까.

메크링거의 지적은 힐다 자신도 느낀 적이 있었다. 하지만 그녀가 이를 잊어버릴 때까지는 몇 시간도 걸리지 않았다.

힐다와 메크링거는 비범한 지성과 감성을 겸비한 인재였으며, 그렇기 때문에 의문을 느꼈던 것이었으나, 그것은 의혹으로 키워내기에는 너무나도 자그마한 싹이었다. 재상 수석비서관인 백작영애도, 시인이자 화가인 제국군 제독도 이때의 사소한 대화를 떠올린 것은 훨씬 나중이 되어서였다. 그리고 그것은 씁쓸한 충격과 함께 힐다와 메크링거 앞에 나타나게 된다.

샤프트 기술대장이 입안하고 켐프와 밀러가 실행책임자가 된 가이에스부르크 요새 이동계획에 대해 힐다는 찬성하지만은 않았다. 아니, 오히려 분명한 반대를 표명했다. 지금 우주에 필요한 것은 건설자 라인하르트의 능력이지 정복자 라인하르트의 능력이 아니라고 생각했던 것이다. 힐다는 무조건 평화를 부르짖는 사람은 아니었다. 고故 브라운슈바이크 공작으로 대표되는 구 귀족연합처럼, 무력으로 타도해야 할 개혁과 통일의 적도 있다.

반면, 무력은 만능이 아니다. 정치와 경제가 충실해야 비로소 무력도 존재할 수 있으며, 내실이 없는데도 무력만을 키워봤자 영원한 승리를 바랄 수는 없다. 극단적으로 말하자면 무력이란 정치와 외교의 패배를 보상하기 위한 최후 수단이며, 발동하지 않았을 때 비로소 가치가 있는 것이다.

힐다가 이해할 수 없는 것은 이런 시기에 동맹령을 침공해야만 하는 당위성이었다. 이번 출병은 아무리 보아도 명백히 필연성이 결여되었다고 생각할 수밖에 없었다.

가이에스부르크 요새 이동계획은 캠프 제독의 의욕 넘치는 지휘 아래 급속도로 진행되고 있었다. 요새 자체를 수리하는 한편 주위에 열두 개의 워프 엔진, 열두 개의 통상항행용 엔진을 고리 형태로 부착하는 작업이 동시에 이루어져, 3월 중반에는 제1회 워프 테스트가 실시될 예정이었다. 이 작업에 6만 4000명의 공병이 동원되었으나, 캠프는 2만 5000명을 추가로 투입해줄 것을 요청했고 라인하르트는 이에 응하기로 했다.

"워프라는 것도 알고 보면 의외로 번잡하지."

어느 날 점심식사 자리에서 라인하르트는 힐다에게 그렇게 말을 꺼냈다.

"질량이 지나치게 작으면 워프에 필요한 출력을 얻을 수 없고, 지나치게 크면 엔진 출력한계를 넘어서거든. 여러 개의 엔진을 사용한다 해도 완전히 연동시키지 못하면 물론 실패하고, 가이에스부르크는 아공간 속으로 영원히 행방을 감추거나 원자로 돌아가고 말 거야. 샤프트는 자신만만하지만, 이 계획의 난점은 발안보다도 실행에 있지. 놈이 벌써부터 으스댈 필요는 없어."

"캠프 제독은 잘하고 있습니다."

"아직 완전히 성공한 것은 아니지만 말이야."

"성공했으면 해요. 실패한다면 유능한 인재를 아깝게 잃게 될 테니까요."

"그래서 죽는다면 쳄프도 그 정도밖에 안 되는 거지. 살아있어 봤자 달리 도움도 안 될 테고."

이때 라인하르트의 목소리는 냉엄함을 넘어서 잔혹하게 들리기까지 했다.

지크프리트 키르히아이스가 살아있었다면 뭐라고 했겠느냐고 말하려던 힐다는 입을 다물었다. 이를 라인하르트에게 직언할 수 있는 사람은 이제 이 세상에 한 명밖에 없기 때문이다. 그 사람은 프로이덴 산장에 사는 여성으로, 동생과 같은 황금색 머리카락과 가을 햇살 같은 미소와 그뤼네발트 백작부인이라는 칭호를 가졌다.

포도주를 입가로 가져가는 라인하르트의 동작은 꾸밈없는 우아함으로 넘쳐났다. 그것을 바라보며 힐다는 이 화려한 젊은이가 지닌 일종의 위태로움에 대해 생각했다.

라인하르트의 몸 안에는 날개가 돋아난 사나운 말이 자리 잡은 채 그를 내몰고 있다. 그리고 그 고삐는 라인하르트 자신이 아니라 죽은 지크프리트 키르히아이스의 손에 있었던 것이 아닐까. 그런 생각이 힐다를 붙들고 놓아주질 않았다.

III

"요새를 이동시키는 데 기술상으로는 아무런 문제도 없습니다. 해결해야 할 문제는 질량과 엔진 출력의 관계, 오로지 그뿐입니다."

샤프트 기술대장은 자신만만하게 단언했으나, 사람들의 불안요소는 적지 않았다.

가이에스부르크 요새의 질량은 약 40조 톤에 달한다. 이렇게나 거대한 질량이 워프인했다가 워프아웃한다면 통상공간에 얼마나 큰 영향을 미칠까? 무시무시한 시공진동이 발생하지는 않을까? 열두 개의 워프엔진을 **완전히** 동시에 작동하는 것이 사실상 가능할까? 만약 10분의 1초라도 동작에 오차가 발생한다면 요새 내에 있는 100만 명도 넘는 장병은 산산이 흩어져 원자로 환원되거나 아공간의 영원한 방랑자가 되지 않을까?

소규모 실험이 거듭 실시되고, 요새가 워프인 및 워프아웃하기로 예정된 공역 부근에는 조사선이 배치되었다. 어떤 계획을 실시할 때 라인하르트는 '인간으로서 해낼 수 있는 완벽함'을 요구했고, 켐프와 뮐러는 뛰어난 운영자이기도 했으므로 성공을 위한 수단은 생각할 수 있는 한 모두 동원했다. 물론 그것이 완벽한 결과로 이어지리라는 보장은 없지만.

한편으로 라인하르트는 제국재상 직무에도 힘을 쏟았다. 일요일을 제외하고 그는 하루 전반은 원수부에서, 후반은 재상부에서 일했으며, 오후 1시부터 시작되는 늦은 점심식사가 그 경계선이 되었다. 점심 상대는 힐다가 되는 경우가 많았으며, 라인하르트는 이 아름다운 아가씨와 나누는 대화를 즐겼다. 그는 힐다의 아름다움보다도 지성에 관심을 두는 것 같았다.

어느 날, 화제가 작년 '립슈타트 전역'에 미쳤을 때 힐다가 말했다.

"브라운슈바이크 공작이 재상 각하보다도 강대한 병력을 가졌으면서 패멸한 것은 세 가지가 없었기 때문입니다."

"그거 꼭 듣고 싶은걸. 그 세 가지가 무엇인지."

"균형 잡힌 마음, 통찰력을 갖춘 눈, 부하의 의견을 듣는 귀입니다."

"그렇군."

"반대로 말하자면, 재상 각하께서는 세 가지를 모두 겸비하셨습니다. 그러니 거대한 적에게 승리를 거둘 수 **있었던** 것이지요."

힐다가 과거형을 사용했다는 것을 깨닫고 라인하르트는 푸른 얼음빛 눈동자를 살짝 강하게 빛냈다. 그는 종이처럼 얇은 백자 커피잔을 테이블에 놓더니 미모의 비서관을 정면으로 바라보았다.

"내게 무언가 하고 싶은 말이 있는 모양이로군."

"어디까지나 한담일 뿐입니다. 그런 눈을 하시면 무서운걸요."

"프로이라인이 나 같은 자를 무서워할 리가 있나⋯⋯."

라인하르트는 쓴웃음을 지으며 한순간 소년 같은 표정을 지었다.

"국가, 조직, 단체. 무어라 형언해도 좋습니다만, 인간 집단이 결속하기 위해서는 반드시 필요한 것이 있지요."

"호오, 그것이 뭐지?"

"**적입니다.**"

라인하르트는 짧게 웃었다.

"그건 진리로군. 여전히 예리해, 프로이라인. 그래서, 나와 부하들에게 필요한 적이란 누구인가?"

힐다는 라인하르트가 예상했던 대답을 말했다.

"물론 골덴바움 왕조이지요."

젊은 제국재상의 얼굴에서 눈을 떼지 않고 그녀는 말을 이었다.

"황제는 겨우 일곱 살이지만, 당사자의 연령과 재능과 기량은 현재 아무런 문제도 되지 않습니다. 그가 골덴바움 왕조의 당주이자 루돌프 대제의 피를 이어받은 자이며, 구세력 단결과 규합의 상징이 되기에 충분하다는 것. 그것이 유일무이한 문제점입니다."

"바로 맞혔어."

라인하르트는 고개를 끄덕였다.

일곱 살 된 황제 에르빈 요제프의 자질은 미지의 영역에 있다. 아직까지는 성깔이 사나운 것 외에는 극히 평범한 아이로, 그리 총명해 보이지도 않는다. 라인하르트의 일곱 살 당시와 비교한다면 용모에서도 내면에서도 훨씬 뒤떨어진다. 하지만 대기만성이라는 말도 있으니 앞으로 어떻게 성장할지는 예측하기 어렵다.

라인하르트는 황제가 물질 면에서 전혀 불편함을 느끼지 못하도록 해주었다. 선제 프리드리히 4세에 비하면 궁정비용도 시종도 대폭으로 삭감한 것은 사실이다. 그래도 황제는 수십 명의 **어른**에게 시중을 받고 있다. 전문 교사, 전문 요리사, 전문 시종, 전문 간호사, 전문 개 산책 담당자. 식사도 의복도 장난감도 평민 아이들은 상상할 수 없을 만큼 사치스러운 것들이었다. 요구하는 것은 모두 들어주고, 그 어떤 짓을 해도 꾸짖는 자는 없다. 어쩌면 그것이야말로 장래 큰 그릇이 될 싹을 뽑아내는 최선의 방법일지도 모른다. 설령 총명한 소질을 지닌 자라 해도 이러한 환경에서는 썩어버리고 말 것이다.

"걱정할 것 없네, 프로이라인."

라인하르트는 부드럽게 말했다.

"나도 유아살해범이 되기는 싫으니. 황제는 죽이지 않아. 그대가 말했듯 내게는 적이 필요하지. 그리고 나는 적보다도 관대하고, 될 수 있는 한 올바르게 행동하고 싶으니 말이지……"

"훌륭한 마음가짐이십니다."

힐다는 골덴바움 왕조에 대해 전혀 동정을 느끼지 못했다. 귀족 집안에 태어난 자신이 공화주의자 같은 사상을 품게 된 것은 그녀 자신도 매우 신기했다. 그러나 라인하르트를 유아살해범으로 만들고 싶지는 않았다.

찬탈은 수치가 아니다. 오히려 권위를 뛰어넘는 실력을 지녔다는 증거이므로 자랑스러워해야 한다. 그러나 유아살해는, 그 어떠한 사정이 있다 하더라도 이것만은 후세의 비난을 면키 어려울 것이다.

IV

워프 실험을 앞두고 칼 구스타프 켐프 대장은 잠시 수도 오딘으로 귀환해 제국군 최고사령관 라인하르트 폰 로엔그람 원수에게 경과를 보고했다.

"성공하겠나?"

라인하르트의 질문에 무인다운 힘찬 대답이 돌아왔다.

"반드시 성공하고 말겠습니다."

라인하르트는 장부다운 부하를 푸른 얼음빛 눈으로 바라보며 고개를 끄덕이더니, 표정을 누그러뜨리고는 하룻밤을 가족과 보내도록 권했다.

켐프는 즉시 가이에스부르크로 돌아가려던 예정을 바꿔 관사로 돌아가 하룻밤을 지내기로 했다.

그에게는 아내와 두 아들이 있다. 몇 달 만에 단란한 시간을 보낼 수 있게 해준 젊은 원수에게 속으로 감사하며, 그는 아들들에게 말했다.

"아빠는 말이다. 이제 먼 우주로 나쁜 놈들을 잡으러 간단다. 너희는 모두 사내대장부니까 엄마를 지키면서 착하게 있어야 한다."

캠프도 현실은 그렇게 단순하지 않다는 것을 잘 알고 있었으나, 아이들에게는 단순명료해야 한다고 믿었다. 세상이 얼마나 복잡하고 추악한지는 어른이 되면서 자연스럽게 이해하는 것이다. 어쩌면 부모에게 교육받은 단순명료한 인생관을 원망하게 될지도 모르지만, 그들 역시 부모가 된다면 그 마음을 이해할 것이라 생각했다.

"자, 아빠에게 안녕히 다녀오세요 해야지."

어머니의 채근에 여덟 살 난 맏아들 구스타프 이자크는 아버지의 듬직하고 커다란 몸에 매달려 열심히 발돋움을 하며 말했다.

"아빠, 안녕히 다녀오세요. 빨리 오셔야 해요."

다섯 살 난 둘째아들 칼 프란츠는 그런 형의 등에 매달리면서 역시 발돋움을 하고 있었다.

"아빠, 안녕히 다녀오세요. 선물 사오세요."

형은 돌아보며 동생을 야단쳤다.

"바보야. 아빠는 일하러 가시는 거야. 선물 사올 시간이 어딨어?"

자상한 아버지는 울상을 짓는 둘째아들의 밤색 머리를 커다란 손으로 쓰다듬으며 웃었다.

"선물은 다음에 사 주마. 하지만…… 그래, 돌아오면 오랜만에 할머니네 갈까?"

"여보, 괜찮겠어요? 그런 약속을 하셔도. 어기면 또 애들이 난리를 칠 텐데."

"뭐얼, 괜찮아. 작전에 성공하고 돌아오면 휴가 정도는 받을 수 있겠지.

그리고 승진도. 당신 친정에도 용돈을 더 많이 보내드릴 수 있을 거야."

"그런 것보다도, 여보. 부디 무사히…… 무사히 돌아오세요. 저는 그 것만 바라니까요."

"당연하지. 무사히 돌아오고말고."

아내에게 입을 맞추고 두 팔로 아들들을 가볍게 들어 올리며 켐프는 다시 한 번 웃었다.

"내가 이제까지 전장에서 안 돌아온 적이 있었나?"

세련되었다고는 하기 힘든 유머를 섞어, 그는 아내에게 그렇게 말했다.

이번 출병에 반대하는 자들은 힐다 외에도 있었다. 제국군의 쌍벽을 이루는 볼프강 미터마이어와 오스카 폰 로이엔탈도 여기에 속했다. 그들은 처음엔 지휘권이 자신들에게 주어지지 않은 것을 유감스러워하기도 했으나, 발안자가 과학기술총감 샤프트라는 것을 알고는 오히려 어이없어했다. 지극히 삿된 동기에서 나온 발안임이 분명했기 때문이다.

어느 날 두 사람은 고급간부 클럽의 한 룸에 커피포트를 가져다 놓고 포커 몇 게임을 즐기며 샤프트를 호되게 비방했다.

"예를 들어서, 새로운 전술 이론을 발견했다고 가정하세. 그렇다고 출병할 것을 주장한다면 이런 본말전도가 어디 있겠나. 주군에게 무명지사無名之師를 권하다니, 신하로서 부끄러워해야 마땅하지 않은가."

강직한 미터마이어는 통렬하게 비난했다. 무명지사란 대의명분이 없는 무지한 전쟁을 가리키는 말로, 전쟁을 비난하는 수많은 말 중에서도 가장 호된 것에 속한다.

켐프가 파견 총사령관에 임명되어 활동을 시작한 후로 미터마이어는 공공연히 불만을 표하지는 않았다. 첫째로 이미 그럴 단계가 지났으며, 둘째로 켐프가 무훈을 세우는 것을 질투한다고 오해를 사기 싫었기 때문이다. 그러나 로이엔탈에게는 이렇게 말했다.

"자유행성동맹은 언젠가 멸망시켜야 하지만, 이번 출병은 무익하고도 무용한 것일세. 함부로 병사를 일으켜 무력을 뽐내는 국가는 건강한 국가가 아니야."

미터마이어는 '질풍 볼프'라는 별명을 얻을 정도로 용맹한 장수지만 그것은 그가 불필요한 전투를 즐기기 때문이 아니다. 살벌한 기질이니 잔인성이니 함부로 무력을 과시하는 행위 따위는 그와 무관한 수식어였다.

"지크프리트 키르히아이스가 살아있었더라면 분명 로엔그람 공작님을 나무랐겠지."

미터마이어가 한숨을 섞어 말했다.

사리사욕이 없으며 만인이 흠모하던 붉은 머리 청년의 죽음은 수많은 사람들에게 타격을 주었다. 시간이 지남에 따라 비탄과 충격은 엷어져 갔으나 상실감은 깊어지기만 했다. 그를 알던 사람들은 모두 마음속에 채워질 수 없는 빈자리를 발견한 듯한 기분을 품고 있었다.

자신마저 그러하니 로엔그람 공작은 얼마나 견디기 힘들까. 그런 생각에 미터마이어는 동정을 금치 못했다.

그와 전우 오스카 폰 로이엔탈이 라인하르트를 처음으로 만난 것은 4년 전이었다. 당시 라인하르트는 열여덟 살이었으며 이미 준장 계급을 달고 있었다. 스물여섯 살의 미터마이어와 스물일곱 살의 로이엔탈은 모두 대령이었으며, 그림자처럼 라인하르트를 따르던 지크프리트 키르히아이스는 아직 소령에 머물러 있었다.

라인하르트는 로엔그람이라는 가문명과 작위를 아직 얻지 않았을 때여서 옛 성인 뮈젤을 쓰고 있었다. 반플리트 성역 전투에서 동맹군 장성을 포로로 삼아 귀환하던 그를 보았을 때는 작은 충격을 받았다. 믿을 수 없을 정도로 아름다운 청년이었으며, 등에 새하얀 날개가 달려 있어도 이상하지 않을 것 같았다. 하지만 푸른 얼음빛 눈동자에서는 부드러움보다도 격렬함이, 무구함보다도 지성이, 따뜻함보다도 날카로움이 강하게 느껴졌다.

"어떻게 생각하나, 금발 애송이라는 친구를?"

미터마이어가 묻자 로이엔탈이 대답했다.

"옛말에도 그랬지. 호랑이 새끼와 고양이를 착각하지 말라고. 저건 분명 호랑이일걸. 적이 황제 총비의 동생이라고 해서 일부러 져 줄 리는 없을 테니까."

고개를 크게 끄덕이며 미터마이어는 전우의 견해에 찬동하는 뜻을 보였다. 라인하르트 폰 뮈젤이라는 소년은 주위에서 과소평가되고 있다. 원인 중 하나는 그의 누이 안네로제가 황제의 총비이므로 그녀의 위세를 업고 있을 거라는 편견에 쉽게 사로잡히기 때문이다.

아울러 기묘한 일이지만, 비할 데 없는 미모가 오히려 그의 본질을 감추는 베일처럼 작용했다. 인간이란 너무나도 아름다운 사람은 지혜를 겸비하지 못한다고 생각하는 경향이 있다. 또한 질투심 많은 귀족들은 라인하르트가 실력으로 출세를 이루었다고 생각하는 것조차 불쾌할 테니, 차라리 누이의 위광으로 실력에 걸맞지 않은 지위를 얻었다고 믿고 싶을 것이다.

로이엔탈과 미터마이어는 처음부터 라인하르트의 자질을 정확하게 평가했기 때문에 그 후 '금발 애송이'가 아무리 무훈을 세워도, 아무리 승진을 해도 놀라지 않았다. 그러나 그런 그들조차도 지크프리트 키르히아이스의 진가를 알기에는 시간이 필요했다. 키르히아이스는 항상 라인하르트보다 한 걸음 뒤에 머물러 있었다. 그는 매우 키가 큰 붉은 머리 청년으로, 라인하르트의 화려함에 가려 다소 빛이 쇠하기는 했으나 충분히 이목을 끄는 생김새였다.

"충신이로군."

로이엔탈은 그렇게 평했으나, 이것은 충성심만이 장점인 범부라는 의미를 담은 말이었다. 충성심을 평가한 만큼 그나마 귀족들보다는 낫다고 해야 하리라. 귀족들은 키르히아이스를 무시하거나, 혹은 이렇게 조롱했던 것이다.

"누나가 항성이라면 동생은 행성이고, 덤으로 위성까지 딸려 있지."

키르히아이스는 자신을 강하게 주장하는 일 없이 라인하르트를 따르는 그림자 역할을 묵묵히 수행하며 라인하르트를 돕고 지원했다. 카스트로프 동란 때 독립부대를 이끌고 작전행동을 벌였을 때에야 비로소 그의 재능이 얼마나 걸출한지가 널리 알려진 것이다.

이번 출병에 대해, 어쩌면 로이엔탈은 미터마이어보다도 훨씬 더 강경한 비판론자일지도 모른다. 그의 표현을 빌리자면 샤프트의 제안 따위는 아무런 참신함도 없을뿐더러 낡아빠진 거함거포주의巨艦巨砲主義를 살짝 화장을 바꿔 재등장시킨 것에 불과했다.

"거대한 코끼리 한 마리를 죽이는 것과 1만 마리 생쥐를 죽이는 것 중 어느 쪽이 어렵겠나? 당연히 후자겠지. 집단전의 의미도 모르는 저능한 놈이 뭘 할 수 있다고."

금은요동의 청년제독은 모멸을 담아 내뱉었다.

"그러나 이번에는 성공할지도 몰라. 장래에는 경의 말대로 되더라도."

"흥……."

로이엔탈은 불쾌한 표정으로 암갈색 머리를 쓸어 넘겼다. 미터마이어는 커피를 한 모금 마셨다.

"샤프트 그 속물은 둘째 치더라도, 나는 로엔그람 공작님이 오히려 더 걱정일세. 키르히아이스가 죽은 후로는 영 사람이 바뀐 것 같단 말이지. 구체적으로는 뭐라 말하기 힘들지만……."

"잃어서는 안 될 것을 잃으면, 사람은 바뀔 수밖에 없으니까."

로이엔탈의 말에 고개를 끄덕이면서, 미터마이어는 자신이 에반젤린을 잃는다면 어떻게 변모할지를 생각하다 황급히 그 불길하고도 불쾌한 상상을 뇌리에서 지워버렸다. 그는 강직한 청년으로, 이제까지 전장이든 아니든 언제 어디서나 용기와 이를 지원해줄 판단력을 칭찬받는 인물이었다. 그러나 그런 그에게도 생각하기 싫은 것은 있었다.

금은요동의 청년은 전우의 옆모습에 호의와 냉소가 섞인 시선을 던지고 있었다. 그는 미터마이어를 친구로도 군인으로도 높이 평가하지만, 그런 매력과 지위에도 자청해 한 여성에 얽매이려 드는 심정을 이해할 수 없었다. 아니, 이해하지 못한다고 생각할 뿐 어쩌면 이해하고 싶지 않은 것인지도 몰랐다.

V

가이에스부르크 요새 워프 실험이 거행될 당일, 요새에는 기술부문을 중심으로 1만 2400명의 장병이 타고 있었다. 캠프와 뮐러 두 제독도 물론 그 안에 있었으나, 과학기술총감 샤프트 기술대장도 탔다는 점을 의외로 여기는 사람도 있었다. 일설에 따르면 샤프트는 처음엔 로엔그람 원수 곁에서 이 실험의 성공을 지켜보기를 희망했으나 젊은 미모의 원수가 냉담하게 말했다고 한다.

"가이에스부르크 요새의 지령실이야말로 경이 앉기에 합당한 곳이 아닌가."

우물쭈물하던 샤프트는 이 명령에 결국 요새에 탈 수밖에 없었다는 것이다.

이 말을 들은 사람들 대부분은 그것이 사실일 거라 생각했다. 증거는 전혀 없지만, 샤프트의 인격으로 미루어 보면 귀빈에게 가까우면서도 안전한 자리에서 위험한 실험을 지켜보려는 그의 모습은 매우 그럴듯하게 여겨졌던 것이다. 물론 실험이 실패했을 경우 라인하르트의 옆자리는 샤프트에게 결코 안전한 자리가 되지 못할 테지만.

라인하르트는 미터마이어, 로이엔탈, 오베르슈타인과 같은 최고 간부 외에 바렌, 루츠, 메크링거, 케슬러, 파렌하이트, 여기에 칼 로베르트 슈타인메츠, 헬무트 렌넨캄프, 에른스트 폰 아이제나흐와 같은 참모들을 거느리고 원수부 중앙지령실에 앉아 거대한 스크린을 바라보았다. 실험이 성공한다면 화면에 가이에스부르크 요새가 나타날 것이다. 무수한 금은 입자를 흩뿌려놓은 짙은 쪽빛 허공을 배경으로 은회색 구체가 홀연히 출현하는 모습이 그곳에 비추어진 순간, 극적인 풍경을 연출하리라.

"단, 어디까지나 성공할 경우 말이지."

미터마이어에게 속삭이는 로이엔탈의 목소리에는 냉소를 넘어선 무자비함마저 담겨 있었다. 켐프에게 한 수 접고 들어가는 동료들과는 달리, 그는 켐프에 대해 아무리 명령을 받았다 해도 쓸데없는 짓에 힘을 쏟는다고 다소 냉랭하게 생각하고 있었던 것이다.

베르너 알트링겐, 롤프 오토 브라우히치, 디트리히 자우켄 세 사람은 키르히아이스 휘하였으나 그가 죽은 후 라인하르트 직속이 된 제독들이다. 계급은 모두 중장이었다. 또한 호르스트 진처 소장은 미터마이어 휘하에, 한스 에두아르트 베르겐그륀 소장은 로이엔탈 휘하로 들어갔다. 이들은 다른 중장 내지 소장급 장성들과 함께 훨씬 뒤쪽에서 스크린을 지켜보고 있었다.

원수부 중앙지령실에는 제국군의 정수가 모여 있었다. 그들이 손가락 하나만 움직이면 수만 척 전함이 우주를 내달리는 것이다.

로이엔탈은 생각했다.

'지금 이곳에 광자폭탄 한 발이 떨어진다면 미래 우주사는 크게 뒤바뀌겠군.'

아니, 딱히 전원이 죽을 필요도 없다. 단 한 사람, 비할 데 없는 미모와 지혜를 가진 금발 젊은이만 죽는다면 미래 운명은 뒤집어질 것이다. 그것은 으스스함을 수반한, 그러나 흥미로운 공상이었다. 로이엔탈은 반년 전 일을 떠올리고 있었다. 당시 제국재상 리히텐라데 공작을 사로잡았다고 보고한 로이엔탈에게, 라인하르트는 이렇게 말한 것이다. 자신을 쓰러뜨릴 만한 자신과 각오가 있다면 언제든 도전해도 상관없다고.

'자신이라!'

검은 오른쪽 눈과 푸른 왼쪽 눈을 슬쩍 움직여 로이엔탈은 젊은 주군을 바라보았다. 그리고 그 누구에게도 들리지 않을 만큼 살짝 한숨을 내쉬고 스크린으로 시선을 돌렸다. 카운트다운을 하는 목소리가 귓가에 들렸던 것이다.

"3, 2, 1……."

오오.

제독들이 감탄을 발하며 술렁였다. 몇 분의 1초 동안 화면이 일그러지는가 싶더니, 스크린의 풍경이 돌변한 것이다. 별빛으로 가득하던 대해는 이제 빛의 장막이 되어 화면 저 너머에 펼쳐지고, 이를 배경 삼아 스물네 개의 거대한 엔진을 고리 모양으로 두른 은회색 구체가 나타났다.

"성공이다!"

흥분 어린 속삭임이 여기저기서 일고, 사람들은 저마다 다른 기분으로 화면을 바라보았다.

이렇게 워프에 성공해 발할라 성계 변두리에 출현한 가이에스부르크 요새는 1만 6000척이 넘는 함대와 200만 명 장병을 수용하고 이제르론을 공략하기로 결정이 내려졌다. 제국력 489년 3월 17일의 일이었다.

"가이에스부르크에 가 보겠다."

제국재상 로엔그람 공작이 불쑥 그런 말을 꺼내더니 수석비서관 힐데가르트 폰 마린도르프와 수석부관 슈트라이트 소장을 대동하고 기함 브륀힐트에 승선한 것은 그다음 날이었다. 한나절에 걸친 통상항행으로 브륀힐트는 가이에스부르크에 도착했으며, 함장 니멜러 중령은 예술에 가까운 함선운용 능력을 발휘해 접안接岸했다.

이들을 마중 나온 켐프와 뮐러 두 제독에게 정식으로 축사를 건네고,

라인하르트는 장병들의 환호에 손을 흔들어 대답한 후 곧바로 발을 돌려 홀로 향했다.

켐프와 뮐러는 똑같이 놀라움에 사로잡혀 얼굴을 마주 보았다.

그곳은 작년에 라인하르트가 립슈타트 전역 승리를 축하하는 식전을 열었던 곳이었으며, 지크프리트 키르히아이스가 유례없는 충성심을 발휘해 목숨을 잃었던 곳이기도 했다.

"한동안 혼자 있고 싶다. 아무도 들어오지 마라."

라인하르트는 그렇게 말하고 문을 열어젖히더니 안으로 모습을 감추었다.

무거운 문이 닫히기 직전, 문틈을 통해 핸드 캐논 포격에 붕괴된 채수리하지 않은 벽면이 보였다. 실무가인 켐프는 내장까지 수리할 필요는 없다고 생각했던 것이다. 물론 그것은 올바른 선택이었으나, 이렇게 되고 보니 지나치게 무관심했던 것은 아닐까 하는 생각마저 들었다.

'로엔그람 공작님은 이미 떠나버린 사람 외에는 마음을 열지 못하는 것일까?'

힐다는 날카로운 통증이 가슴을 저미는 것을 느꼈다. 만약 그렇다면 이는 너무나도 안쓰러운 일이다. 라인하르트는 무엇을 위해 골덴바움 왕조를 멸망시키고 우주를 지배하려 한단 말인가.

이래서는 안 된다고 힐다는 생각했다. 라인하르트와 같은 젊은이에게는 훨씬 풍부한 삶의 가능성이 있을 것이다. 그를 그렇게 만들기 위해, 그녀는 무엇을 어떻게 해야 좋을까.

산 자를 거절하듯, 문은 굳게 닫혀 있었다.

문 안쪽에서는 오랫동안 방치되었던 계단 위에 라인하르트가 앉아 있었다. 그는 푸른 얼음빛 눈동자에 반년 전의 광경을 비추고 있었던 것이다. 그때, 스스로 흘린 피 속에 누워 지크프리트 키르히아이스는 말했다.

"라인하르트 님, 우주를 손에 넣으십시오. 그리고 안네로제 님께 전해 주십시오. 지크는 옛 맹세를 지켰다고……."

'너는 맹세를 지켰다. 그러니 나도 네게 한 맹세를 지키마. 무슨 짓을 해서라도, 우주를 손에 넣고 말겠다. 그리고 누님을 맞으러 가마. 하지만 나는 춥구나, 키르히아이스. 너와 누님이 없는 세계에는 따뜻한 빛이 없어. 시간의 페이지를 반대로 넘겨 12년 전 그 무렵으로 돌아갈 수 있다면, 그리고 다시 한 번 시작할 수 있다면…… 나에게도 이 세상이 조금 더 밝고 따뜻한 것이 될 수 있을까…….'

라인하르트는 목에 건 펜던트를 손바닥 위에 얹었다. 그것은 전체가 은으로 만들어진 것이었다. 손가락으로 한 점을 누르자 뚜껑이 열리면서 약간 곱슬기가 있는, 루비를 녹여 물들인 듯한 붉은 머리카락이 나타났다. 금발 젊은이는 꼼짝도 하지 않은 채 그것을 지켜보고 있었다.

행성 페잔 정부청사의 한 집무실에서 보좌관 루퍼트 케셀링크가 란데스헤르 아드리안 루빈스키에게 몇몇 보고를 올리고 있었다. 우선 제국이 가이에스부르크 요새 워프 실험에 성공했다는 사실을 전한 후, 내용은 자유행성동맹 동향으로 넘어갔다.

"자유행성동맹 정부는 양 웬리 제독을 수도 하이네센으로 소환해 사문회에 회부하기로 결정했다고 합니다."

"흐음, 사문회라? 군법회의가 아니로군."

"군법회의를 열기 위해서는 정식 고발이 필요합니다. 피고에게 변호사도 선임해줘야 하며, 공식 기록을 남길 의무도 있습니다. 그러나 사문회라는 것은 법에 근거한 것이 아니며, 반대로 말하자면 자의적인 것이지요. 의혹과 억측에 따라 무형의 압박을 가하는 데에는 정식 군법회의보다도 훨씬 유용할 것입니다."

"현재 동맹 권력자들에게 딱 어울리는 방식이로군. 입으로는 민주주의를 부르짖으면서 사실상 법률이나 규칙을 무시하고 구멍을 만들지. 눈앞밖에 보지 못하는 자들의 위험한 발상이야. 권력자 자신이 법을 존중하지 않으니 사회 전체 규범이 흔들리는 것 아닌가. 말기증상이로군."

"그렇다고 해도, 그것은 그들이 해결할 문제입니다. 우리가 걱정해줄 필요는 없겠지요."

루퍼트 케셀링크는 신랄한 말투로 내뱉었다.

"역량 없이 유산을 물려받은 자는 그에 합당한 시련을 받게 마련입니다. 이를 견디지 못한다면 멸망할 뿐. 굳이 골덴바움 왕조의 예를 들 필요도 없겠지요."

란데스헤르 루빈스키는 그 말에 대해서는 아무 대답도 하지 않은 채 손가락으로 책상만 두드리고 있을 뿐이었다.

제 5 장

사문회

I

자유행성동맹 정부에서 이제르론 요새의 양 웬리에게 수도로 출두하라는 명령을 내린 것은 3월 9일이었다.

초광속통신 핫라인으로 국방위원장에게 직접 명령을 받은 양은 이를 즉시 서면화하도록 지시했다. 그리고 그 기록 플레이트를 5분 동안이나 빤히 바라보고 있었다. 그러다 걱정스러운 표정으로 그를 지켜보던 프레데리카 그린힐의 시선을 느끼고는 웃음 지었다.

"소환을 받았어. 하이네센으로 출두하라는데?"

"무슨 일일까요?"

"사문회에 참석하라는군. 내 기억에는 없는데…… 혹시 이 사문회라는 게 뭔지 알겠나, 대위?"

프레데리카는 단정한 눈썹을 살짝 찡그렸다.

"군법회의라면 모를까, 사문회라는 것은 동맹헌장에도 동맹군 기본법에도 규정이 없습니다."

"법을 초월한 존재라 이거군."

"다시 말해 자의에 따른 것이므로, 법적 근거가 없다는 뜻입니다."

기억력이 뛰어난 프레데리카는 동맹헌장과 동맹군 기본법의 모든 조문을 암기하고 있다고 한다.

"그렇다고는 해도, 국방위원장이 내게 출두 명령을 내린 것 자체는 엄연한 법적 근거를 가지고 있으니 말이지. 허영과 배덕의 도시로 돌아갈 수밖에 없을 것 같아."

하이네센에서 태어났으면서도 양 웬리는 그 지명을 들을 때마다 트뤼니히트 일파의 책모와 이권쟁탈의 본거지라는, 도저히 구제할 길 없는 이미지밖에는 떠오르지 않았다. 아무튼 양 웬리 개인 감상이야 어찌 됐든 이제르론 요새의 빈자리를 맡길 만한 인물은 한 사람뿐이었다. 양은 카젤느 소장을 불렀다.

사정을 듣고 카젤느는 눈살을 찡그렸으나, 그렇다고 가지 말라고 할 수도 없었다.

"매사에 신중하도록 해. 절대 놈들에게 구실을 제공하는 짓은 하지 말고."

"예, 저도 압니다. 이번에도 뒷일을 좀 부탁드리죠."

요새방어 지휘관 쉰코프 소장도 사령관을 보내는 것이 영 내키지 않는 모양이었다.

"경호대를 대동하시는 게 어떻겠습니까? 제가 지휘하지요."

"그렇게 요란을 떨 필요가 있나? 적진으로 가는 것도 아닌데. 믿을 만한 사람 하나만 추천해 주게."

"지용을 겸비한 제가 있습니다."

"방어 지휘관까지 전선을 떠나면 뒷일이 커지잖나. 카젤느 소장님을 보좌해주게. 이번엔 율리안도 안 데리고 갈 걸세. 최소 인원으로만 다녀올 생각이야."

양은 타고 갈 함정도 전함 히페리온이 아니라 순항함 레다 II호를 선택했으며, 호위함으로 선발된 구축함 열 척도 이제르론 회랑을 벗어나는 공점까지만 대동하기로 했다. 양의 입장을 고려한다면 이래저래 번잡한 배려가 필요했던 것이다.

쇤코프가 추천한 경호병은 루이 마셍고 준위라는 사람이었다. 광택 있는 초콜릿색 피부, 널찍한 어깨와 두툼한 가슴에 거대한 체구, 양의 허벅지만큼 굵은 팔뚝, 둥그스름하고 애교 있는 엷은 갈색 눈, 듬직한 턱. 마치 마음 착한 황소 같은 인상이 느껴졌다. 하지만 한번 화를 내면 굵은 근육으로 무시무시한 에너지 폭풍을 터뜨릴 것이다.

"수도에서 엉덩이나 문대고 있던 약해빠진 놈들이라면 한 손으로 1개 소대 정도는 해치워버릴 겁니다."

"자네보다 센가?"

"저라면 1개 중대는 거뜬하죠."

태연하게 받아친 후, 쇤코프는 짓궂은 표정을 지었다.

"헌데 그린힐 대위는 데려가시는군요."

"그럼 부관을 안 데리고 가면 어떡하나."

"그야 지당하신 말씀입니다만, 대위를 데리고 가시면서 율리안을 남 겨두면 꼬마가 질투할 텐데요."

하고 싶은 말만 후딱 마친 쇤코프는 사격훈련장으로 가서 율리안의 연습을 봐주고는, 일과가 끝나자 물었다.

"그린힐 대위가 별나게도 양 제독님께 마음이 있다는 건 나도 안다만, 제독님은 어떤 것 같더냐?"

율리안은 미소를 지었다.

"글쎄요……. 남에게 마음을 내비치는 것을 싫어하는 분이다 보니, 꼬투리를 잡힐 만한 행동은 좀처럼 보이질 않으셔서요."

"그런 것치고는 너무 훤히 들여다보이는 분이기도 하지만 말이다. 머 리는 좋은데 기질이 단순하고 착하다 보니, 인간 대 인간으로 보면 영

어설픈 구석이 있단 말이지."

"누구나 남에 대해서는 잘 아는 법이죠."

"……야, 그게 무슨 뜻이냐."

"아, 저 오늘은 저녁 준비를 해야 하니 이만 실례하겠습니다. 제독님이 좋아하시는 아이리시스튜를 만들어 드리기로 했거든요."

경례를 하고 냉큼 나가버렸다.

"부지런한 것도 좋다만, 기껏 타고난 재능을 스튜 만드는 데 낭비하진 마라."

쉰코프는 멀어져가는 소년의 등에 대고 밉살맞게 한마디를 던졌다.

율리안도 물론 양을 따라 수도로 가지 못하는 것이 유감스럽기는 했다. 카젤느와 나누었던 이야기 때문에라도 양 곁을 떠나고 싶지 않았던 것이다. 하지만 양은 소년이 그 말을 꺼내기도 전에 이렇게 말했다.

"두 달 동안 집안일에서 해방시켜 주마."

그런 말을 꺼낸 동기가 쉰코프의 밉살맞은 한마디와 같은 것이었는지 어떤지 율리안은 알 도리가 없었다. 양은 율리안에게 동갑내기 친구가 없다는 것을 늘 마음에 두고 있는 모양이었으니 친구를 만들 기회를 줄 생각이었는지도 모른다. 어찌 됐든 이번 하이네센 행에서 율리안이 양을 위해 할 수 있는 일은 아마도 없을 것이다. 그 점이 율리안과 프레데리카가 다른 점이었다. 그녀가 없으면 양의 사무능력은 현저히 떨어질 것이다.

그렇다면 최소한 여행을 떠나기 전에는 도움이 되고 싶었다. 그렇게 생각한 율리안은 양의 여행 채비를 거들었다.

이럴 때 손을 댔다간 방해만 된다는 것을 잘 아는 양은 잠자코 지켜보기만 했으나, 문득 무언가를 알아차린 듯 물었다.

"율리안. 너 지금 키가 어느 정도 되냐?"

"예? 173센티미터인데요."

"흐음, 내년에는 날 추월하겠구나. 처음 만났을 때는 내 어깨밖에 안 왔는데."

대화는 그것으로 끝났으나, 소년은 따뜻한 공기가 흐른 것을 느끼고 있었다.

II

이제르론에서 수도까지 걸리는 시간은 항로 상태에 따라서도 달라지지만 대개 3주에서 4주가 소요된다. 예정에도 없었던 이 공백기간을 양은 역사론이나 국가론을 저술하는 데 쓰기로 했다. 책 한 권을 완성할 수는 없다 해도 초안 정도는 잡을 수 있을 것이다. 순항함 레다 II호가 이제르론을 출항하자마자 양은 개인실에 틀어박혔다.

『……국방에는 두 종류의 길이 있다. 첫째는 상대국보다 강대한 군비를 보유하는 것이며, 둘째는 평화로운 수단으로 상대국을 무해하게 하는 것이다. 전자는 단순하며, 권력자들이 매력을 느끼는 방법이기도 하지만 군비 증강이 경제발전과 반비례 관계에 있다는 것은 근대사회가 형성된 이래 철칙이다. 자국 군비증강은 상대국에도 동등한 사태를 초래하며, 그 결과 경제와 사회에서 군비편중이 극한에 달해 국가 자체를 무너뜨리고 만다. 이렇게 하여 국방이 국가를 멸망시킨다는, 역사에서 흔히 볼 수 있는 아이러니가 나타나는 것이다……』

양은 워드프로세서에서 고개를 들고 목덜미를 손바닥으로 두드리며 수십 초 정도 생각에 잠겨 있다가 다시 문장을 쓰기 시작했다.

『……예로부터 수많은 국가가 외적의 침략으로 멸망했다. 그러나 여기서 주의해야 할 점은, 그보다도 많은 국가가 침략에 대한 반격, 부의 불공평한 분배, 권력기구 부패, 언론 및 사상 탄압에 대한 국민의 불만 등 내적 요인으로 멸망했다는 사실이다. 사회의 불공정한 요소를 방치한 채 무턱대고 군비를 증강해, 그 힘을 내부로는 국민의 탄압에, 외부로는 타국에 대한 침략에 남용했을 때 그 국가는 멸망으로 가는 길을 걷게 된다. 이는 역사로 증명된 사실이다. 근대국가가 성립된 이후 불법 침략행위는 침략당하는 측이 아니라 반드시 침략한 측의 패배와 멸망을 초래했다. 침략은 도의를 따지기 전에 성공률로 보더라도 피해야 할 행위이다…….』

너무 원리원칙만 고수하는 것 같다 싶어 양은 잠시 얼굴을 찡그리고 생각에 잠긴 채 팔짱을 꼈다가, 다시 풀었다.

『……구체적으로, 현대를 살아가는 우리는 무엇을 해야만 하는가. 첫 번째 길보다도 두 번째 길이 모든 면에서 실효성이 있다는 것을 생각해 보면 결론은 자연스럽게 드러날 것이다. 우리는 은하제국 신체제와 공존해야만 한다. 대귀족이 지배하던 구체제는 자유행성동맹만의 적이 아니라 은하제국 피지배계급, 다시 말해 평민들의 적이기도 했다. 그리고 현재 확립된 라인하르트 폰 로엔그람의 신체제는 평민의 지지를 받아 급속도로 강화되고 있다. 로엔그람 신체제는 성립과 시정 면에서 보았을 때 루돌프 폰 골덴바움의 독재체제와 현저한 대조를 보인다. 골덴바움 체제는 민주적으로 성립된 정권이 가장 비민주적인 시정을 저지른

예였으며, 로엔그람 체제는 비민주적으로 성립된 정권이 매우 민주적인 시정을 행하고 있는 예일 것이다. 이는 '민중에 의한' 정치는 아니나, 분명 지금까지는 '좀 더 민중을 위한' 정치라 할 수 있다. 이를 인정해야만 비로소 신체제와 공존할 수 있을 것이다. 이와는 반대로, 사악한 마키아벨리즘에 사로잡혀 몰락해가는 구체제와 결탁하는 것만은 피해야 한다. 민중을 착취 대상으로만 보던 구체제와 손을 잡았을 때, 동맹은 제국 신체제만이 아니라 이를 지지하는 제국 250억 민중마저도 적으로 돌리게 될 것이다…….』

양은 크게 한숨을 내쉬고 두 팔을 쭉 뻗었다. 영 떨떠름한 표정으로 그는 자신이 쓴 문장을 바라보았다. 결론이 잘못되었다는 생각은 들지 않았으나, 좀 더 다양한 논거를 내세우며 논지를 펼치는 것이 좋을지도 모른다. 게다가 좀 성급했다는 느낌도 들었으며, 자칫하면 로엔그람 공작 편을 든다는 비판을 받을지도 모른다.

"로엔그람 공작이라……."

화려한 어감이 느껴지는 이름이다. 황금빛 머리카락, 푸른 얼음빛 눈동자, 백옥 같은 피부를 가진, 초월적 존재로마저 여겨지는 젊은이에 대해 양은 생각했다. 자신보다 아홉 살 어린 젊은이의 재능과 삶에서 그는 저항하기 힘든 매력을 느꼈다. 라인하르트가 현재 제국에서 단행하고 있는 과감한 변혁은 개인의 존재가 한 세계 안에서 얼마나 거대해질 수 있는지를 실험하는 것처럼 보였다.

언젠가 그는 황제가 될 것이다. 혈통이 아닌 실력으로. 그때는 귀족 없는 제정, 평민의 지지를 받는 제정, '자유제정自由帝政'이라 불릴 수 있는 역사상 유례를 찾아볼 수 없는 정치체제가 우주 규모로 탄생할지도 모른다.

그렇다면 은하제국은 새 황제 라인하르트 밑에서 **국민국가**로 변모할 것인가. 그리고 황제의 야심을 국민이 자신들의 이상이라 착각했을 때, 자유행성동맹은 열광 어린 **국민군國民軍**의 공격을 감수해야 할지도 모른다.

양은 실내온도가 급격히 떨어진 듯한 기분을 맛보았다. 물론 그의 예감이 모두 적중한 것은 아니지만, 굳이 비교하자면 좋은 예감보다는 나쁜 예감이 적중할 확률이 높았다. 암릿처 회전 때도, 구국군사회의 쿠데타 때도 그러했다. 이렇게 되지 않았으면 좋겠다고 생각하는 방향으로 사태가 나아가는 것을 지켜보는 기분은 절대 유쾌하지 못했다.

아예 제국에서 태어났더라면 마음이 편하지 않았을까 생각할 때도 있다. 그랬다면 그는 라인하르트 휘하에 뛰어들어 대귀족 연합군을 격파하고 제국을 개혁하는 데 열심히 협력할 수 있었으리라. 하지만 현실은 반대였다. 그는 동맹에서 태어나 미스터 트뤼니히트를 위해 울며 겨자 먹기로 싸워야만 한다.

결국 양의 '저술'은 거의 진전을 보이지 못한 채, 그는 독서와 낮잠과 3차원 체스로 시간을 허비하게 되었다.

3주 후, 순항함 레다 II호는 수도 하이네센이 있는 바라트 성계 변두리에 도착했다. 승무원들은 자연스레 오락실에 모여들었다. 채널이 수백 개에 달하는 하이네센 민간방송을 무제한 수신할 수 있게 되었기 때문이다. 스포츠파와 음악파로 나뉘어 이런저런 트러블이 발생하는 것은 군함이든 민간선이든 그리 다를 바가 없었다.

양의 개인실에는 전용 입체 TV가 있다. 사소한 특권이다. 처음으로 그가 선택한 채널에서는 마침 트뤼니히트 일파 정치가 두멕이 거만한 어조로 연설을 하고 있었다.

『……따라서 우리는 이 역사와 전통을 지켜야 합니다. 그러기 위해서는 한때의 지출이나 개인의 작은 목숨을 아껴서는 안 됩니다. 권리만을 주장해 국가에 대한 의무를 다하려 들지 않는 자는 비겁자라고 불려 마땅합니다.』

권력자에게 타인의 생명만큼이나 값싼 것은 없다. '작은 목숨'이라고 당당하게 말한 것은 그들의 본심일 것이다. '한때의 지출'이란 것도 이미 몇 세기에 걸쳐 일어나고 있다. 하지만 이 두 가지는 모두 일반시민들이 부담하고 있으며, 그들은 거만한 얼굴로 남의 돈만 분배할 뿐이다.

기분이 언짢아진 양은 채널을 돌렸다. 오만한 권력자의 얼굴 대신 실용성이라곤 찾아보기 힘든 고대풍 옷을 입은 소년이 나타났다. 어린이용 액션 드라마인지, 다른 등장인물들은 소년을 '왕자님'이라 부르고 있었다.

귀종유리담貴種流離譚, 다시 말해 고귀한 태생의 주인공이 역경을 헤치며 방랑하다 신분을 회복한다는 이른바 '떠돌이 왕자' 테마는 문학 자체의 원류가 되어 온갖 민족의 신화며 건국전설 속에 전해져오고 있다. 이를 통속화한 이야기는 동서고금 무수히 존재했으며, 수많은 창작가를 구해주었고, 광범위한 민중의 지지를 받아왔다.

그렇다고는 하나, 어떤 우주의 왕국에서 어린 왕자가 악의 화신 같은 재상에게 왕위를 빼앗겨 정통 왕가 부흥을 꾀한다는 줄거리를 본 양은 어떤 생각을 떠올렸다.

프레데리카에게 물었다.

"그린힐 대위, 저 프로그램 스폰서는 어느 기업인가?"

"페잔 자본으로 설립된 어느 합성식품 회사입니다만, 자세히는 모르겠습니다."

"그래? 난 또 은하제국 구체제파가 정치선전을 하는 줄 알았군."

"설마요."

프레데리카는 웃으려 했으나 양의 표정이 의외로 진지해 그녀도 표정을 굳혔다.

"그렇게도 파악할 수 있는 내용이기는 하군요."

말은 그렇게 했지만 이는 단순히 양을 감싸고돈 것뿐이었다. 카젤느나 쉰코프라면 가차 없이 웃어 젖혔을 것이 분명하다.

양이 생각에 잠긴 것은 페잔이라는 이름을 들었기 때문이기도 했다. 이 이름은 항상 양의 뇌리에 머물러 있었다. 페잔은 무슨 속셈인 것인가? 그 거액의 부로 무엇을 이루려 하는가? 은하계 통일을 바라는가, 아니면 분열과 대립을 바라는가?

경제 문제로 비롯된 수요가 정치 통일을 촉구한 예는 역사상 수도 없이 존재한다.

칭기즈 칸의 몽골 제국이 거대한 통일국가를 형성할 수 있었던 요인 중 하나는 실크로드를 왕래하는 교역상인들이 그를 지지했기 때문이었다. 가도를 따라 점점이 놓인 오아시스 하나하나가 독립된 소국일 경우 가도 전체 치안이 유지되기 힘들다. 게다가 각국이 마음대로 교역세며 통행세를 거둬 가니 영 채산이 맞질 않았다.

그들은 한때 호라즘 제국에 기대를 걸었으나, 황제가 무능한 데다 탐

욕스러운 데 실망해, 종교에 대한 관용, 강대한 군사력, 동서교역 중요성을 이해할 능력 세 가지를 겸비한 칭기즈 칸을 지지하기로 했던 것이다. 그들은 칭기즈 칸에게 자금, 정보, 무기 및 제조기술, 식량, 통역, 징세 노하우 등 온갖 것들을 제공해 그의 정복활동을 도왔다. 순수한 군사 행동을 제외한다면 그들 교역상인의 공적 덕에 몽골 제국이 탄생할 수 있었던 것이라 해도 과언이 아니다. 이러한 교역상인들 중에서도 위구르인은 특히 협조했다. 훗날 그들은 몽골 제국 재정과 경제면을 지배해 사실상 제국 그 자체를 운영했다. 겉은 몽골 제국이지만 속은 위구르 제국이라는 평가를 받는 이유가 바로 이것이다.

페잔은 통일된 '신은하제국'에서 위구르가 되기 위해 인류사회가 하나로 통일되기를 바라며 이를 촉진하려는 것은 아닐까.

그것은 반대 경우보다도 설득력이 있었으며, 합리적인 설명처럼 느껴졌다.

그러나 인간이나 인간 집단은 합리성만으로는 움직이지 않는다.

이론에 기초한 근거는 없으나, 양은 페잔 동향에서 어떤 비합리적인 면모를 느끼고 있었다. 양은 작년에 라인하르트 폰 로엔그람이 동맹에서 쿠데타를 사주하리라 예측했고, 이는 적중했다. 그것은 라인하르트의 행동이 완전히 이성적이고 합리적이었기 때문이며, 덕분에 양은 단계를 밟아 라인하르트의 사고회로를 따라갈 수 있었다. 하지만 페잔의 경우 행동을 읽을 수 없는 경우가 많았다. 페잔이 한 수 위라고 할 수도 있겠지만, 오히려 양은 페잔의 행동 배후에 미지의 요소가 있으며, 그것이 바로 이성으로 산출할 수 없는 무언가가 아닐까 생각했다. 그것이 무엇인지 묻는다면 아직까지는 '미지'라고밖에 표현할 도리가 없지만.

"끔찍하군요."

레다 II호 함장 제노 중령이 생각에 잠긴 양에게 말했다. 하이네센에서 오는 민간방송을 이리저리 돌리다 사고 뉴스를 본 것이었다. 단좌식 전투정 스파르타니안 기체와 파일럿을 수송하던 수송함에서 신참 운용담당자의 사소한 실수로 인해 함내 기압이 급격히 떨어지고, 결국 진공상태에서 열 명도 넘는 파일럿이 사망했다고 한다.

"단좌식 전투정 파일럿을 육성하는 데 비용이 얼마나 드는지 아십니까? 한 사람당 300만 디나르입니다."

"거금인걸."

자기 연봉의 스무 배 정도 되겠다고 양은 속으로 계산해보았다. 그도 사관학교에서 파일럿 훈련을 받기는 했다. 시뮬레이션에서는 서른 번 정도 격추당한 기억이 있다. 격추한 것은 겨우 두세 번 정도. 교관이 고개를 가로저으며 매년 한둘 정도는 잘못 입학하는 놈들이 있다고 투덜거리던 것이 떠올랐다. 사실이라 항변할 도리도 없었다.

"예, 거금이고 말고요. 파일럿이란 자금과 기술로 똘똘 뭉친 거나 마찬가지니까, 귀중한 자원이지요. 그걸 저렇게 쉽게 잃어버려서는 안 되는 겁니다. 나 원, 전쟁에 이기고 싶으면 후방관리를 더 철저하게 하란 말이야."

제노 중령은 이를 갈아붙일 듯이 중얼거렸다.

그의 분노와 탄식은 지당했으나, 양은 다른 생각이 들었다.

'아마도 그 이전에, 상황이 잘못되어가는 것이겠지. 살인과 파괴를 목적으로, 한 인간에게 거액의 자금과 지식과 기술을 쏟아부으려는 행위와 발상을 애초에 정상이라 할 수 있을까?'

양 자신도 사관학교에서 이런 기술들을 배웠다. 우등생이라고는 할 수 없는 존재였지만.

국가란 인간의 광기를 정당화하기 위한 방편에 불과할지도 모른다. 국가가 주체가 되면 아무리 추악하고 비열하고 잔학한 행위라 해도 사람들은 이를 쉽게 용납한다. 침략, 학살, 생체실험과 같은 악업이 '국가를 위해'라는 변명 한마디에 때로는 칭송마저 받는다. 이를 비판하는 자가 오히려 조국을 모독한다고 공격을 받기도 한다.

국가라는 것에 환상을 품는 사람들은, 우수한 능력을 가지고 지적으로나 도덕적으로나 위대한 인물이 국가를 통치한다고 믿어 의심치 않는 것이리라. 하지만 실제로는 그렇지도 않다. 국가권력 중추에 위치한 인간이 일반시민보다도 사고력이 유치하고 판단력이 불건전하며 도덕수준이 열악한 사례는 얼마든지 있다.

물론 일반시민보다 확실히 뛰어난 것이 있다. 권력을 추구하는 열정이다. 그것이 플러스 방향으로 작용할 경우 정치와 사회를 개혁하고 새로운 시대의 질서와 번영을 이룩하는 원동력이 되지만, 이런 사례는 전체의 1할에도 미치지 못한다. 한 왕조의 역사를 보았을 때, 그것은 대부분 당대에 이룩한 것을 십여 세대에 걸쳐 좀먹는 과정일 뿐이다. 반대로 말하자면 왕조와 국가는 매우 끈덕지고 강인한 생명체여서, 몇 세대에 한 사람 꼴로 위인이 나타난다면 세기 단위로 수명을 누릴 수 있는 것이다. 현재 은하제국처럼, 골덴바움 왕조처럼 부패하고 쇠약해져서는 이제 돌이킬 수가 없다. 100년 전 만프레트 2세의 개혁이 실현되었더라면 몇 세기를 더 기대할 수 있었을지도 모르지만.

자유행성동맹은 제국과 똑같이 생각할 수도 없다. 수십 년에 한 번 나올까 말까 한 위인에게 변혁을 맡기는 것 자체가 민주정치 원칙에 어긋나는 일이기 때문이다. 영웅이나 위인이 존재할 필요성을 없애기 위한 제도가 민주공화정이지만, 과연 이상은 언제쯤 되어야 현실에 대한 승자가 될 수 있을 것인가.

순항함 레다 II호는 하이네센의 군용 우주항에 조용히 착륙했다. 극비리에 출두하라는 국방위원장의 명령이 있었기 때문이다. 쿠브르슬리 통합작전본부장이나 뷰코크 우주함대 사령장관에게 연락을 취하고 싶었지만 그것은 명령위반이 될 뿐만 아니라 정부와 군부의 충돌을 초래할 수도 있다.

애초에 그럴 기회도 주어지지 않았다. 우주항에는 국방위원장에게 직접 명령을 받고 마중을 나온 자들이 있었으며, 양은 지상에 내려서자마자 그들과 함께 랜드카에 타야만 했다. 프레데리카와 마셍고가 항의하려 했으나 총을 든 병사들이 저지했다. 그사이에 양의 모습은 우주항에서 사라지고 말았다. 설마 이 정도로 고압적인 수단을 동원할 줄은 양도 프레데리카도 예상치 못했다.

랜드카는 20분 정도 달리다가 어떤 군 시설 앞에 멈춰 양을 내려놓았다. 장년의 나이에 들어선 한 장교가 양을 기다리고 있었다.

"베이 준장입니다. 트뤼니히트 최고평의회 의장님의 경호실장을 맡고 있습니다. 이번에 양 제독님의 신변경호를 담당하게 되었습니다. 미력하나마 성심성의껏 수행하겠습니다."

"수고가 많네."

양은 천연덕스럽게 대답했다. 명색은 경호겠지만 사실 감시라는 것 정도는 초등학생이라도 알 수 있었다. 베이는 숙사에서 양을 보필할 사람을 양에게 소개했다. 유리알처럼 공허한 하늘색 눈을 가진 거구의 부사관이었다.

양은 맥이 탁 풀렸다. 사문회란 것을 계획한 자들은 그의 당번병을 정할 때 미모니 애교니 가련함처럼 유약해 보이는 요소는 모조리 배제한 모양이었다. 기능성만을 극단적으로 중시한 결과였으며, 아울러 그 기능이란 것이 사람을 위압하고 도주를 방지하는 데 집중되어 있음은 의심할 여지가 없었다.

'그건 그렇다 쳐도, 참 재주 없는 친구들이로군.'

이래서야 사문회에 대해 호의를 품을 수도 방심을 할 수도 없다. 단단히 경계심을 품고 임할 수밖에.

숙사로 안내받은 양은 창문을 통해 바깥을 내다보았으나, 좁은 안뜰 너머로 창문이 적은 무뚝뚝한 청회색 건물이 보일 뿐이었다. 풍경을 감상하고 싶은 사람에 대한 배려는 고사하고, 바깥세상과의 접촉 그 자체가 불가능했다. 콘크리트로 단단히 에워싸인 안뜰에는 1개 분대 정도 되는 병사들이 지루한 듯이 서 있었는데, 그들은 하나같이 어깨에 하전 입자 광선 라이플을 메고 있었다. 실전장비였다. 창문을 손가락으로 두드려보았다. 두께가 6센티미터는 될 법한 특수 경질 유리였다. 장년기의 회색 곰이 육탄돌격을 해도 표면에는 실금 하나 갈 것 같지 않았다.

실내에 갖춰진 세간은 고급이지만 하나같이 개성이 없었다. 침대, 책상, 소파, 테이블 등 모두 생활감이 결여된 것들뿐이다. 도청기나 감시 카메라를 뒤져볼 의욕은 애초에 없었다. 분명 존재할 것이고, 그것도 교묘하게 감추어져 있을 것이 뻔했기 때문이다. 체력을 낭비해 조사하는 것조차 어리석게 느껴졌다.

"이건 완전히 연금이구만."

그럼 이제 뭘 할까. 양은 침대에 걸터앉아 생각했다. 침대 쿠션은 적당했으나, 그 정도로 기분이 좋아질 리는 없었다. 아무도 없는 방바닥 위에서 고문과 세뇌와 모살謀殺이 손을 맞잡고 음습한 춤을 추는 것이 보였다. 안무가는 물론 트뤼니히트라는 이름을 가졌을 것이다.

모순이 도를 넘어섰다. 양이 동맹군에 소속해 전장에 서는 이유는, 자비로운 황제의 전제정치보다는 멀리 돌아가고 시행착오를 반복하더라도 범재들이 모여 운영하는 민주주의가 그나마 낫다고 생각했기 때문이다. 하지만 민주주의의 아성이어야 할 행성 하이네센에 있는데도 양은 썩은 냄새를 풍기는 중세 권력자의 새장에 갇혀버린 기분이 들었다.

'조바심은 금물이다.'

양은 자신을 타일렀다. 지금 이 순간 최고평의회가 양에게 아무리 악의를 품고 있다 해도 그를 육체적 혹은 정신적으로 말살할 수는 없을 것이다. 만약 그럴 경우 손뼉을 치며 기뻐할 상대는 고생하지 않고 적수를 제거하는 데 성공한 은하제국이다.

트뤼니히트, 혹은 최고평의회가 양에게 해를 끼칠 수 있는 것은 네 가지 경우뿐이다.

A. 동맹에 양 이상의 능력과 권력자에 대한 충성심을 가진 명장이 나타났을 때.

B. 동맹과 은하제국 사이에 영구 평화가 성립되고 양이 그 저해요인이 되리라 판단했을 때.

C. 양이 동맹을 배반하고 제국에 붙을 것이라 판단했을 때.

D. 최고평의회 자체가 동맹을 배신하고 제국에 붙을 때.

A는, 충성이나 복종은 둘째 치더라도 능력 면에서 양을 능가하는 존재는 현재 동맹군에는 없다. 은하제국과 반영구적으로 전쟁을 거듭하는 상황에서 양을 잃는 것은 국가의 자살행위나 마찬가지이다. 물론 인간이 자살하듯 국가도 자살할 수는 있으나, 아직까지는 그 단계에 도달하지 않은 것 같았다.

B는 아무리 생각해도 말이 안 되었다. 제국과 영구 평화 내지는 그에 준하는 상태를 이룩한다면 양은 희희낙락 퇴역해 동경하던 연금생활에 들어가면 그만이다. 하지만 사실과 인식이란 원래 다른 법이므로 권력자들이 오해 내지는 곡해에 따라 행동할 가능성은 얼마든지 있다.

C 또한 양 자신에게 그리 할 생각은 없으나, 그것을 명분 삼아 정부가 초법적 수단을 동원할지도 모른다는 점은 B와 마찬가지였다.

D는…… 양이 생각을 굴리려 했을 때, TV 인터폰이 울리더니 베이 준장의 얼굴이 나타나 좁은 화면을 꽉 메웠다.

『각하. 한 시간 후에 사문회가 시작될 예정입니다. 사문회장으로 안내해 드리겠으니 준비해 주시기 바랍니다.』

III

사문회장은 불필요할 정도로 넓었으며 천장도 높았다. 조명은 일부러 어둡게 유지했고, 공기는 쾌적하다고 느낄 수 있는 범위의 하한을 약간 넘어서, 싸늘하고도 건조한 감각이 피부를 압박했다.

입실한 사람에게 물리적으로 위압감을 주도록, 모든 것이 음험한 정열에 따라 계산되어 있었다. 사문관 자리가 높이 배치되어 피사문자 자리를 세 방향으로 포위하듯 내려다보는 것만 해도 알 수 있었다.

양이 권력과 권위에 높은 가치를 매기는 사람이었다면 실내에 한 걸음을 들인 순간 몸도 마음도 위축되고 말았으리라. 하지만 양이 그 방에서 본 것은 두꺼운 화장을 하고 앉아 있는 악의에 찬 공갈이었다. 그것이 양에게 혐오감을 불러일으키는 요인은 됐을지언정 공포나 압도를 느끼게 하지는 못했다.

사문관석에는 아홉 명의 사내가 앉아 있었다. 양의 위치에서 보아 정면과 좌우에 세 명씩이다. 조명에 눈이 익숙해지자, 정면 자리 한가운데에 앉아 그를 내려다보는 중년 사내의 얼굴이 보였다. 트뤼니히트 정권에서 국방위원장 자리를 차지한 네그로폰테였다. 키는 양과 거의 비슷하지만 살집은 훨씬 두툼하다. 이 사내가 사문회 수석인 모양이었다. 물론 그는 스피커에 불과하고, 진짜 발언자는 이 자리에 모습을 보이지 않는 동맹 원수겠지만.

그건 그렇다 쳐도 트뤼니히트의 끄나풀들과 함께 앞으로 며칠 동안을 보내야 한다고 생각하니 양은 새삼스럽게 마음이 무거워졌다. 프레데리카나 마셍고 준위와도 떨어진 채 고독한 싸움을 할 수밖에 없다. 군법회의가 차라리 훨씬 공정할 것이다. 피고는 원한다면 변호인을 세 명까지 선택할 수 있다. 그러나 지금 이 순간 양은 스스로 자신을 변호해야만 한다.

네그로폰테가 자신을 소개하자, 이어서 그의 오른쪽에 앉아 있던 자가 이름을 댔다.

"나는 엔리케 마르티노 보르헤스 데 아란테스 에 올리베이라라고 하네. 국립 중앙자치대학 학장을 맡고 있지."

양은 경의를 표하며 인사했다. 이 사내가 부수석인 모양인데, 그렇게 긴 이름을 기억하고 있다는 것만으로도 존경할 가치가 있을 것 같았다.

다른 일곱 명의 사문관들도 돌아가며 자신을 소개했다. 그중 다섯은 트뤼니히트 파벌 정치가며 관료들로, 양에게는 기억하려 애쓰기조차 싫은 자들이었다. 그러나 그들 가운데 유일한 제복군인 후방근무본부장 록웰 대장의 무표정한 마른 얼굴을 발견했을 때는 '웃어넘길' 수 없었다. 트뤼니히트 파벌이 군부를 얼마나 잠식했는지가 피부로 느껴졌다. 유일하게 비 트뤼니히트 파벌 정치가인 황 루이가 사문회에 대해 충성심보다도 호기심이 앞서는 듯한 표정을 짓고 있는 것이 록웰과는 다른 의미로 인상적이었다. 그가 사문관 일원으로 선택된 것은 트뤼니히트가 겉으로나마 중립을 가장하려 했기 때문이리라. 어쩌면 그가 독기로 가득 찬 이 가면무도회장의 환기장치 역할을 해줄지도 모른다. 과도한 기대는 금물이라 해도.

자기소개가 한 바퀴 돌고 나자 네그로폰테가 말했다.

"그러면 양 제독, 착석해도 된…… 아니, 다리는 꼬지 말게! 등을 더 펴고! 귀관은 사문을 받는 몸일세. 그 입장을 잊지 말도록."

부탁한 적 없다고 투덜거리고 싶었지만 간신히 참은 후 양은 최대한 성실한 표정을 지어 보이며 자세를 고쳐 앉았다. 전투를 치르려 해도 시기를 골라야 할 것 같았다.

"그러면 사문을 시작하겠다."

묵직한 선고는 양의 마음에 한 조각 감명도 불러일으키지 못했다. 그저 어서 막이 내리기를 기도할 뿐이었다.

사문회 시작 후 두 시간 동안은 양의 과거 행적을 확인하는 작업에 허비되었다. 생년월일에서 시작해 부모님 이름, 아버지 직업, 사관학교에 입학하기 전 경력 등을 열거하면서 동시에 일일이 코멘트를 달았다. 양에 관해 양 자신보다도 더 자세하게 알고 있는 것 같았다.

양이 가장 진절머리를 쳤던 것은 사관학교 시절 성적표가 벽면 스크린에 투영되었을 때였다. 전쟁사 98점, 전략론 개설 94점, 전술분석 연습 92점은 그렇다 쳐도 사격실습 58점, 전투정 조종실습 59점, 기관공학연습 59점 등은 얼굴을 붉힐 만한 것이었다. 한 과목만 55점 이하를 받아도 낙제하게 되어 있기 때문이다.

그건 그렇다 쳐도 낙제해 중퇴 처분을 받았더라면 양 개인과 자유행성동맹의 미래는 얼마나 변모했을지. 이제르론은 아직도 제국군 손에서 난공불락을 자랑할 테고, 반면 동맹군은 암릿처의 참패를 면했을 것이다. 구국군사회의 쿠데타는 '아르테미스의 목걸이' 덕에 일부 성공을 거두어 아직도 반대파와 내전을 벌이고 있을지도 모른다. 그렇다면 로엔그람 공작이 그 내전을 틈타 단숨에 대군을 보내 패업의 꿈을 달성해나가고 있을 수도 있지 않을까.

양 개인에게만 한정 지어 생각하더라도, 엘 파실 탈출 때 소녀였던 프레데리카 그린힐과 만나는 일도 없었을 테고, 그 후 카젤느와 안면을 익힐 일도, 그를 통해 율리안과 만나는 일도, 쉰코프를 부하로 삼는 일도 없었을 것이다. 징병당해 전선에서 목숨을 잃었을지도 모른다. 반대로 징병을 기피해 도망자가 되었을지도 모른다.

한 인간은 역사를 구성하는 작디작은 일개 요소에 불과하지만, 미래로 통하는 무한한 갈림길 속에서 하나만을 선택해 현실로 확정짓고 상호 관계를 맺어가며 무수한 소우주를 형성해나가는 모습은 실로 놀라울 따름이다. 운명의 손길이 얼마나 절묘한지를 찬미해야 할까.

"……그리고 현재, 귀관은 동맹군 최연소 대장이며 전선 최고지휘관이 되었지. 누구나 부러워하는 행운이란 바로 이런 거로군."

그 말투가 양의 신경을 자극해, 그는 공상의 거품 속에서 현실의 수면으로 급부상했다. 마음에 들지 않는 표현이었으며 말투였다. 양의 처지가 그렇게나 부러워할 만한 것이라면 얼마든지 바꿔 줄 수 있다. 적함에서 뿜어져 나오는 에너지 광선이 빛의 파도가 되어 시야를 가득 메우고, 솟아올랐다가는 주저앉는 함내에서 살인과 파괴 작업을 효율적으로 진행하기 위한 지령을 내리는 양 웬리. 그것이 일단락되었다 싶었더니 4000광년 너머 수도로 불려 나와선 사문회 자리에 앉아 있어야 하는 양 웬리. 동정해달라는 말은 꺼낼 생각도 없다. 하지만 부러움을 살 신분이라는 생각은 도저히 들지 않았다. 무명 병사나 병사의 가족들이라면 모를까, 전선에서 아득히 먼 안전한 장소에서 튀어나온 못에 망치질할 생각만 하는 작자들이 그런 소리를 지껄이도록 잠자코 있을 수는 없었다.

"……하지만 그 누구라 해도, 우리 민주공화제 국가에서는 규범을 넘어서 자의적으로 행동할 수는 없는 것이다. 그 점에 관한 의문을 일소하기 위해 오늘 사문회가 있는 것이지. 그래서 첫 번째 의문이네만……."

아, 시작하는군. 양은 생각했다.

"귀관은 작년 구국군사회의 쿠데타를 진압할 때, 수도방위를 위해 거액의 국비를 투입해 설치한 '아르테미스의 목걸이'를 열두 개 모두 파괴했네. 사실인가?"

"예."

"귀관은 전술상 어쩔 수 없는 선택이었다고 주장하겠지만, 아무리 그래도 이는 지나치게 경솔하고 거친 선택이라는 생각을 금할 수 없군. 국가의 귀중한 재산을 전면 파괴하는 것 외에 다른 방법은 없었나?"

"대답하겠습니다. 없다고 생각했기 때문에 그 방법을 택한 것입니다. 그 판단이 잘못되었다고 생각하신다면 부디 대안을 가르쳐 주시기 바랍니다."

"우리는 군사 전문가가 아닐세. 전술 단계의 사고는 귀관들이 할 일이지. 그래도, 어디 보자, 두세 개 공격위성을 파괴한 후 대기권 내로 강하해도 좋지 않았을까?"

"그 방법을 택했더라면 나머지 위성으로부터 공격을 받아 아군 장병이 희생을 치렀으리라는 사실에는 의심할 여지가 없습니다."

이 말은 사실이었으므로 양은 큰 소리를 낼 필요도 없었다.

"장병 목숨보다도 무인위성이 아깝다고 말씀하신다면 제 판단은 잘못된 것이겠지만요."

자신이 한 말에 양은 자기혐오를 느꼈으나, 하다못해 이 정도 대꾸라도 하지 않으면 상대가 받아들이지 않을 것이다.

"그러면 이러한 전법은 어떤가. 어차피 쿠데타 일파는 하이네센에 갇힌 상태였네. 굳이 그리 서두르지 않더라도, 시간을 들여 그들의 항전의지를 깎아내는 방법을 취해도 좋지 않았겠는가?"

"그 방법은 저도 생각했습니다만, 두 가지 점에서 포기할 수밖에 없었습니다."

"말해보게."

"첫째로, 심리적으로 궁지에 몰린 쿠데타 일파가 국면을 타개하기 위해 수도에 있는 정부 요인들을 인질로 삼을 위험이 있었습니다. 그들이 **여러분** 머리에 총을 들이대고 교섭을 강요한다면 우리는 선택할 여지가 없었습니다."

"……"

"둘째는 더더욱 큰 위험성이었습니다. 당시 제국 내 동란은 종식을 맞이하는 단계였습니다. 우리 함대가 하이네센을 포위한 채 쿠데타 일파가 스스로 무너지기를 느긋하게 기다리고 있었더라면 라인하르트 폰 로엔그람, 그 전쟁 천재가 승리의 여세를 몰아 대군을 동원해 침공했을지도 모릅니다. 당시 이제르론에는 민간인 외에는 손으로 꼽을 만한 경비병과 관제요원밖에 없었으니까요."

양은 잠시 호흡을 가다듬었다. 물이 있었으면 했다.

"이상 두 가지 요인에 따라 저는 단기에 하이네센을 해방하면서 동시에 쿠데타 일파에게 심리적 패배감을 주는 수단을 택할 수밖에 없었습니다. 그것이 비난받아 마땅하다면 기꺼이 감수하겠습니다만, 그러려면 보다 완성도 높은 대안을 제시하시지 않는 이상 저 자신은 둘째 치더라도 목숨을 걸고 싸웠던 부하들이 납득하지 않을 겁니다."

이 정도 위협을 섞는 테크닉은 양도 얼마든지 구사할 수 있었다. 그 테크닉이 빛을 발했는지, 사문관들은 서로에게 나직하게 속삭이면서 중간중간 밉살맞다는 시선을 양에게 보냈다. 재반론 여지가 없는 모양이었다. 유일한 예외는 황 루이였다. 그는 딴전을 피우며 살짝 하품했다.

이윽고 네그로폰테가 커다란 헛기침을 한 차례 하더니 말했다.

"그러면 그 건은 잠시 보류하고, 다음 건으로 넘어가겠네. 도리아 성역에서 적과 싸우기 전, 귀관은 전군 장병에게 이렇게 말했다더군. 국가의 존망 따위 개인의 자유와 권리에 비하면 가치가 없는 것이라고. 그 말을 들은 여러 사람의 증언이 있는데, 사실인가?"

IV

"한 글자도 틀리지 않고 그랬다고 할 수는 없지만, 그와 비슷한 말을 한 것은 사실입니다."

양은 대답했다. 증인이 있다면 부정해도 의미가 없는 일이다. 무엇보다 자신이 틀린 소리를 했다는 생각은 들지 않았다. 그가 항상 옳은 것은 아니지만 적어도 그때 했던 말은 옳은 것이었다. 국가 따위 멸망해봤자 재건하면 그만이다. 한 차례 멸망했다가 재건된 국가는 얼마든지 있다. 물론 재건되지 못하고 사라진 국가가 훨씬 더 많지만, 그것은 역사상 역할을 이미 마치고, 부패하고, 노쇠하고, 존재할 가치를 잃었기 때문이다. 국가의 멸망이 비극을 초래하는 것은 분명하지만, 그 이유는 많은 피가 흐르기 때문이다. 더 나아가, 지킬 가치가 없는 국가를 불가피한 멸망으로부터 구할 수 있다고 믿으며 수많은 사람들이 희생되고, 그 희생이 아무런 보답도 받지 못하는 것이야말로 처절하기 짝이 없는 희극이다. 존재할 가치가 없는 국가가 지옥으로 떨어지면서, 살아 마땅한 사람들을 시기해 길동무로 삼는 것과 마찬가지이다. 그러면 최고권력자는? 무수한 죽은 이가 그의 이름을 외치며 전장에서 쓰러져 가는 것을 깡그리 잊은 채 적국 귀족이 되어 풍요로운 여생을 보내는 자마저 있다. 전쟁 최고

책임자가 최전선에서 전사한 예가 역사상 과연 얼마나 있었던가.

개인의 자유와 권리. 양은 장병들에게 그렇게 말했다. '생명'이라고 바꿔 말해야 옳았을까? 하지만 양이 그때까지 해온 일들, 앞으로도 해야 할 일들을 생각하면 그 말은 도저히 입에 담을 수 없었다. 나 원. 내가 대체 뭘 하고 있는 거람! 전장에서 살인과 파괴를 지휘하는 것보다 훨씬 의미 있는 일이 얼마든지 있는데도.

"경망한 발언이었다고 생각하지 않나?"

귀에 거슬리는 목소리가 말했다. 사관학교 시절에 생도가 실수를 저지를 때마다 눈을 빛내던 교관이 있었는데, 그것과 매우 흡사한, 흐뭇하게 입맛을 다시는 고양이와 같은 목소리였다.

"네? 뭐가 말입니까?"

양이 조금도 위축되지 않는 것이 국방위원장은 영 불쾌했던 모양이다. 그의 목소리에 험악한 기운이 배어 나왔다.

"귀관은 국가를 지켜야 할 책무를 짊어진 군인일세. 게다가 젊은 나이에 제독 칭호를 달고, 대도시 인구에 필적하는 대군을 지휘하는 입장이 아닌가. 그런 귀관이 국가를 경시하고 자기 책무를 멸시하는 발언을 하였으며, 나아가 장병의 사기를 저해하는 결과를 초래하는 것은 귀관 입장을 봤을 때 매우 경망한 발언이 아니었나 하는 것일세."

지금 네게 필요한 건 허무함과 어리석음에 대항할 인내심이다. 양의 이성이 그렇게 호소하고 있었으나, 그 목소리는 그의 내면에서 점점 약해지고만 있었다.

"주제넘은 말씀이지만, 위원장 각하."

그래도 최대한 어조를 억누르려 노력하며.

"그것은 제가 한 말치고는 드물게 진중한 발언이었습니다. 국가가 세포 분열해 개인이 되는 것이 아니라 주체적인 의지를 가진 개인이 모여 국가를 구성하는 것인데, 어느 쪽이 주이고 어느 쪽이 종인지, 민주사회에서는 자명한 이치 아닙니까?"

"자명한 이치일까? 내 견해는 다소 다르네만. 인간에게 국가는 필요불가결한 가치일세."

"과연 그럴까요? 인간은 국가가 없어도 살아갈 수 있지만 국가는 인간 없이 존립할 수 없지 않습니까?"

"……이거 놀랍군. 귀관은 상당히 과격한 무정부주의자인 모양일세. 그렇지 않나?"

"아닙니다. 저는 채식주의자입니다. 다만 먹음직스러운 고기 요리를 볼 때마다 금세 계율을 어기고 싶어지지만요."

"양 제독! 당 사문회를 모욕할 생각인가!"

목소리에 한층 위험한 기척이 묻어 나왔다.

"그럴 리가요. 그럴 의도는 조금도 없습니다."

사실은 크게 있었지만, 물론 솔직히 말할 필요는 없었다. 더 이상 항변도 사과도 하지 않고 양이 침묵을 지키자 국방위원장도 추궁할 방법을 잃었는지 양을 노려본 채 두툼한 입술을 일그러뜨리고만 있었다.

"음, 잠시 휴식하는 게 어떻겠소?"

그것은 자기소개를 한 후 한 마디도 발언하지 않았던 황 루이의 목소리였다.

"양 제독도 피곤할 테고 저도 지루…… 아니, 지쳤으니 잠시 쉬게 해주면 고맙겠군요."

그 의견은 아마도 수많은 사람들을 구원해주었을 것이다.

90분간 휴식한 후 사문은 재개되었다. 네그로폰테는 새로운 공격을 시작했다.

"귀관은 프레데리카 그린힐 대위를 부관으로 임용하고 있군."

"그렇습니다만, 무슨 문제라도?"

"그녀는 작년, 민주공화제에 대한 반역행위를 일으킨 그린힐 대장의 딸일세. 귀관은 그것을 알고 있을 텐데……."

양은 슬쩍 눈썹을 추켜세웠다.

"허어, 우리 자유국가에서는 고대 전제국가처럼 부모 죄가 자식에게까지 미치는 모양이로군요."

"그런 말은 하지 않았네."

"그 이외에는 달리 해석할 여지가 없습니다만?"

"내 말은, 쓸데없는 오해를 불러일으키지 않도록 인사에 배려할 필요가 있지 않은가 하는 것일세."

"쓸데없는 오해가 어떤 것인지 자세히 좀 가르쳐주실 수 있겠습니까?"

대답이 없었으므로 양은 말을 이었다.

"모종의 증거를 수반한 심각한 의혹이라면 모를까, 소관은 '쓸데없는 오해' 같은 정체 모를 것에 대비할 필요를 느끼지 못하겠습니다. 부관 인사에 관해서는 군 사령관의 임용권이 법으로도 보장되어 있습니다. 가장 유능하고 신임할 수 있는 부관을 해임하라는 말씀은, 군 기능을 최대한 살리려는 사령관의 의도를 저해하고 군에 손실을 미치려는 의도로

밖에 생각할 수 없습니다만, 그렇게 해석해도 되겠습니까?"

양의 논법은 매우 공격적이었으며, 완벽하게 상대의 기선을 제압하고 있었다. 네그로폰테는 두세 차례 입을 뻐끔거렸으나 반론할 방법을 찾지 못한 채, 구원의 손길을 찾듯 곁의 자치대학장을 쳐다보았다.

엔리케 뭐라뭐라 올리베이라라는 사내는 학자라기보다는 관료 분위기를 풍기는 인물이었다. 애초에 국립자치대학이라는 것 자체가 관료를 육성하기 위한 정부 시설이다. 올리베이라는 인생의 모든 단계에서 수재 소리를 들으며 살아온 것이 분명했다. 머리끝부터 발끝에 이르기까지 자신감과 우월의식으로 충만했다.

"양 제독, 그런 식으로 나오면 우리도 질문하기가 껄끄럽네. 우리와 자네는 적이 아니잖은가. 좀 더 양식과 이성을 지니고 서로 이해를 다져 나가면 어떻겠나?"

올리베이라의 습기 없는 목소리를 들으며 양은 그를 혐오하기로 결심했다. 흥분하고 곤혹스러워하는 만큼 차라리 네그로폰테 쪽이 인간미가 느껴졌다.

"아까부터 자네 발언을 듣고 있으려니, 아무래도 당 사문회에 대해 모종의 선입견을 품고 있는 모양이로군. 허나 그것은 오해일세. 우리는 자네를 지탄하기 위해 소환한 것이 아니야. 오히려 자네 입장을 개선해주기 위해 이 사문회를 열었다고 해도 과언이 아니지. 그러려면 물론 자네의 협조도 필요할 것이며, 우리도 자네에게 협조를 아끼지 않을 것일세."

"그렇다면 한 가지 부탁이 있습니다."

"무엇인가?"

"모범답안이 있다면 보여 주실 수 없을까요? 여러분이 대체 무슨 대답을 기대하고 계시는지 알아두고 싶습니다."

공백이 한순간 실내를 가득 채운 후, 노기가 끓어올라 실내에 난기류를 발생시켰다.

"피사문자에게 경고한다! 당 사문회를 모욕하고 권위와 품격을 조롱하는 언동을 자제하도록!!"

국방위원장의 노성은 자칫하면 해독할 수 없는 포효로 바뀔 뻔했으나 간신히 인간의 언어를 벗어나지 않고 있었다. 이따위 삼류 콩트에 권위니 품격이라고 부를 만한 것이 딸려 있다면 제발 보여 줬으면 싶었다. 그 말을 입에 내지 않고 침묵을 지키고 있었던 것은 물론 미안해하거나 반성했기 때문이 아니었다.

국방위원장의 관자놀이에 굵은 혈관이 솟아났다. 자치대학장 올리베이라가 그의 귓가에 무언가 속삭이는 것을 양은 심술궂은 심정으로 지켜보고 있었다.

간신히 사문회 첫날에서 해방되었으나, 연금에 가까운 상태가 개선된 것은 아니었다. 사문회장에서 양을 태운 랜드카는 곧바로 숙소로 돌아갔다. 당번병 부사관을 만나자마자 양은 식사를 위해 외출시켜달라고 요구했다.

"각하, 식사는 저희가 제공해 드릴 것입니다. 굳이 외출하실 필요는 없습니다."

"난 밖에서 먹고 싶네. 이런 살풍경한 곳이 아니라."

"외출하실 때는 베이 준장의 허가가 필요합니다."

"딱히 허가를 받고 싶진 않은데?"

"받고 싶지 않으셔도 필요합니다!"

"그럼 베이 준장을 만나게 해 주게."

"준장은 최고평의회 의장 집무실에 공무출장 중입니다."

"언제 돌아오나?"

"모릅니다. 용무는 그뿐이십니까?"

"그래, 그뿐일세."

부사관이 경례를 하고 나가자 양은 한동안 문을 노려보고 있었다. 그는 도청기가 있음을 알면서도 소리 지를 수밖에 없었다.

"거 못해먹겠네, 진짜!"

양은 군용 베레모를 바닥에 내던졌다. 그리고 죄 없는 베레모를 주워서는 먼지를 털어 다시 머리에 쓴 후, 팔짱을 끼고 방 안을 돌아다녔다.

관두겠어. 이번에야말로, 맹세코, 진짜로 관두고 말겠어. 재작년 이제르론 요새를 공략한 후 늘 그렇게 생각했다. 그것을 거부하고 일부러 높은 자리에 올려 책임과 권한을 늘려놓은 것은 권력자들이 아니었던가!

사문회에서 해방되었을 때는 다소 유쾌한 기분도 들었다. 오늘은 전술적 승리를 거두었다. 온갖 트집을 모조리 분쇄하고, 사문관 놈들의 두꺼운 낯짝에 상처를 입혀 주었다.

하지만 이 전술적 승리가 꼭 전략적 승리로 직결되는 것은 아니었다. 고관들이 앞으로 사문회를 포기해 준다면 고맙겠지만, 더욱 집요하게 사문을 계속할 가능성이 컸다. 오늘 하루 만에 인내심의 한계에 달한 이상 내일 이후를 버텨낼 재간은 없었다. 그렇다면 관둘 수밖에 없지 않은가.

양은 책상 앞에 앉아 예편원 내용을 생각하기 시작했다.

그 무렵, 프레데리카 그린힐은 사태 추이를 수수방관하고만 있지는 않았다. 그녀는 여성장교용 숙사에 들어서자마자 세 시간 동안 열네 곳에 TV 전화를 걸어 베이 준장이 있는 곳을 알아냈다. 트뤼니히트의 집무실을 나선 순간 베이는 마셍고 준위를 대동한 프레데리카에게 붙잡히고 말았던 것이다.

"양 제독님의 부관으로서 상사와 면회할 것을 요구합니다. 제독님은 지금 어디에 계십니까?"

"국가 최고기밀에 속하는 일이다. 면회는 허가할 수 없으며, 제독님이 계신 곳도 밝힐 수 없다."

그 정도 대답에 프레데리카가 납득할 리가 없었다.

"알겠습니다. 사문회란 비공개로 이루어지는 정신고문을 가리키는 것이었군요."

"그린힐 대위, 말을 조심하게."

"아니라면 사문회를 공개하고 변호인을 동석하는 한편, 피사문자와 면회를 허락할 것을 요구하겠습니다."

"그런 요구에는 응할 수 없다."

"응할 수 없는 이유가 무엇입니까?"

"대답할 필요가 없다."

상대가 위압적으로 나온다고 움츠러들 프레데리카가 아니었다.

"그럼 국민 영웅인 양 웬리 대장을 일부 정부 고관이 비합법적 및 자의적으로 린치를 가하고 있다고 보도기관에 알려도 되겠습니까?"

준장은 낭패에 빠진 기색이 역력했다.

"어, 어디 해 봐라! 국가기밀보호법이 적용될 테니. 귀관도 군법회의에 올라가게 될걸!"

"군법회의에는 해당되지 않습니다. 국가기밀보호법에 사문회라는 것의 규정은 없으며, 따라서 그 내용을 공개한다 해서 법에 저촉되지는 않습니다. 무슨 수를 써서라도 양 제독님의 인권을 무시하고 비밀 사문회를 강행한다면 저희도 모든 수단을 강구하겠습니다."

"흥, 그 아비에 그 딸이로군."

음습한 독기를 머금은 한마디가 준장의 입에서 튀어나왔다.

한순간 놀랐다가 이어서 분노한 것은 마셍고였으며, 프레데리카는 표정 하나 바꾸지 않았다. 그러나 이때 그녀의 개암색 눈동자가 불꽃을 비춘 에메랄드색으로 불타올랐다. 프레데리카는 저열한 한마디를 남기고 등을 돌린 베이를 저지하려 들지 않았다.

작년, 아버지가 쿠데타 주모자라는 것을 알았을 때 프레데리카는 양의 부관 자리에서 해임되리라 각오했다. 그러나 그때 양은 감정표현이 서툰 소년 같은 말투로 이렇게 말했다.

"자네가 없으면 안 돼……."

그 한마디가 이제까지 프레데리카를 지탱했으며, 앞으로도 계속 지탱할 것이다. 그녀는 커다란 동행을 돌아보았다.

"마셍고 준위, 이러고 싶지는 않았지만 마지막 수단을 택해야겠어. 뷰코크 제독님을 뵙고 사정을 여쭈어 보자."

수십 장이나 되는 종이를 낭비한 끝에 양은 겨우 예편원을 완성했다. 율리안이나 프레데리카, 카젤느에게는 면목이 없었지만 더 이상 트뤼니히트 일파를 상대하는 것은 불가능하다는 생각밖에 들지 않았다. 그가 없더라도 이제르론 요새만 있으면 제국군은 침공하기 어려울 것이다.
그렇게 생각하기로 하고, 겨우 기분을 가라앉혔다.

지쳐 축 늘어진 채 침대에 파고든 양은 수천 광년 너머 암흑 허공을
항행하는 가이에스부르크 요새에 대해서는 짐작조차 하지 못했다. 신이
든 악마든, 양을 전지전능한 존재로 만들지는 않았던 것이다.

제 6장

무기 없는 전쟁

I

전함 히스파니올라, 순항함 코르도바 등 16척으로 구성된 분함대가 '그것'을 발견한 것은 4월 10일이었다. J. 깁슨 대령이 지휘하는 이 분함대는 이제르론 요새를 떠나 회랑 내를 초계하던 중이었다.

"적을 발견하더라도 함부로 전투를 개시해서는 안 된다. 후퇴해 상황을 요새에 보고하기만 하면 그만이다."

사령관 대리 카젤느 소장은 전 주둔함대에 이런 엄명을 내렸다. 사령관 양 웬리가 없는 동안 무익한 싸움은 최대한 피해야 했기 때문이다.

순항함 코르도바의 오퍼레이터가 몇 잔째인지 모를 커피를 위장으로 흘려 넣으며 계기計器를 바라보고 있었다. 현재까지 상황은 평화로웠으며, 따라서 매우 지루했다. 커피를 마시는 것 말고는 딱히 지루함을 이길 방법도 없었다. 그러나 이제는 위장도 카페인 자극에 슬슬 지쳐가고 있었다.

그때 오퍼레이터가 갑자기 눈을 빛내더니 컵을 난폭하게 콘솔 한구석에 내려놓았다.

"전방 공간에 **왜곡** 발생."

오퍼레이터가 보고했다.

"무언가가 워프아웃하려 합니다. 거리는 300광초, 질량은……."

오퍼레이터는 질량계를 쳐다보다 몸을 흠칫 굳히더니 목소리를 집어삼켰다. 성대가 다시 움직이기까지는 몇 초 시간이 필요했다.

"질량…… 매우 거대……."

195

"더 정확하게 보고하지 못하겠나!"

함장이 소리를 질렀다. 오퍼레이터는 두세 차례 큰 기침을 해 목구멍을 꽉 메웠던 경악 덩어리를 토해냈다.

"질량, 약 40조 톤! 전함 수준이 아닙니다!"

이번엔 함장이 침묵의 손아귀에 붙들릴 차례였다. 그는 몸을 부르르 떨어 이를 떨쳐내고는 명령을 내렸다.

"급속 후퇴하라! 시공진동에 휩쓸린다!"

분함대 지휘관 깁슨 대령도 전 함대에 급속 후퇴를 명했다. 16척은 엔진 출력이 허용하는 최대 속도로 이변이 발생하려는 공역에서 멀어져갔다. 거대한 시공진동 파동이 그들을 뒤쫓았다. 공간 자체가 일그러지고 요동치며 그들의 심장을 보이지 않는 손으로 졸라댔다. 커피잔이 콘솔 끝에서 바닥으로 떨어져 박살 났다. 그래도 그들은 관측 의무를 잊지 않은 채 스크린을 노려보고 있었다. 이윽고 그들의 눈은 충격으로 크게 뜨이고, 소리 없는 비명이 터져 나왔다.

이제르론 요새 중앙지령실의 분위기가 달아올랐다. 오퍼레이터들이 두 손과 시선과 성대를 쉴 새 없이 움직여댔으며, 카젤느 소장을 비롯한 간부들이 이를 지켜보고 있었다.

"또 적과 조우했다지? 초계함대가."

"요즘은 적도 아주 부지런한데. 초과근무 수당이라도 벌려고 그러나?"

물론 사담은 금지되어 있으나 불안할 때는 이를 준수하기가 힘들다. 마침내 치프 오퍼레이터가 사령관 대리에게 깁슨 대령으로부터 날아든

보고를 전했다.

"형상은 구체 내지는 그와 유사한 것이며, 재질은 금속과 세라믹, 질량은……."

"질량이, 어쨌다는 건가?"

"질량은 추정 40조 톤 이상입니다."

"조?!"

카젤느는 침착한 사내였으나 그 수치를 들은 순간에는 평정을 유지하기가 힘들었다. 치프 오퍼레이터의 보고가 이어졌다.

"질량과 형상으로 판단컨대 직경 40킬로미터 내지 45킬로미터의 인공천체로 보입니다."

"……다시 말해 이제르론 같은 요새라 이거군."

카젤느가 중얼거리자 요새방어 지휘관 쇤코프 소장이 툭 내뱉었다.

"제국에서 친선사절을 이런 식으로 보낼 리는 없겠죠?"

"1월의 조우전은 이 전조였던 모양이로군."

카젤느의 어조는 씁쓸했다. 아군이 그렇듯 적도 지난 조우전을 반성하고 단단히 대비하리라 생각했는데, 착각이었단 말인가.

"다시 말해 그 친구들은, 이번엔 함대를 근거지째로 이곳까지 옮겨 왔다 이거지."

"노력은 가상하군요."

열기 없는 말투로 쇤코프가 칭찬했다. 성실한 무라이 소장이 다소 편견 어린 시선으로 방어 지휘관의 옆모습을 흘끔 쳐다보며 말했다.

"그건 그렇다 쳐도 참 터무니없는 생각을 다 하는군요. 요새를 워프시키다니……. 제국군이 새로운 기술이라도 개발했나 봅니다."

"새로운 기술까지는 아니지. 스케일을 크게 했을 뿐이니까. 그것도 벌어진 입이 다물어지지 않을 정도로 거대하게."

입에 담지 않아도 될 이의를 제기하는 쉰코프였다. 그 말에 카젤느가 끼어들어 요점을 지적했다.

"그러나 우리가 허를 찔렸다는 것과, 적 병력이 막대하다는 것만큼은 분명하네. 그것도 양 사령관이 부재중일 때 말일세. 그동안 수비를 맡은 우리끼리, 최소한 당분간은 적을 막아내야만 하네."

카젤느의 말에 긴장의 파도가 넓은 중앙지령실 전체를 휩쓸고 지나갔다. 불안감 어린 시선이 사람들 사이에서 오갔다. 그들은 이제르론 요새가 난공불락이라는 것을 믿어 의심치 않았으나, 지금 그 확신의 초석에 동요의 균열이 발생했다. 이제르론은 그 어떤 포격에도 견뎌낸 역사를 가지고 있지만 그것은 어디까지나 상대가 함포였을 때 이야기일 뿐이다. 현재 이제르론으로 육박하고 있는 요새의 주포라면 출력 차원이 달라진다.

"이제르론 요새 주포로 이제르론 방어벽을 쏘면 누가 이길까?"

병사들이 곧잘 나누던 이 농담이 곧 현실로 이루어지려 하고 있었다. 초경도강과 결정섬유와 슈퍼 세라믹 4중 복합장갑은 우주에서 가장 견고한 것이다. 그러나 이번 전투에서 그것은 과거형이 될지도 모른다.

"요새포와 요새포의 맞대결이 될까……?"

카젤느는 목덜미에서 등줄기에 걸쳐 보이지 않는 싸늘한 손이 기어 다니는 것을 느꼈다.

전례가 없었던 막대한 에너지와 에너지의 충돌을 상상하자 오싹할 수밖에 없었다. 이제르론 요새포 일제사격을 눈앞에서 본 사람은 잔광이 영원히 눈에 남는다고 하지 않던가.

"거참, 요란한 불꽃놀이가 되겠군요."

쇤코프가 말했으나 그의 목소리에서는 평소의 활달함이 느껴지지 않았으니 성공적인 농담이라고 하기는 힘들었다. 그 상상은 사실 전선 군인에게는 농담으로 받아들여질 만한 선을 넘어선 것이었다.

"양 제독님을 속히 수도에서 모셔 와야겠습니다."

그렇게 말한 후 파트리체프 준장은 아차 하는 표정을 지었다. 사령관 대리인 카젤느가 언짢아하지 않을까 걱정했기 때문이리라. 하지만 카젤느는 불쾌해하지 않았을뿐더러 오히려 적극 찬성했다. 그는 자신이 **평상시**의 사령관 대리임을 숙지하고 있었기 때문이다.

그러나 초광속통신이 하이네센에 도달해 양이 즉시 달려온다 해도, 이제르론까지는 너무나 먼 여정이 남아 있다.

"언뜻 계산해도, 우리는 적 공격을 최소 4주 동안 버텨내야만 하는군. 게다가 이 기간은 길어질 수는 있어도 짧아지지는 않을 걸세."

"즐거운 미래상인걸요."

파트리체프가 말했으나 본인이 의도한 만큼 화기애애한 목소리는 아니었다. 사령관, 그것도 보통 사령관이 아니라 '마술사 양', '기적의 양'이라 불리는 불패의 명장이 없는 상태로 전례 없이 거대한 적과 싸워야만 하는 것이다. 전율이 온몸 신경회로를 소리도 없이 내달리고 피부에는 소름이 돋아났으며 식은땀이 옷을 축축하게 적시는 것은 당연했다.

이제르론 요새 및 주둔함대 장병은 모두 200만 명에 달한다. 그들은 많은 수의 고참이 떠난 후 신병으로 바뀐 지금도 동맹군 최강 부대였으며, 그들이 최강인 이유는 사령관의 '불패'에 흔들림 없는 신뢰를 품고 있기 때문이었다.

무라이 소장이 무거운 목소리를 쥐어짜냈다.

"만약 이제르론 요새를 잃는다면 어떻게 되겠습니까? 로엔그람 공작이 이끄는 대군이 회랑을 통해 동맹령으로 밀려들어 올 것입니다. 그렇게 되면 동맹은……."

끝장이라는 한마디는 입 밖으로 꺼낼 필요도 없었다.

과거 동맹군은 회랑을 통해 침공한 제국군과 수도 없이 포화를 나누었다. 그러나 지금은 2년 전과는 조건이 다르다. 현재 회랑 이쪽에 있는 병력이라곤 제1함대를 제외하면 전투를 경험하지 못한 신병부대, 원거리 이동능력이 없는 항성계 단위 경비대, 화력과 장갑에서 열악한 순찰대, 그리고 편성도 끝나지 않은 부대가 전부였다. 동맹의 군사상 안전은 어디까지나 이제르론 요새와 주둔함대의 존재에 걸려 있었으며, 이들이 있어야만 후방에서 시간을 들여 부대를 편성하고 신병을 훈련할 수 있는 것이다.

그건 그렇다 처도 이렇게 중대한 시기에 전선 사령관을 일부러 소환해 급하지도 중요하지도 않은 사문회인지 뭔지를 열고 앉았다니!

전선에서 멀리 떨어진 수도 하이네센에서 자기 안전만을 생각하며 호의호식하고, 그것도 모자라 양 웬리를 불러내 비밀재판 놀이나 벌이고 있을 트뤼니히트 일파 정치꾼들의 얼굴을 떠올리자 카젤느는 극심한 분노가 위장을 지져대는 것을 느꼈다. 작년 쿠데타 때도 그 이전에도 그랬으나, 전선 장병은 그들의 권력과 특권을 지켜주기 위해 목숨을 버려가며 싸우는 것이 아니다. 카젤느는 전쟁의 의미에 대해 회의를 품을 수밖에 없었다.

그나마 불행 중 다행이라면, 하이네센에 있는 양이 이제야 겨우 사문회라는 쓸데없는 싸움에서 해방되리라는 것이었다. 어차피 싸울 거라면 양도 광대한 우주공간의 전장에서 적군과 용병의 묘를 겨루는 쪽을 선택하리라. 그리고 카젤느와 다른 간부들의 임무는 양이 귀환할 때까지 이제르론을 유지하는 데 있었다.

카젤느는 최악의 사태를 고려하여 몇 가지 조치를 내렸다. 전략전술 컴퓨터의 정보를 언제든 소거할 수 있도록 준비하고 기밀서류도 소각할 태세를 갖추었으며, 300만 명을 넘는 민간인에게는 대피하도록 지시를 내렸다. 이러한 조치를 신속하고도 정확하게 내리는 것은 카젤느의 주 특기였다.

그리고 이제르론 요새로부터 후방을 향해 초광속통신이 날아갔다.

『4월 10일, 제국군 이제르론 회랑으로 대거 침입. 주요 병력은 **이동식 거대 요새**. 속히 지원 바람.』

II

같은 4월 10일, 자유행성동맹 수도 하이네센에서는 무기 없는 전쟁이 불꽃을 피우고 있었다. 양 웬리 대장은 사문회를 상대로 싸웠으며, 그의 부관 프레데리카 그린힐 대위는 트뤼니히트 정권 전체를 적으로 돌린 모양이었다.

양의 사문회는 매일 벌어진 것은 아니었다. 사문회 수석 네그로폰테 국방위원장을 비롯한 각 멤버들에게는 다른 직무가 있었으며, 양을 들볶아대는 데만 전념할 수는 없었으므로 사문회는 하루 내지는 이틀 걸러 한 번씩 지루하게 이어졌다. 양의 신경은 날카로워질 대로 날카로워져 성급한 자라면 이미 폭발했을 상황이었다. 이젠 사문회 목적은 양을 사문해 모종의 결론을 이끌어내는 것이 아니라 사문행위 그 자체를 질질 끄는 데 있는 것으로밖에 보이지 않았다.

'어떻게 수습할 생각이람?'

양은 생각했다. 예를 들어 사문회 목적이 '양 웬리의 존재는 동맹에 유해한가 무해한가.' 라는 명제의 해명에 있다고 가정하자. 무해하다는 결론이 나온다면 그들은 양을 풀어 줄 수밖에 없다. 유해하다는 결론이 나오면 모종의 처단을 내리겠지만, 제국의 군사적 위협이 실존하는 이상 지금은 양을 잃을 수 없다. 그렇다고 결론을 내지 않은 채 사문회를 영원히 지속할 수도 없다. 이러한 사정을 생각하니 양은 불쾌하기도 하고 기가 막히기도 했으나, 매우 짓궂은 홍미도 느끼고 있었다. 어차피 양을 풀어 줄 수밖에 없겠지만, 어떻게 자기들 체면을 차리면서 조치를 내릴지 구경해 주겠다는 마음이 들었던 것이다.

군복 주머니에는 항상 예편원이 들어 있었다. 필요할 때는 언제든 꺼내 국방위원장 코앞에 들이댈 수 있다. 사문회 첫날이 끝난 저녁에 완성해 다음 날 제출할 생각이었으나, 그날 사문회가 열리지 않아 양은 맥이 풀리고 말았다. 그대로 주머니에 넣어둘 수밖에 없었다. 그 후로도 제출할 기회가 없었던 것은 아니지만, 언제든 그 자리에서 꺼낼 수 있다고 생각하니 어쩐지 마음이 느긋해져, 조금 더 드라마틱한 장면에서 내밀어주자는 의뭉스러운 생각까지 품게 되었다.

사문회가 벌어지면 양도 나름대로 사기가 올라갔다. 오히려 고통스러운 것은 숙사에서 하루 종일 연금되어 있어야 하는 날이었다. 식사 말고는 할 일이 없었던 것이다. 창문으로는 안뜰밖에 보이지 않았으며, 입체 TV조차 없었다. 소용없다는 것을 알면서도 책을 읽게 해 달라고 부탁해 보았으나 역시 말을 이리저리 돌려가며 결국은 거부당했다. 그렇다면 저술이라도 계속해야겠다 싶었으나, 예편원 한 통을 쓰면서 수십 장이나 되는 종이를 모두 써버리는 바람에 펜은 있되 종이가 없는 상태였다. 침대에 드러누운 채 사문회 멤버를 하나하나 고문에 처하는 장면을 상상해 보았으나 금세 지겨워졌다.

식사는 삼시 세끼 모두 훌륭했다. 다만 인테리어와 마찬가지로 지극히 몰개성한 것이다 보니 끼니마다 변화를 즐길 수도 없었다. 특히 아침은 매일 완전히 똑같은 메뉴였다. 호밀빵, 버터, 플레인 요구르트, 커피, 채소 주스, 베이컨 에그, 프렌치 포테이토, 양파와 피망과 양배추로 만든 샐러드. 결코 맛은 나쁘지 않았으며 영양 면으로 봐도 완벽했으나, 양의 표현을 빌리자면 '성의와 독창성이 결여된' 것이었다. 애초에 식후 마실 음료를 커피로 정해놓은 것 자체가 용서할 수 없는 일이다.

만약 율리안 같았더라면 향긋한 실론 차를 끓이고, 계란 요리 하나만 해도 오믈렛이니 스크램블드에그 등등 변화를 주었을 것이다. 저녁 먹고 남은 반찬을 활용해 라이스 그라탕이나 볶음밥을 만드는 기술은 천하일 품이라고 양은 믿고 있었다. 문명에도, 인도적으로도 기여하지 못하는 군인이라는 직업을 택하느니 정식 요리사 수업을 받아 가게를 내는 편이 훨씬 문화와 사회에 기여하는 것 아닐까? 그러면 퇴직금으로 율리안에게 레스토랑을 차려줄 텐데……. 물론 주방장이라는 직업은 우주전함 함장만큼 소년 시절 로맨티시즘을 자극하는 것은 아니지만.

이렇게 양은 하이네센에서 허무하게 하루하루를 보내고 있었다. 그러나 그의 처지도 프레데리카의 고생에 비하면 차라리 마음 편한 것이라 할 수 있었다. 말 그대로 프레데리카는 자지도 쉬지도 않고 악전고투했던 것이다.

베이 준장에게 냉대받은 후, 프레데리카는 마셍고와 함께 즉시 우주함대 사령부를 방문했다. 위병사관은 관료처럼 규칙과 권한과 시스템을 마법 지팡이처럼 휘둘러 프레데리카의 시간을 낭비했으나, 귀가하려던 에드먼드 메서스미스라는 젊은 소령이 그녀를 발견하고 편의를 봐 주었다. 메서스미스는 그녀의 아버지 드와이트 그린힐이 사관학교 부총장이었을 당시 제자로, 한때 그린힐 대장은 그를 프레데리카의 결혼상대로 생각한 적도 있었다. 프레데리카가 감사하는 뜻을 표하자 메서스미스는 시원한 미소를 지으며 대답했다.

"천만에. 당신을 위해서라면 뭐든지 할 수 있지. 어머님께 안부 전해줘. 그건 그렇고…… 여전히 아름다운걸, 프레데리카."

프레데리카는 그에게 감사했으나, 우주함대 사령장관 뷰코크 대장의 집무실 문을 연 순간 메서스미스에 관한 생각은 뇌리에서 날아가고 말았다.

"대위, 왜 자네가 이런 데 있는 겐가?"

일흔두 살의 노제독이 처음으로 한 말이었다. 프레데리카의 예상대로, 제복군인 제2인자인 그조차 양이 수도에 소환되었다는 사실을 전혀 모르고 있었던 것이다. 이번 사문회라는 것이 얼마나 비밀리에 이루어지고 있는지는 그의 한마디만으로도 명백했다.

프레데리카가 요령 있게 사정을 설명하자, 뷰코크는 허연 눈썹을 꿈틀거리더니 한동안 침묵에 잠겼다. 놀랐다기보다는 어이가 없었던 모양이었다.

"각하께 이 사실을 말씀드려야 할지 사실은 매우 망설였습니다. 양 제독을 궁지에서 구하는 데 도움을 주시면 고맙겠습니다만, 자칫하면 군부와 정부 사이의 대립을 초래할 수도 있는 문제인지라……."

"당연한 걱정이지. 허나 동시에 쓸데없는 걱정이기도 하다네."

노제독은 기이한 말을 했다. 활달한 기질의 뷰코크에게는 어울리지 않게, 어딘가 어두운 어조였다.

"무슨 말인가 하면, 군부 전체가 똘똘 뭉쳐 정부와 대립하는 일은 이제 불가능하다는 뜻일세, 대위."

"군부가 양분되어 있다는 말씀이십니까?"

"양분이라! 그야 양분임에는 틀림이 없지. 압도적인 다수파와 소수파를 동일하게 견줄 수 있다면 말일세. 물론 나는 소수파일세. 자랑도 뭣도 아니네만."

프레데리카는 흠칫했다. 잠시 망설였지만 영문을 물어야만 했다. 그 질문에 노제독은 어째서인지 대답을 잠시 주저하는 것 같았다. 그러나 프레데리카가 물어야 했던 것과 마찬가지로, 뷰코크 또한 대답할 수밖에 없었다.

"자네에게 미안한 말이지만, 작년 구국군사회의 쿠데타가 원인이라면 원인일세. 그 때문에 군부의 신망이 실추되어 발언력이 약해지자, 정치꾼 놈들이 자기네 세력을 군부에 침투시키는 데 이용했거든. 놈들은 멋대로 군 인사를 조작해서는 중추부를 완전히 놈들 끄나풀로 채워놓고 말았네. 쿠브르슬리 본부장도 나도, 작년 쿠데타 때는 손쓸 도리가 없었으니 항의해봤자 냉소만 돌아올 뿐이었지."

자신의 얼굴이 창백해졌으리라 프레데리카는 생각했다. 또다시 작년 쿠데타, 그리고 그 대표였던 아버지 드와이트 그린힐이 그녀 앞을 가로막고 있는 것이었다. 그녀는 아버지를 싫어할 수는 없었다. 그러나 이러한 일이 쌓이고 쌓인다면 싫어할 수는 없더라도 증오하게 될 것만 같았다.

"그래서 쿠브르슬리 본부장도 나도, 지금은 망망대해에 고립된 암초 같은 상황일세. 정치꾼 놈들이 양을 수도로 불러들인 근본 동기는 전혀 모르겠네만, 어지간한 짓을 저질러봤자 반대할 놈은 없다. 있어봤자 밟아버릴 수 있다…… 그렇게 생각했던 것은 틀림이 없지."

"정말 뭐라 말씀을 드려야 좋을지……. 그렇게 곤경에 처하신 줄은 몰랐습니다."

"뭘, 딱히 곤경은 아니야. 그냥 짜증이 날 뿐이지. 꼼지락거리는 것들이 영 성가시거든. 사실 이 방에도 도청기가 감추어져 있을지 모른다네. 확률은 90퍼센트 이상일걸."

그 말을 들은 마셍고 준위의 검은 거구가 10센티미터 정도 허공으로 떠올랐다. 노제독은 헛기침을 하듯 웃었다. 그러다 프레데리카의 눈을 보고 웃음을 멈추더니 덧붙였다.

"그런 줄 알면서도 이런 말을 한 까닭은, 이제 와서 내 색깔을 속일 수도 없거니와 도청 기록이 법률상 증거가 될 일도 없기 때문일세. 반대로 우리가 도청에 의한 인권침해로 고소할 수 있지. 정부가 동맹헌장을 존중할 생각이 있다면 말이네만."

"정부가 민주주의 원칙을 공공연히 짓밟을 수는 없습니다. 여차할 때 무기로 쓸 수 있을 것입니다."

"총명하기로 이름난 대위가 그렇게 말해주니 기쁘군. 아무튼 지금 가장 중요한 양 제독에 대해서 말이네만, 사정을 알았으니 나도 할 수 있는 일은 최대한 해보겠네. 나도 자네를 돕게 해 주게."

"하지만 폐가 되지는 않겠습니까?"

노제독은 이번엔 호탕하게 웃었다.

"나를 찾아와놓고는 새삼스레 그런 신경을 쓸 필요는 없네. 나는 그 젊은 놈이 마음에 들거든. 아, 이건 본인에게는 말하지 말게. 젊은 놈들은 금방 들뜨게 마련이니까."

"진심으로 감사합니다. 제독님의 인품을 믿고 감히 말씀드리자면, 저도 뷰코크 제독님을 좋아한답니다."

"우리 마누라에게도 그 말을 꼭 들려주고 싶구먼. 헌데……."

노제독은 표정을 굳히며 말했다.

"여기 올 때까지 미행하는 자는 없었나?"

프레데리카는 개암색 눈동자에 충격의 빛을 띠며 마셍고를 쳐다보았다. 양에 대해서만 생각하느라 그 점에 주의를 기울이지 못했던 것이 실수였다. 거구의 흑인은 등을 쭉 편 채 풍성한 베이스 음성으로 대답했다.

"확증은 없습니다만 수상쩍은 랜드카를 여러 대 보았습니다. 그것이 미행 차량이었다면 아마 도중에 교대를 했을 것이라 생각합니다."

"역시. 베이 그 **족제비** 놈이 할 법한 짓이지."

뷰코크는 크게 혀를 찼다. 도청기를 통해 베이 본인에게 들려줄 심산이었을지도 모른다. 대담한 노인이었다.

"대위, 이게 민주주의 총본산이라는 곳의 작태일세. 아직은 비가 오지 않네만 구름은 아주 두툼하지. 게다가 시시각각 시커멓게 물들고 있어. 날씨를 원래대로 돌리는 게 쉽지는 않을 걸세."

"예, 각오는 되어 있습니다."

"좋아."

노인의 목소리는 무뚝뚝한 말투 아래에 온기를 머금고 있었다.

"그러면 우리는 한편일세. 세대는 다르다 해도."

III

망설인 끝에 내린 결단이었으나 뷰코크 대장에게 의탁했던 것은 프레데리카에게 큰 성공이라 할 수 있었다. 뷰코크의 협력 의사도 그렇지만, 그의 지위와 명망은 '압도적 다수파'라 해도 무시할 수 없는 것이었다. 사실 무시할 수 있었다면 노제독은 우주함대 사령장관 자리에서 이미 해임되었을 것이 분명했다.

우선 군용 우주항 한구석에 격리되어 있던 레다 II호의 감시가 풀렸다. 이유도 없이 선내에 억류되었던 승무원들도 풀려나 프레데리카를 도울 수 있게 되었다.

프레데리카 자신은 뷰코크의 호의를 받아들여 그의 집에 머물기로 했다. 그때까지 기거하던 숙사에서는 도청이나 감시는 물론 신체에 위해를 입을 우려마저 있었기 때문이었다. 뷰코크의 집은 직속 경비병의 보호를 받고 있었으며, 경비병이 없다 해도 우주함대 사령장관의 집에 허튼 수작을 부릴 수는 없을 것이다. 뷰코크 부인도 프레데리카를 따뜻하게 맞아주었다.

"오래오래 있다 가요. 어머, 그럴 수는 없겠네. 얼른 양 장군을 구해내 돌아가야 하니까. 아무튼 부담 갖지 말고 편안하게 있어요."

"폐를 끼쳐 죄송합니다."

"마음 쓸 것 없어요, 미스 그린힐. 젊은 사람이 있으면 집 안도 밝아지고, 우리 영감도 정부를 상대로 싸울 수 있다고 좋아했거든. 내가 인사하고 싶을 정도예요."

부인의 따뜻한 미소는 프레데리카에겐 선망의 대상이 되었다. 40년 이상이나 함께 살아오며 서로를 이해하는 부부의 유대관계란 이런 것일까.

그건 그렇다 쳐도, 이 나라는 '자유'라는 이름을 붙일 가치가 점점 사라지고 있는 것은 아닐까 하는 생각이 들었다. 자신의 처지만을 두고 품은 생각은 아니었다. 국가와 사회에서 이성과 관용이 급속도로 사라져가고 있는 것 같았기 때문이다.

그녀가 뷰코크 가를 메인 베이스로 삼아 분주하는 동안 한 가지 사건이 일어났다.

'에드워즈 위원회'라는 민간단체가 있다. 작년 '스타디움 학살사건'에서 희생된 고 제시카 에드워즈 여사를 기념해 반전파 사람들이 결속해 만든 조직이었다. 이 위원회가 한 가지 문제를 제기했다. 그것은 불공정한 징병에 관해서였다.

정계, 재계, 관계에 몸담은 중요 인사들 가운데 징병적령기 아들을 가진 24만 6000명을 대상으로 조사한 결과, 어이없는 사실이 드러났다. 아들을 군대에 보낸 자는 15퍼센트도 되지 않았으며, 전선으로 보낸 자는 1퍼센트 이하였던 것이다.

"이 수치가 무엇을 뜻하는가? 그들 지배층이 말하듯 이 오랜 전쟁이 정의 실현을 위해 반드시 필요한 것이라면, 왜 그들은 자신의 아들들을 여기에 참가시키지 않는단 말인가? 왜 특권을 이용해 징병을 기피하는가? 그것은 이 전쟁에 자신들의 목숨을 내걸 가치가 없다고 생각하기 때문이 아닌가?"

에드워즈 위원회는 정부의 해명을 요구했으나 트뤼니히트 정권은 이를 완전히 묵살했다. 정부 대변인을 겸한 정보통신위원장 보네는 단 한 마디, '대답할 필요를 느끼지 못한다'고 말했을 뿐이었다.

그러나 그 이상으로 에드워즈 위원회를 분노케 하고 또한 전율케 했던 것은, 거의 모든 매스컴이 이 사건을 보도하지 않았던 점이었다.

전자신문도, 입체 TV도, 정치권력과 관계없는 범죄 및 스캔들, 훈훈한 미담 따위만을 발표할 뿐 에드워즈 위원회의 활동은 무시했다.

어쩔 수 없이 에드워즈 위원회 회원들은 가두활동을 펼쳐 일반시민에게 사정을 호소하고자 했다. 5000명 회원이 데모를 시작하자 경찰이 나타나 이를 규제했다. 규제를 피해 뒷골목으로 들어서자 주전파 단체인 '우국기사단'이 특수 세라믹 곤봉을 들고 기다리고 있었다. 여자와 아이들도 포함된 에드워즈 위원회 사람들이 우국기사단의 곤봉에 잇달아 쓰러지는 동안 경찰은 멀리서 방관하고만 있었으며, 마침내 우국기사단이 도망치자 피를 흘리며 쓰러진 회원들에게 수갑을 채웠다. 명목은 소요죄였다. 경찰은 회원끼리 내분을 일으켜 유혈을 초래했다고 설명했으며, 대부분의 매스컴은 이를 그대로 보도했고, 우국기사단의 이름은 드러나지 않은 채 끝났다.

뷰코크의 지인인 정치가 조안 레벨로에게 처음 이 이야기를 들었을 때 프레데리카는 믿을 수 없는 심정이었다. 양이나 자신에게 일어난 일을 알고 있으면서도, 민주주의 체제와 매스컴에 대한 신뢰는 뿌리 깊었던 것이다.

하지만 그 신뢰도 나날이 흔들리고 있었다. 뷰코크의 공공연한 조력, 레벨로의 은근한 협조가 있었는데도 그녀의 행동은 보이지 않는 벽과 사슬에 가로막혔다. 사문회가 일어나고 있는 건물은 마침내 밝혀졌다. 이것은 레벨로가 황 루이와 접촉해 알아낸 것으로, 동맹군 후방근무본부 부지 내에 있었다. 하지만 뷰코크가 찾아가도 국가기밀을 방패로 출입을 거절당했다. 관계자에게 면회를 신청해도 거부당했다. 뷰코크의 집을 나온 후 귀가할 때까지 미행이 붙었으며, 겨우 발견한 증인은 두 번째 면회 때 무언가를 두려워하며 증언을 거부했다.

다시 베이 준장을 붙드는 데 성공했을 때, 프레데리카는 말을 이리저리 돌리며 실속 있는 대답을 하려 들지 않는 베이의 태도를 참다못한 나머지 매스컴에 고발하겠다고 말해보았다. 그러나 베이의 반응은 예전과는 완전히 달라졌다.

"하고 싶으면 해보게. 하지만 어느 매스컴도 상대해주지 않을걸? 무시당하든가 냉소만 살 뿐이지."

프레데리카가 베이의 눈을 똑바로 노려보자 그는 가벼운 후회와 낭패의 표정을 언뜻 드러냈다. 해서는 안 될 말을 입에 담은 것이었다.

프레데리카는 마음 한구석이 싸늘해지는 것을 느꼈다. 에드워즈 위원회 사건에서도 볼 수 있었듯, 트뤼니히트 정권은 매스컴에 대한 지배력과 통제력에 상당한 자신을 가지고 있는 것 아닐까? 정치권력과 매스컴이 결탁하면 민주주의는 비판과 자정능력을 잃고 죽음에 이르는 병에 빠져든다. 이 나라는 그 정도까지 썩은 것일까. 정부와 군부와 매스컴이 같은 지배자의 것이 되다니!

그녀가 그 사실을 재확인한 것은 다음 날이었다. 전자신문을 읽던 마셴고 준위가 그녀의 모습을 보더니 황급히 이를 감추려 했다. 당연히 그녀는 수상쩍게 생각했다. 프레데리카의 요구에 마셴고는 마지못해 신문을 내밀었다.

신문에는 프레데리카의 기사가 실려 있었다. 그녀의 아버지 드와이트 그린힐이 '작년 쿠데타 주모자'였던 것, 그런데도 그녀가 아직도 군적에 남아 있는 것 등등을 악의에 가득 찬 필치로 써 내려간 것이었다. 그뿐만이 아니라 그녀와 그녀의 상관, 다시 말해 양 웬리가 은밀한 사이가 아니냐는 정체 모를 인물의 담화까지 소개되어 있었다. 기사의 출처도 의도도 너무나 명백할 정도였다.

"거짓말투성이인 괘씸한 기사입니다."

마셴고는 씨근덕거리며 말했으나 프레데리카는 화낼 생각도 들지 않았다. 정도를 넘어선 저열함은 오히려 분노의 에너지를 깎아내는 것일지도 모른다. 어쩌면 양을 사문회에서 구해낼 결정적인 수단을 찾지 못해 초조함과 폐쇄감에 시달리고 있었기 때문은 아닐까.

그런데 기적이 일어났다. 그날, 뷰코크로부터 긴급 연락이 들어왔던 것이다. 대담한 노제독도 평정을 유지할 수 없는 모양이었다.

『엄청난 뉴스일세, 대위. 이제르론 요새가 적 공격을 받고 있다는군. 제국군이 침공한 게야.』

프레데리카는 숨을 들이켰다. 놀라움이 절반도 가라앉기 전에, 한 가지 생각이 뇌리에 번뜩여 그녀는 소리를 질렀다.

"그렇다면 양 제독이 사문회에서 풀려나겠군요!"

『바로 그걸세. 이럴 때는 제국군이 구세주라니까. 아이러니지만.』

아이러니여도 좋았다. 프레데리카는 태어나서 처음으로 제국군에 감사했다.

IV

그날 사문회는 처음부터 폭풍우를 예감케 했다. 양도 웬만한 일에는 참고 견딜 생각이었으나, 자치대학장 올리베이라가 학술적 열정에 사로잡히기라도 했는지 양에게 전쟁의 존재의의인지 무언지를 강의하기 시작하는 것이 아닌가. 그의 표현을 빌리자면 전쟁을 부정하는 의견이란 위선과 감상의 산물에 불과하다는 것이었다.

"제독, 자네는 우수한 군인이지만 아직 어리군. 아무래도 전쟁의 본질이라는 것을 이해하지 못한 모양일세."

양은 대답하지 않았으나, 그 태도가 전쟁론을 강의하려는 상대의 의욕을 깎아내리지는 못한 것 같았다.

"들어보도록. 전쟁이란 문명의 소산이며, 국내외적 모순을 해소하기 위한 가장 현명한 수단일세."

누가 그런 걸 정해놓았느냐고 묻는 것조차 피곤해서 양은 반론하지 않았다. 이를 자기 좋을 대로 해석했는지 올리베이라는 득의양양하게 지론을 펼쳤다.

"인간은 타락하기 쉬운 동물이지. 특히 긴장감을 잃은 평화와 자유가 무엇보다도 인간을 타락시키는 법일세. 활력과 규율을 낳는 것은 전쟁이지. 전쟁이야말로 문명을 진보시켰으며, 인간을 단련하고, 정신도 육체도 향상했던 것일세."

성의라고는 한 점도 깃들지 않은 목소리로 양이 대답했다.

"훌륭하신 고견이로군요. 전쟁으로 목숨을 잃거나 육친을 잃은 적이 없는 사람이라면 믿고 싶어질지도 모르겠는걸요."

마음만 먹으면 양은 정부 고관들에게 얼마든지 시건방진 태도로 말할 수 있었다. 그저 그럴 기회가 없었으며, 무엇보다도 귀찮았기 때문에 가만히 있었을 뿐이었다. 하지만 이젠 양도 충분히 호전적인 기분이 되었다.

인내와 침묵이 모든 상황에서 미덕이 되는 것은 아니다. 참지 말아야 할 때 참고 해야 할 말을 하지 않는다면 상대는 한없이 기고만장해져 자신의 이기심이 그 어떤 경우에도 통용된다고 믿게 될 것이다. 젖먹이와 권력자의 생떼를 오냐오냐 받아주어서는 좋은 결과를 볼 수 없다.

"하물며 전쟁을 이용해 타인의 희생 위에 자신의 이익을 구축하려 드는 자들에게는 매력적인 생각이겠지요. 있지도 않은 조국애를 있는 것처럼 꾸며 타인을 기만하려는 자들에게도요."

이때 비로소 올리베이라는 만면에 노기를 띠었다.

"자, 자네는 우리의 조국애가 거짓이라고 하는 겐가?"

"여러분이 입으로 떠드는 것만큼 조국의 안보와 희생정신이 필요하다고 생각하신다면, 타인에게 이래라 저래라 명령하시기 전에 직접 실행을 해보심이 어떻겠습니까?"

양이 오히려 느긋한 말투였다.

"예를 들면 주전파 정치가, 관료, 문화인, 재계인을 모아 '애국 연대'를 조직하는 겁니다. 그리고 제국군이 쳐들어오면 제일 먼저 적에게 돌진하는 거지요. 우선 그 전에 집부터 안전한 수도에서 최전선인 이제르론 요새로 옮기심이 어떨까요? 자리는 얼마든지 있습니다."

돌아온 침묵은 침체된 사기와 드높아진 적의 두 가지를 무겁게 머금은 것이었다. 효과적인 반론이 불가능하다는 것이 여기에 박차를 가하고 있었다. 그들이 반론할 수 없다는 것을 잘 아는 양은 호되게 추격타를 가했다.

"인간의 행위 중에서 가장 비열하고 파렴치한 행위가 무엇인지 아십니까? 그것은 권력을 가진 자, 권력에 꼬리를 치는 자가 안전한 곳에 숨어 전쟁을 찬미하고 타인에게는 애국심이며 희생정신을 강요해 전장으로 내보내는 것입니다. 우주의 평화를 되찾으려면 제국과 무익한 전쟁을 계속하는 것보다는 우선 그러한 악질 기생충부터 제거해야 하지 않겠습니까?"

공기 전체가 창백해진 것 같았다. 사문회의 면면들은 젊은 흑발 제독이 이렇게나 독설을 퍼부을 줄은 상상도 하지 못했으리라. 황 루이마저 의외라는 표정으로 양을 보고 있었다.

"기생충이라니, 우리를 말하는 겐가?"

냉정함을 가장한 네그로폰테의 목소리가 불안정하게 오르내리고 있었다.

"그럼 뭐라는 것처럼 들렸습니까?"

양은 한껏 무례한 태도로 내뱉었다. 네그로폰테는 식용개구리처럼 노기로 부풀어 올라 손에 들고 있던 의사봉으로 요란하게 책상을 내리쳤다.

"형언할 수 없는 모욕, 상상의 한계를 넘어선 무례다! 귀관의 품성 그 자체에 대해 우리는 고발할 필요가 있다고 인식할 수밖에 없다! 사문은 더더욱 연장될 것이다!"

"이의를 제기합……."

잇달아 책상을 내리친 의사봉 소리가 양의 말꼬리를 지워버렸다.

"피사문인의 발언을 금한다!"

"무슨 근거로요?"

"사문위원회 수석의 권한으로, 아니, 설명할 필요를 느끼지 못한다. 질서에 따르도록."

양은 두 손을 허리에 대고 한껏 도발적인 표정과 태도를 지었다. 그는 언젠가는 폭발하기로 결심했으나, 지금이야말로 바로 그 시기인 것 같았다.

"아예 퇴장을 명해 주시면 고맙겠는데요? 솔직히 말씀드려서, 보기도 괴롭고 듣기도 괴롭습니다. 아무리 관람료를 내진 않았다고 하지만, 인내에도 한계가……."

국방위원장의 손에서 울려 퍼진 벨 소리가 양의 입을 막았다.

"여보세요, 나다. 무슨 일인가?"

네그로폰테는 눈으로는 양을 노려본 채 불쾌함이 가득한 목소리로 수화기를 향해 말했으나, 상대의 한마디가 그를 경악케 한 모양이었다. 그는 안면근육을 눈에 뜨일 정도로 딱딱하게 굳히더니, 몇 차례에 걸쳐 진위 여부를 캐물었다. 마침내 수화기를 내려놓더니, 낭패한 표정으로 사문관들을 돌아보고, 떨리는 목소리를 쥐어짰다.

"잠시 휴식하겠다. 사문회 여러분, 별실로 집합해 주십시오. 제독은 그대로 대기하도록."

심상찮은 사태가 일어났음은 명백했다. 양은 황급히 자리를 뜨는 사문관들을 멀뚱히 바라보고 있었다.

'정변政變이라도 일어난 걸까? 아예 트뤼니히트가 서거했다면 좋겠는데.'

그런 생각을 하는 양은 도저히 신사적이라고는 할 수 없었다.

네그로폰테를 중심으로 핏기 없는 얼굴들이 늘어서 있었다.

『이제르론 회랑에 적군 대거 침공.』

그 소식은 보이지 않는 해머가 되어 사문관들을 요란하게 내리쳤던 것이었다.

"우리가 해야 할 일은 생각할 필요도 없겠군."

오로지 황 루이만이 침착했다.

"사문회를 중지하고 양 제독을 이제르론으로 돌려보내 제국군을 격퇴시켜야…… 아니, 격퇴해 주십사 부탁해야 하지 않겠소?"

"하지만 그래서는 조령모개나 다름없지 않나. 우리는 바로 지금까지 그를 사문하고 있었단 말일세."

"그럼 초지일관해 사문회를 계속할 거요? 제국군이 하이네센에 쇄도할 때까지?"

"……."

"아무래도 선택할 여지는 없는 모양이군."

"하지만 우리끼리 결정할 수만은 없네. 트뤼니히트 의장의 의향을 물어야……."

연민 어린 눈빛으로 황 루이는 네그로폰테의 굳은 얼굴을 쳐다보았다.

"그럼 그렇게 하시오. 5분이면 끝날 일이니."

양이 양¥을 500마리 정도 세었을 무렵, 사문관들이 돌아왔다. 겨우 몇 분 전과는 완전히 다른 분위기가 느껴졌다. 내심 전의를 불태우는 그에게 국방위원장이 말했다.

"제독, 긴급사태가 발생했네. 이제르론 요새가 제국군의 전면공격을 받고 있네. 적은 심지어 요새에 추진장치를 달아 대군을 통째로 옮겼다고 하는군. 속히 원군을 보내야 하네."

10초 정도 침묵한 후, 사뭇 부드러운 표정과 목소리로 양이 확인했다.

"……그래서, 저더러 가라는 말씀이십니까?"

네그로폰테는 눈에 보일 정도로 주눅이 들었으나, 간신히 자신을 고무했다.

"당연한 것 아닌가. 귀관은 이제르론 요새와 주둔함대의 사령관일세. 적의 침략을 저지할 의무와 책임이 있을 텐데."

"하지만 딱하게도 멀리 전선을 떠나 사문을 받고 있는 몸인 데다, 태도가 불량하다고 **모가지**가 달아날 상황입니다. 대체 사문회는 어떻게 되는 걸까요?"

"사문회는 중지하겠네. 양 제독, 국방위원장으로서, 귀관의 상관으로서 명령한다. 즉시 이제르론으로 향해 방어와 반격을 지휘하라. 알았나?"

그것은 적반하장이나 다름없는 뻔뻔한 목소리였으나, 말꼬리가 떨리는 것이 발언자의 내심에 감추어진 불안을 폭로하고 있었다. 네그로폰테는 법제도상 양의 상관임에는 틀림이 없다. 하지만 양이 명령에 따르지 않아 이제르론이 함락당하기라도 한다면, 그가 자신을 양의 상관으로 내세울 수 있는 법적 근거도 실질적인 권력도 무너지는 것이다.

그제야 네그로폰테는 자신들이 화약고 옆에서 불장난을 하고 있었다는 것을 깨달았다. 국가의 안전이 있고서야 권력이 있고 상대의 복종이 있고서야 지배가 있는 법이다. 그들이 가진 힘은 우주 법칙에 근거한 확고한 것이 아니었다.

"알겠습니다. 이제르론으로 돌아가지요."

양의 말에 네그로폰테는 깊은 안도의 한숨을 내쉬었다.

"그곳에는 제 부하며 친구들이 있으니까요. 그래서, 저는 행동의 자유를 보장받은 건가요?"

"물론이다. 귀관은 자유일세."

"그럼 실례하겠습니다."

일어나려는 양에게 사문관 중 하나가 말을 걸었다. 이름을 듣자마자 잊어버리고 말았던 말석의 사내였다. 그는 아첨하는 빛을 숨김없이 드러냈다.

"이떻겠습니까, 양 제독? 승산은 있습니까? 아니, 없을 리가 없겠지요. 귀관은 '기적의 양'이니 말입니다. 분명 우리 신뢰에 보답해 줄 거라 믿습니다."

"할 수 있는 데까지는 해보겠습니다."

무뚝뚝한 말투였다. 사문회 멤버들을 만족시키기 위해 큰소리를 칠 생각 따위 전혀 없었다. 그 정도로 친절을 베풀 이유는 어느 주머니를 뒤집어도 나올 것 같지 않았다. 게다가 그는 적에게 어떻게 대처해야 할지, 명확한 구상이 정말로 없었던 것이다.

물론 이러한 사태를 초래한 점에 대해서는 사문회가 책임을 져야 한다. 그러나 양이 제국군의 전법에 허를 찔렸다는 사실은 부정하지 못한다. 생각이 얕았다고 하면 할 말이 없지만, 인간의 상상력에도 한계가 있는 법이다.

요새로 요새에 대항한다. 요새에 추진장치를 달아 항행한다. 그것은 거함거포주의의 변종이었으며, 겉으로 드러나는 것만큼 충격적이고 새로운 전법은 아니었다. 그러나 동맹 권력자들에게 심대한 심리적 충격을 주었으며, 덤으로 양을 이 삼류 콩트에서 해방해준 것은 사실이다.

지금 당장 양국 군사균형을 무너뜨릴 수 있는 획기적인 기술을 꼽아보라면, 양은 1만 광년 이상의 초장거리 워프 기술을 들 것이다. 그것이 실현된다면 제국군은 이제르론 회랑을 건너뛰어 동맹 중심부에 대함대와 보급물자를 보낼 수 있는 것이다. 수도 하이네센 시민들은 어느 날 갑자기 상공에 나타나 햇빛을 가로막는 전함 무리를 보고 아연실색할 것이며, 권력자들은 성하지맹城下之盟, 즉 궁지에 몰린 상황에서의 전면 항복을 선택할 수밖에 없으리라.

그때 어떻게 할지는 양도 생각하지 않았다. 그러한 사태는 양의 대응 능력을 넘어선 것이다.

'그럴 경우에도 책임을 져야 한다면 어디 해먹겠어? 그 정도로 급료를 받는 것도 아니고.'

양의 월급쟁이 근성이 그렇게 속삭였다.

양은 군용 베레모를 고쳐 쓰더니 슬쩍 옷의 먼지를 털고 큰 걸음으로 문을 향해 걸어 나갔다. 그리고 문 앞에서 걸음을 멈추더니, 경의가 담기지 않은 공손함으로 일동에게 말했다.

"아참, 한 가지 중요한 걸 잊어버렸군요. 굳이 제국군이 침공할 시기를 골라 소관을 이제르론에서 불러낸 건에 관해서는 언젠가 책임 있는 설명을 해 주시리라 기대하겠습니다. 물론 이제르론이 함락되지 않고 넘어간 다음의 이야기지만요. 그러면 이만 실례."

양은 발을 돌려, 불쾌하고도 무익한 며칠을 보내야만 했던 방을 나갔다. 그의 한마디에 사문관들의 얼굴에 흐르던 혈액 양이 어떻게 변화했을지 천천히 관찰하고 싶기도 했지만 그런 행위 때문에 이 불쾌한 장소에 있는 시간을 더 이상 연장할 생각은 조금도 없었다.

아홉 명의 사문관들은 한 번 열렸다 다시 닫힌 문을 조용히 바라보았다. 어떤 사람의 얼굴에는 패배감이, 어떤 사람의 얼굴에는 불안이, 어떤 사람의 얼굴에는 노기가 어려 있었다. 한 사람이 내뱉었다.

"건방진 애송이 주제에, 자기가 뭐나 된 것처럼 지껄이는군."

도금이 벗겨져 저열한 본성이 고개를 드러내고 있었다.

"저 친구는 구국의 영웅 아니었던가?"

대담한 황 루이의 목소리에는 비아냥거림이 배어 나왔다.

"저 건방진 애송이라는 친구가 없었더라면 지금쯤 우리는 제국에 항복해 잘해야 정치범 수용소에 처박혀 있었을 거요. 이런 곳에서 재판놀이에 **정신머리**를 팔고 있을 수도 없었겠지. 그는 우리 은인이오. 그런데 우리는 은혜도 모르고 며칠 동안이나 괴롭혀댔던 거요."

"하지만 저 태도를 보시오. 윗사람에 대한 예의란 것을 몰라도 너무 모르지 않소?"

"윗사람? 정치가가 언제부터 그렇게 잘난 존재였지? 우리는 사회의 생산에 기여하는 것도 아니오. 시민이 납부한 세금을 공정하면서도 효율적으로 재분배한다는 임무를 위탁받아, 급료를 받으며 그에 종사하는 존재일 뿐이지. 우리는 아무리 잘 봐줘도 사회 시스템의 기생충일 뿐이오. 그게 잘나 보이는 이유는 선전의 결과로 비롯된 착각에 불과하오. 하지만 뭐, 그런 논쟁보다도……."

황 루이의 안광에 어린 냉소가 한층 강도를 더했다.

"코앞에서 불이 났다는 생각을 못 하시는 모양이군. 그것부터 걱정하는 게 어떻겠소? 양 제독이 말했듯, 적의 공세 직전에 그를 전선에서 이 먼 곳까지 불러낸 책임. 이걸 누가 져야 할지 말이오. 사직서가 한 통 필요할 텐데? 물론 양 제독의 것은 아니지."

여러 시선이 네그로폰테에게 집중되었다. 국방위원장의 두툼한 뺨이 흔들렸다. 양을 수도로 소환한 것은 원래 그의 생각이 아니었다. 그는 다른 인물의 생각에 따른 것뿐이었다. 하지만 결코 소극적으로 따른 것은 아니다.

그의 주위에 있던 사내들은 이미 마음속으로 그의 직함 앞에 '전前' 자를 붙이고 있었다.

V

밖으로 나온 양은 소리 없이 쏟아지는 빛의 샤워 아래에서 크게 두 팔을 뻗으며 축축하고 지저분한 공기를 뱉어냈다.

"각하!"

살짝 떨리는 목소리가 그의 고막을 지나 마음 깊숙한 곳에 도달했다. 그는 돌아보며 목소리의 주인을 찾았다.

"그린힐 대위……."

프레데리카 그린힐의 늘씬한 모습이 햇빛 아래 서 있었다. 그 옆에는 뷰코크 제독과 마셍고 준위도 있었다.

'이제야 **사람** 무리 속으로 돌아왔구나.'

그에게는 있어야 할 곳이 분명히 있었다.

양은 뷰코크에게 진심에서 우러나오는 인사를 올렸다. 노제독은 가볍게 손을 흔들었다.

"감사는 그린힐 대위에게나 하게. 나는 거들기만 했을 뿐이니."

양은 그녀를 다시 돌아보았다.

"고맙네, 대위. 그, 뭐랄까, 뭐라 감사해야 좋을지 모르겠군."

프레데리카는 어떤 충동을 꾹 참아내며 미소로 대답했다.

"부관으로서 당연한 일을 했을 뿐입니다, 각하. 하지만 도움이 되었다면 기쁠 따름입니다……."

노제독의 아래턱이 슬쩍 움직였다. 둘 다 왜 이리 점잔을 빼느냐고 중얼거렸던 것인지도 모르지만 들은 사람은 아무도 없었다. 이번에는 소리를 높여 말했다.

"아무튼, 이제르론으로 돌아간다 쳐도 빈손으로 갈 수는 없지 않나. 이래저래 준비도 해야겠지만, 그 전에 다 함께 점심이라도 드세. 아무리 그래도 우리가 밥을 먹는 동안 이제르론이 함락되지는 않겠지."

레스토랑 '화이트 스태그'에는 조안 레벨로가 기다리고 있었다. 그는 비주류파 정치가이므로 군 시설에 들어가는 것을 삼갔던 것이다. 양이 조력에 감사하자 레벨로는 해방된 것을 축하한 후 진지한 표정으로 이야기를 시작했다.

"국민이 정치에 신뢰를 잃어가고 있는 지금, 다른 곳에는 실력과 인망을 겸비한 고급군인이 있습니다. 다시 말해 양 제독님 같은 사람이지요. 하지만 이는 민주공화정 체제에서는 지극히 위험한 상태입니다. 말하자면 독재정치의 싹을 키우기 위한 온실이라 해도 과언이 아닙니다."

"저는 온실의 꽃이 되는 겁니까? 레벨로 선생님."

농담 삼아 한 말이었으나 레벨로는 이를 받아줄 생각이 없는 모양이었다.

"자칫 잘못하면 양 제독님 본인이 제2의 루돌프 폰 골덴바움이 되는 미래의 역사조차 가정할 수 있지요."

"……잠시만요."

양이 화급히 말을 가로막았다. 자신의 의도와는 판이하게 다른 평가를 들은 경험은 몇 번인가 있었지만, 이는 그 가운데에서도 최고 품질을 자랑하는 것 같았다.

"레벨로 선생님, 저는 권력자가 될 생각은 없습니다. 그럴 생각이 있었다면 작년 쿠데타 때 얼마든지 기회가 있었는걸요."

"저도 그렇게 생각합니다. 그렇게 생각하고 싶지요. 허나……."

레벨로는 씁쓸하게 말을 끊더니 침울한 시선으로 흑발의 젊은 장성을 바라보았다.

"인간이란 변하는 법입니다. 저는 500년 전 루돌프 대제가 처음부터 전제자가 되리라 야망을 품었을지에 대해서는 의구심을 품고 있습니다. 권력을 손에 넣기 전까진 그도, 다소 독선적이기는 해도 이상과 신념에 불타는 개혁주의자에 불과했을지도 모르지요. 하지만 권력을 얻어 변모한 겁니다. 전면적인 자기긍정에서 자기신격화로 가는 고속도로를 폭주한 셈이지요."

"저도 권력을 손에 넣으면 변모할 거라고 생각하시는 건가요?"

"저는 모르겠습니다. 그저, 양 제독님이 자신의 몸을 지키기 위해 루돌프의 길을 걸어야만 하는…… 그런 날이 오지 않기를 기도할 뿐입니다."

양은 침묵하고 있었다. 누구에게 기도할 거냐고 묻고 싶었지만 만족할 만한 대답을 얻을 리가 없다. 레벨로를 양심적인 정치가로 평가했던만큼, 그런 사람이 이런 의구심을 품었다는 사실이 양에게는 영 떨떠름했다. 레벨로가 결국 식사를 함께 하지 않고 먼저 자리를 떴을 때, 양은 내심 한숨을 내쉬었다. 그것은 프레데리카나 뮤코크도 마찬가지였다. 감사의 뜻은 물론 있었으나, 레벨로처럼 비관적인 사람은 이 자리에선 어울리지 않는 존재였다.

사슴고기 로스트를 메인으로 한 코스 요리를 해치우고 후식으로 나온 멜론 셔벗까지 비운 양은 만족했다. 하지만 레스토랑을 나오려다 의외의 인물과 마주쳤다. 바로 조금 전까지 사문회에서 코를 맞대고 있었던 네그로폰테였다.

"양 제독, 귀관은 공인으로서 국가의 명예를 지켜야 할 입장이네. 그런 이상 이번 사문회에 관해 정부의 이미지를 저하시킬 만한 발언을 외부에 해서는 안 될 것일세."

양은 뚫어져라 상대를 바라보았다. 인간의 낯짝이 얼마나 두꺼워질 수 있는가 하는 질문에 대한 해답이 정장을 입고 그의 눈앞에 서 있었다.

"그렇다면 제가 받았던 사문회라는 것이 외부에 알려질 경우 국가기관의 이미지를 저하시킬 만한 것이었다고 스스로 인정하시겠다는 말씀이로군요."

이 반격에 네그로폰테는 누가 봐도 알 수 있을 정도로 허둥댔으나 간신히 이를 떨쳐냈다. 그는 트뤼니히트의 비위를 맞추기 위해 양의 입을 막아야만 하므로 부끄러움을 무릅쓰고 찾아왔을 것이다.

"나는 공인의 의무를 다했을 뿐일세. 어디까지나 그뿐이야. 하지만 그렇기 때문에 귀관도 공인의 의무를 다하도록 요구할 권리가 있다고 확신하는 바이네만."

"……확신하시는 건 위원장님의 자유입니다. 저야 사문회 따위 이제 생각도 하고 싶지 않고, 그 이전에 먼저 전투에서 이길 생각을 하고 있으니 이만."

그 말만 하고 양은 걸어 나갔다. 모처럼 맛있게 먹은 요리가 위장 속에서 썩어버릴 것 같았다. 행성 하이네센의 자연은 이다지도 아름다운데, 지상을 점거한 인간들은 정말 왜 이 모양이란 말인가! 그들을 생각하느니 전투에 이길 생각을 하는 편이 훨씬 나을 것 같았다.

'로엔그람 공작 본인이라면 모를까, 그의 부하에게까지 질 수는 없으니까……'

자신의 그런 생각을 깨닫고 양은 쓴웃음을 지었다. 이것은 자신감이라기보다는 오만인 것 같았다.

"아무튼 우리 동맹정부에는 두 손을 묶어놓고 싸우게 하는 버릇이 있으니…… 참으로 난감하지 않습니까? 뷰코크 제독님."

그 정도 발언은 해도 괜찮을 것이라 생각했다. 이제르론 요새 공략 때부터 그랬으나, 항상 양은 전략적 선택권을 현저히 제한당한 상황에서 싸워야만 했다. 좀 더 자유로이 싸워보고 싶다는 생각이 들었다. 그것은 그가 전쟁에 대해 느끼는 혐오감과 모순되면서도 그의 내면에 확실하게 존재하는 욕구였다.

"누가 아니래나. 하지만 놈들의 생각은 둘째 치더라도, 이번엔 전투에 나갈 수밖에 없는 상황이지."

"지당하신 말씀입니다. 뭐니 뭐니 해도 이제르론은 제 집인걸요."

양은 자신의 감성을 과장해서 말한 것이 아니었다. 그가 살아야 할 곳은 언제나 지상에는 없었다.

태어난 곳은 수도 하이네센이지만 다섯 살에 어머니와 사별한 후 여섯 살 무렵부터는 아버지 양 타이롱이 소유한 항성간 상선을 집으로 삼았다. 열여섯 살이 되기 직전에는 아버지와도 사별해 사관학교 기숙사에 들어가기는 했으나, 그때까지 10년 동안 한 달 이상 지상에 있었던 예가 없었다. 알렉스 카젤느가 "양 그놈은 발이 땅에 붙어있질 않아."라고 놀리는 것도 다 이유가 있다.

카젤느는 물론 율리안도 그곳에 있다. 그에게 소중한 사람들은 거의 모두 그곳에 있는 것이다.

"그러면 대위, 우리 집으로 돌아가도록 할까."

그는 아름다운 부관에게 말했다.

제 7 장

요새 대 요새

I

'4월은 가장 잔혹한 달.'

고대의 한 시인이 읊었듯, 우주력 798년 4월은 이제르론 요새의 장병들에게 고난으로 가득 찬 달이 되었다. 사령관이 없는 상태에서 거대한 적군을 상대로 고립무원의 전투를 벌여야만 했던 것이다.

훗날 율리안은 프레데리카에게 이렇게 말했다.

"그때는 다들 불안했죠. 그도 그럴 것이 양 제독님께서 안 계신 상태였으니……. 하지만 반대로 양 제독님이 오실 때까지만 버티면 살아남는다는 생각도 있어서, 그게 위안이 됐어요. 그리고 좀 이상한 말이긴 하지만, 적에게도 하필 사령관이 없을 때 쳐들어왔다고 분노하진 않았어요. 오히려 이런 시기에 사령관을 후방으로 불러낸 정부에 대해 화를 내는 목소리가 압도적으로 컸죠."

병사들은 정부를 욕하면 되겠지만 고위 간부들은 그럴 수도 없었다. 양이 없는 동안 사령관 대리를 맡은 알렉스 카젤르느 소장을 비롯해 요새 방어 지휘관 쉔코프 소장, 참모장 무라이 소장, 주둔함대 부사령관 피셔 소장, 주둔함대 응원 소장 및 아텐보로 소장, 부참모장 파트리체프 준장과 같은 사람들이 지휘부를 형성했다. 같은 계급의 장교가 많아 집단지휘 형식을 취할 수밖에 없는 일면도 있었다. 사령관 대리 카젤르느만 해도 동격의 장교들 가운데에서 '비교적 제1인자'에 불과했다.

다시 말해 이제르론 요새에서는 사령관 양 대장의 존재가 까마득한 최고봉에 있었으며, 다른 고급 간부들은 주위를 에워싼 야트막한 산맥 같은 모습을 보였다. 다시 말해 제2인자가 없는 셈이다. 은하제국군 오베르슈타인 총참모장이 이를 알았다면 매우 훌륭한 조직이라고 평가했을지도 모른다.

그보다도 지금 가장 미묘한 문제는 '객원제독' 메르카츠의 존재였다. 그는 은하제국군에 있을 때는 상급대장이었다. 내전에 패해 망명한 후에는 중장 대우이다. 두 계급이 낮아진 셈이다. 하지만 현재 동맹군에는 원수가 나오지 않고 있으며 상급대장이라는 계급도 없거니와, 제복군인의 제1인자인 통합작전본부장 쿠브르슬리만 해도 대장에 머물러 있으므로 망명자에게 그와 같은 계급을 줄 수도 없었던 것이다.

하지만 중장이니 계급은 카젤느보다도 높은 셈이다. 양이 없을 때 그가 자신의 계급을 들먹이며 그에 합당한 권한을 요구한다면 조직이 혼란을 겪을 것이 분명했다. 다행히 메르카츠는 '신참 객장이며 망명자'라는 입장을 인식해 항상 한발 물러나 행동했으며, 누가 의견을 묻지 않는 이상 먼저 나서서 끼어드는 경우는 없었다.

하지만 메르카츠의 부관 베른하르트 폰 슈나이더는 이 점이 다소 답답했다. 그는 메르카츠에게 동맹으로 망명하라고 권했던 청년장교로, 제국군에 있을 때는 소령이었다. 현재는 대위 대우이다. 그는 상관이 2계급 강등되었으니 자신도 2계급 강등해 중위가 되어야 한다고 주장했으나, 양이 이 정도로 타협선을 제시했던 것이다. 양이 보기엔 슈나이더까지 강등할 필요는 없다고 생각했지만 상대의 결벽성과 완고함에 경의를 표하며 1계급 강등으로 타협을 청했던 것이었다.

아무튼 슈나이더가 메르카츠에게 망명을 권했던 것은 평범하고 안온한 생활을 보내기 위해서가 아니라 군인으로서 의미 있는 일을 하기 위해서였으므로, 좀 더 적극적으로 나서도 되지 않나 하는 것이었다. 하지만 한편으로는 양 사령관이 망명 객장에게 지나치게 관대하다고 보는 무라이 소장 같은 사람도 있다.

이렇다 보니 양이 없는 동안 이제르론의 집단지휘체제가 제 기능을 다할 수 있을지는 심히 불안했다.

"4주다. 4주만 버티면 양 사령관이 돌아온다."

카젤느는 강조했다. 자기 자신까지 포함해 장병들을 고무하려면 이 방법밖에 없었다. 행정 처리의 달인 카젤느는 위아래로 두터운 신임을 받지만, 위기에 직면한 실전지휘관 카젤느는 그렇지 못했다.

지금 카젤느가 가장 중요시하는 것은 보안이었다. 양이 이제르론에 없다는 것을 적에게 알려서는 안 된다. 이 사실이 새어 나간다면 적은 적극적으로 공세를 강화할 것이며, 최악의 경우 양의 귀환 루트를 차단해 그를 사로잡으려 할지도 모른다.

"기본 방침은 양 사령관이 귀환할 때까지 이제르론을 지켜내는 것. 전술로는 방어를 중심으로 적의 공세를 그때그때 막아낸다."

회의실에서 카젤느가 발언하자 참모들은 얼굴을 마주 보았다. 독창성과 적극성이 떨어지는 것이 불만이기는 했으나, 달리 선택의 여지가 없다는 것 또한 사실이었다.

"방어에 전념하는 것은 좋지만, 너무 소극적으로 나서면 오히려 적이 의심하지 않을까요?"

젊은 아텐보로가 말하자 쉰코프가 대답했다.

"그건 그거대로 양 사령관의 책략이라 생각할지도 모르잖나."

"안 그러면요?"

"그때는 고생해서 점령한 이제르론이 다시 제국의 손에 넘어갈 테지. 그 밖에 뭐가 더 있겠어?"

아텐보로가 다시 무언가를 말하려 했을 때 통신장교에게서 연락이 들어왔다. 제국군 요새에서 통신파가 들어오고 있다는 내용이었다. 카젤느는 한순간 이맛살을 찌푸렸으나, 동조할 것을 명하고 참모들과 함께 중앙지령실로 자리를 옮겼다.

서브 스크린 중 하나가 수신용으로 바뀌면서 제국군 제독 제복을 입은 사내의 모습이 나타났다. 선이 굵고 당당한 인상을 주는 장년의 장교였다.

『반란군, 아니, 동맹군 제군. 소관은 은하제국군 가이에스부르크 파견군 총사령관 켐프 대장이오. 포화를 나누기에 앞서 귀관들께 인사를 드리자 하오. 가능하다면 항복을 권하는 바이지만, 그럴 수도 없는 입장이리라 생각하오. 귀관들의 무운을 빌겠소.』

"고풍스럽지만 당당하군."

율리안 곁에서 쇤코프가 중얼거렸다.

칼 구스타프 켐프의 화강암 같은 풍격은 율리안을 압도했다. 역전의 용장, 빛나는 무훈의 소유자라는 것을 온몸으로 증명하고 있었다. 양이 그 곁에 선다면 신출내기 부관으로밖에 보이지 않겠다는 생각이 들었다. 물론 이것은 양을 경시해서가 아니었다.

훗날, 율리안은 보호자였던 양 웬리에 대해 질문받으면 다음과 같이 대답했다.

"……뭐랄까, 딱히 잘나 보이는 분은 아니었지. 위풍당당한 군인들이 잔뜩 있을 때 그 틈에 섞이면 전혀 눈에 뜨이지 않았어. 하지만 그 많은 군인들 속에서 사라지면, 없다는 것을 금방 알 수 있는, 그런 분이었지……."

"이제르론으로부터 응답 없음."

통신장교의 보고에 켐프는 고개를 끄덕였다.

"다소 유감이로군. 양 웬리라는 자의 얼굴을 보고 싶었는데. 역시 무인은 무인답게 실력으로 인사를 한다 이건가?"

이제르론에서 응답이 없었던 이유는 바로 그 양이 없다는 것을 알리지 않기 위해서였으나, 켐프가 그 점까지 통찰할 수는 없었다.

"요새 주포, 에너지 충전!"

켐프가 뱃속까지 울리는 목소리로 지령했다.

가이에스부르크 요새의 주포는 경硬 X선 광선포였다. 광선의 파장은 100옹스트롬, 출력은 7억 4000만 메가와트에 달한다. 일격에 거대 전함이 증발하는 위력이다.

에너지 표시판이 흰색에서 노란색으로, 노란색에서 오렌지색으로 바뀌었다.

"에너지 충전 완료."

포술장교가 보고하자 켐프는 힘차게 명령을 내렸다.

"발사!"

명령과 동시에 여러 개의 손가락이 여러 개의 스위치를 눌렀다.

열둘을 헤아리는 백열광의 원기둥이 가이에스부르크로부터 이제르론을 향해 뻗어 나갔다. 그것은 고체로밖에 보이지 않을 정도로 충실한 질감을 띠고 60만 킬로미터의 거리를 2초 만에 정복해 동맹군 요새 벽면에 박혔다.

에너지 중화자장은 무력했다. 미러 코팅이 된 초경도강과 결정섬유와 슈퍼 세라믹 4중 복합장갑은 몇 초 동안 저항한 후 패배했다. 빔은 요새 외벽을 관통해 내부까지 도달했으며, 주변 공간 그 자체를 극히 짧은 시간 사이에 태워버리고 말았다.

폭발이 발생했다.

진동과 굉음이 내부에서 이제르론 전체를 뒤흔들었다. 중앙지령실 요원들은 모조리 일어났다. 개중에는 일어나다 넘어진 자도 있었다. 긴급사태를 알리는 부저 소리가 요란했다.

"RU77 블록 파손!"

오퍼레이터가 보고하는 목소리마저 창백해진 것 같았다.

"피해를 조사하라! 그리고 부상자를 구출하라! 어서!"

카젤느가 일어난 채로 지시를 내렸다.

"블록 내 생명 반응 없습니다. 전원 전사했습니다. 그곳 포탑과 병기고에는 4000명이 넘는 병사가 배속되어 있었는데……."

오퍼레이터가 이마에 솟아나는 땀을 손바닥으로 훔쳤다.

"외벽 수리는 현시점에서는 불가능합니다. 파손 블록은 포기할 수밖에 없습니다……."

"어쩔 수 없지. RU77 블록은 폐쇄하라. 그리고 전투원 전원에게 우주복 착용을 명한다. 또한 비전투원은 외벽에 인접한 블록에 출입하는 것을 금한다. 속히 수배하라."

쉰코프가 카젤느의 곁으로 재빠르게 다가왔다.

"사령관 대리! 반격은 어떻게 하실 겁니까?"

"반격?"

"해야지요. 이대로 앉아서 제2격을 받을 수는 없잖습니까."

"하지만 지금 그 공격을 봤잖나."

담이 큰 카젤느도 안색이 창백했다.

"쌍방이 주포를 쏘아대면 모두 죽고 말 걸세."

"네, 이대로 요새 주포를 쏘아대면 모두 죽을 겁니다. 그 공포를 적에게 심어준다면 적도 함부로 주포를 쏠 수 없겠지요. 양쪽 모두 손을 쓸 수 없게 된다면, 다시 말해 시간을 벌 수 있습니다. 지금 약한 모습을 보여서는 안 됩니다."

"알겠네. 그 말이 맞아."

카젤느는 포술장교에게 명령을 내렸다.

"토르 하머 에너지 충전!"

긴장이 빛의 속도로 지령실을 휩쓸었다.

'토르 하머', 즉 뇌신雷神의 철퇴라 불리는 이제르론 요새 주포의 출력은 9억 2400만 메가와트로, 가이에스부르크의 주포를 능가한다. 과거 이 요새가 제국군 수중에 있었을 때, 전후 6회에 걸쳐 대공세를 펼쳤던 동맹군은 그때마다 수많은 장병과 함정을 잃었으며, 제국군으로 하여금 "이제르론 회랑은 반란군 병사의 시체로 포장되어 있다."라고 호언장담케 했다.

"에너지 충전 완료! 조준 고정!"

카젤느는 침을 삼키고, 한 손을 들었다.

"발사!"

이번엔 이제르론에서 가이에스부르크를 향해 거대한 빛의 원기둥이 솟아 나왔다. 그것은 에너지 중화자장과 복합장갑을 종잇장처럼 찢고 내부에서 폭발을 일으켰다. 이제르론 사람들은 하얗고 작은 거품이 솟아 나오는 것을 스크린 속에서 보고 있었다. 그 빛의 거품은 함대 수십 척의 폭발에 필적하는 에너지 노도였다. 그 순간 가이에스부르크에서도 수천의 생명이 사라졌다.

II

이 잔혹하기 짝이 없는 주포 응수가 요새 대 요새 전투의 제1막이었다. 쌍방 모두 막대한 피해와 그 이상으로 막대한 심리적 충격을 받았으며, 이후로는 주포 사용을 주저하게 되었다. 이쪽이 쏘면 저쪽도 쏜다. 모두 죽는다. 그들의 목적은 승리하는 것이지 동반자살하는 것이 아닌 이상 다른 방법을 모색할 필요가 있었다.

"다음엔 어떤 방법으로 나올 것 같나?"

카젤느가 지친 표정으로 참모들을 둘러보았다. 무라이 소장이 대답했다.

"우선 함대를 출동시켜 함대전을 청하는 방법이 있습니다만, 가능성은 그리 높지 않을 겁니다. 어설프게 함대를 움직였다가는 주포의 먹이가 될 뿐이니까요."

"그렇다면?"

"현재 전자파와 방해전파가 주위 공역에 가득합니다. 따라서 통신도 불가능하거니와, 탐색도 광학장비에 의존할 수밖에 없습니다. 이 틈을

뚫고 소형 함정을 이용해 보병부대를 파견하여 잠입 내지는 파괴공작을 시도할 것이라 예상됩니다."

"흠, 방어 지휘관의 의견은?"

지명된 쉰코프는 빈 커피잔을 손가락 끝으로 빙글빙글 돌렸다.

"참모장님의 의견은 지당합니다. 다만 한 가지 덧붙이자면, 적이 오기를 기다릴 필요는 없겠지요. 이쪽에서 똑같은 방법을 써도 될 겁니다."

"……메르카츠 제독님의 의견은 어떻습니까?"

카젤느의 말에 메르카츠 자신보다도 슈나이더 대위가 눈을 빛냈을 때, 긴급 연락 부저가 울렸다. 카젤느는 수화기를 들고 두세 마디 대화를 나누더니 방어 지휘관을 쳐다보았다.

"제24포탑에서 연락이 왔네. 제24포탑 부근 요새 외벽 위에 적 보병부대가 강하를 개시했네. 사각 지역이라 저격은 불가능하다는군. 이쪽도 보병부대를 동원해야만 하겠어. 쉰코프 소장, 부탁하네."

"적도 상당히 빠르군요!"

감탄을 섞어 혀를 차더니 쉰코프는 카스퍼 린츠 대령을 불렀다. 그는 쉰코프가 장성으로 승진한 후 그의 뒤를 이어 용명 높은 '로젠리터 연대' 지휘관이 된 사내였다. 탈색한 밀짚 같은 머리카락과 청록색 눈동자, 기능적인 신체를 가진 청년이다.

"백병전을 준비하라. 서둘러. 내가 직접 지휘하겠다."

명령하면서 쉰코프는 이미 걸어 나가고 있었다.

"이봐, 방어 지휘관이 직접 백병전에 참가할 필요는 없잖나. 지령실에 있어주게."

카젤느의 목소리에 쉰코프는 어깨 너머로 대답할 뿐이었다.

"잠깐 운동이나 하는 겁니다. 금방 오겠습니다."

행성 같은 천체에 비하면 매우 사소한 규모지만 이제르론에도 중력권이 있다. 그것은 외벽으로부터 10킬로미터 정도 상공까지 미친다. 외벽 위는 요새의 중력제어 기술로 유중력이 유지되는 곳이었다. 그곳은 동시에 절대영도에 가까운 진공세계이기도 해, 전장으로서는 매우 특수한 환경이었다.

지금 그곳은 동맹과 제국 양측 보병부대가 격돌하는 전장이었다. 침입자는 제국군 제849공병대대와 제97장갑척탄병연대로, 후자는 전자가 이제르론 요새 외벽에 소형 레이저 수폭을 설치하는 동안 이를 호위하는 임무를 맡고 있었다.

이제르론 요새 외벽의 표면적은 1만 1300평방킬로미터에 달한다. 여기에 수많은 탐색 시스템, 포대, 총좌, 해치가 설치되어 서로가 서로를 감시하지만 사각이 전혀 없는 것은 아니다. 침입자들은 그곳을 이용했다.

제국군 병사가 잇달아 외벽 위에 내려서 그 수가 1000명을 넘어섰을 때, 동맹군의 요격이 개시되었다.

레이저 라이플 섬광이 내달리자 제국병 두 명이 몸을 뒤틀며 쓰러졌다. 깜짝 놀라는 제국군에게 쇤코프가 직접 지휘하는 동맹군이 달려들었다. 해치에서 튀어나오고 포대 뒤에서 약동해 레이저 라이플을 난사했다. 제국군은 당황하면서도 응사했다.

레이저는 상대각도에 따라서는 반드시 유효한 무기는 아니다. 장갑복에 미러 코팅이 되어 있다면 명중해도 난반사할 뿐이다. 이 때문에 18구경에서 24구경의 무반동식 오토 라이플이 의외로 강력한 무기가 되었다. 탄도는 직선의 무지개를 그리며 병사들의 시선을 빼앗는다.

상호 거리가 더더욱 좁혀지면 원시적인 육탄전이 전개되어 고긴장도 탄소 크리스털제 토마호크나 슈퍼 세라믹제 거대한 전투 나이프가 적의 피를 빨아들인다.

전장에서 발휘하는 살인기술을 세련된 예술의 경지로 끌어올리는 인물은 그리 흔하지 않지만, 발터 폰 쉰코프는 그중 한 사람이었다. 그는 원래 한 손으로 쓰는 전장全長 85센티미터의 토마호크를 양손으로 종횡무진 휘둘러 말 그대로 주위에 피보라 벽을 만들고 있었다. 단순히 완력과 속도만을 따진다면 그를 능가할 적병은 얼마든지 있다. 그러나 두 요소를 균형 있게 구사하며 상대에게 효율적으로 치명상을 주는 기술에서는 그를 따를 사람이 없었다. 쉰코프는 난전 속을 물 흐르듯 이동하면서, 적병이 우악스럽게 휘둘러대는 토마호크를 아슬아슬하게 피하고는 텅 빈 목덜미며 관절에 무자비할 정도로 정확한 일격을 꽂았다.

제국군 제97장갑척탄병연대에게는 불운과 재앙으로 가득 찬 전투였다. 그들의 상대가 '로젠리터 연대'가 아니었더라면 조금 더 반격 여지도 있었으련만, '같은 수의 병력으로 로젠리터를 이길 자는 없다'는 평판을 증명하는 결과만 낳고 말았다.

제국군이 다수의 사상자를 내고 반포위되어 외벽 한 모퉁이에 붙들려 있을 때, 그들을 보냈던 양륙함 뒤에서 여러 대의 단좌식 전투정 발퀴레가 뛰쳐나와 급강하해 동맹군 머리 위로 육박했다.

발퀴레가 쏜 광선은 외벽에는 통하지 않았으나 동맹군 병사의 장갑복을 꿰뚫기에는 충분했다. 여기에 대인 미사일이 날아들자 여기저기서 아찔한 섬광의 소용돌이가 솟아나고, 뜯겨 나간 인간의 몸이 우주로 날아올랐다. 마음껏 일방적인 살육을 누린 발퀴레가 고속으로 이탈하려 하자 대공총좌가 소리도 없이 포효하고, 광자탄에 맞은 발퀴레는 비틀거리며 속력을 잃더니 외벽에 돌입해 폭발하고 말았다.

혼란 속에서 쉰코프는 부하에게 신호탄 발사를 명령했다. 신호탄이 백록색 섬광을 발하자 '로젠리터 연대'는 해치를 통해 잇달아 요새 안으로 철수하기 시작했다. 이미 한 시간 반이 지나 장갑복을 착용한 전투는 한계에 가까웠던 것이다. 이것은 제국군도 마찬가지였으므로 잠시 공작을 단념하고 생존자를 수용해 후퇴했다. 그러나 가차 없는 대공포화에 휩싸여 더더욱 큰 피해를 입었다.

쉰코프는 장갑복을 벗고 샤워로 땀을 씻어낸 후 지령실로 돌아왔다.

"어찌어찌 쫓아내기는 했습니다만. 어떻습니까? 아까도 말씀드린 것처럼 이번엔 우리가 공병과 보병을 파견하는 것이."

"아니, 역시 그건 관둬야겠습니다."

무라이 참모장이 말했다.

"왜죠, 참모장님?"

"소장님은 적의 공병을 몇 명 포로로 잡으셨지요. 그와 반대 사태가 발생한다면 어떻게 되겠습니까? 아군 병사가 적 포로가 되어, 자백제 투여나 고문의 대상이 되었을 때 양 사령관님이 없다는 사실을 말한다면……"

"아하. 그럴 위험이 있었군요."

고개를 끄덕이던 쉰코프의 안광이 갑자기 날카로워졌다. 아군은 포로를 얻었지만, 적은 어떨까. 우주 전투에서 전사자와 포로를 판별하기란 어려울 때가 많다. 시체가 남지 않는 경우가 종종 있기 때문이다. 그 경우 미귀환자로 뭉뚱그려 넘어갈 수밖에 없는 것이다.

카젤느가 고개를 갸웃했다.

"쉰코프 소장, 우리 측에는 포로가 된 자가 없겠지?"

"없을 거라 빌고 싶군요. 그건 그렇다 쳐도……."

"뭐지?"

"앞으로는 어떻게 할까요? 병사들에게 포로가 되느니 죽으라고 명령할 수도 없잖습니까? 싸우면 포로가 되는 것이 한두 명쯤 나오는 것은 당연한 일이고, 그걸 없앨 수는 없습니다."

"그렇다면?"

"비밀은 언젠가 새어 나갈 겁니다. 그렇다면 그걸 역이용하는 것이 상책이겠지요. 함정을 파면 어떨까요?"

"아니, 조금만 더 적의 정세를 살펴보세. 잔꾀를 부렸다가 긁어 부스럼을 만드는 것이 두렵네."

카젤느의 신중함도 충분히 납득이 갔다. 쉰코프는 고개를 끄덕였으나, 스크린에 비친 적의 요새를 보고 가볍게 어깨를 움츠렸다.

"제1격은 대담하게, 제2격은 은근하게. 이거, 제3격은 과연 어떻게 나올지……."

아무도 대꾸하지 않았으나 그런 것은 처음부터 바라지도 않았다. 쉰코프는 실내를 둘러보더니 그의 사격술 제자에게 다가가 어깨를 두드렸다.

"율리안, 지금 푹 자둬라. 조만간 잘 시간도 없어질 거다."

가이에스부르크 요새 지령실에서는 60만 킬로미터 떨어진 이제르론 요새의 모습을 스크린으로 바라보며 총사령관 칼 구스타프 켐프와 부사령관 나이트하르트 뮐러가 대화를 나누고 있었다.

"공병대는 실패했군. 어쩔 수 없지. 모두 우리 생각대로 풀린다면 고생할 필요도 없을 테니까."

"아무래도 상대가 양 웬리니까요. 로엔그람 공작조차 한 수 접고 들어가는 사람 아닙니까."

"양 웬리라. 그 사내는 도망치는 데도 선수더군. 재작년 암릿처 회전 전초전 때는 눈 뜨고도 놓쳐야 했지. 자기가 이기고 있었는데도 도망쳤단 말일세. 알다가도 모를 사람이야."

"알다가도 모르겠다……. 그만큼 어떤 기책奇策을 동원할지 쉽게 판단하기가 어렵겠군요."

"그걸 기다리고 있을 필요는 없지. 계속 선수를 치세. 아까 말한 작전은 준비가 끝났겠지, 뮐러?"

"끝났습니다. 이제 시작할까요?"

켐프는 고개를 끄덕이고 패기로 넘쳐나는 시선을 이제르론 요새의 영상으로 돌렸다. 그의 두툼한 턱에는 자신감에 찬 웃음이 어려 있었다.

III

긴장과 불안이 사람들의 마음속으로 스며들며 시간이 흘러가고 있었다. 공병대 공작이 실패한 이후 제국군의 공격은 80시간 동안 중단되었다. 적은 배부른 사자처럼 움직임을 죽이고 있었다.

"적이 아무런 움직임도 보이지 않는군. 대체 무슨 꿍꿍이지?"

초조해하는 목소리도 물론 있었으나, 이제르론 지휘부의 방침이 시간을 버는 데 있었던 이상 적 공격에 간극이 생긴 것은 환영할 만한 일이었다.

"1초가 지날 때마다 양 제독님은 이제르론으로 다가오고 있다. 그만큼 우리도 승리에 다가가는 것이다."

파트리체프 준장은 병사들에게 그렇게 말했다. 이 발언의 앞부분은 누구나 옳다고 인정했으나 뒷부분에 대해서는 반드시 수긍하지만은 않았다. 양 제독이 오기 전에 이제르론이 함락될 수도 있지 않겠는가 하는 생각이 그 이유였다. 하지만 비관보다는 낙관을 선호하는 것이 전선 병사들의 심리였으며, 외벽에 달라붙었던 적을 격퇴했다는 사실도 사기 향상의 플러스 요인이 되어주었다.

그 순간은 갑작스럽게 찾아왔다. 아무런 흉조도 없이, 필름이 튀듯, 사태는 정靜에서 동動으로 돌변한 것이다. 오퍼레이터가 자신의 지각이 정상임을 확인했을 때 가이에스부르크에서 쏘아낸 빛줄기는 이미 허공을 꿰뚫고 있었다.

"에너지파 급속 접근!"

그 목소리가 끝나기도 전, 외벽에 경 X선 광선이 작렬했다. 요새가 요동치고 내부에서 잇달아 작은 폭발을 일으켰다. 중앙지령실 사람들에게 그 소리는 먼 천둥소리처럼 들렸으며 그들의 심장은 강렬하게 스텝을 밟으며 춤을 추었다.

"제79포탑 완파! 생존자 없음!"

"LB29 블록 파손! 사상자 다수!"

비명에 가까운 오퍼레이터의 고함이 연쇄했다.

"제79포탑은 포기한다! 속히 LB29 블록의 부상자를 구출하라!"

일단 말을 끊은 후 카젤느는 다시 명령을 내렸다.

"토르 하며 일제사격 준비!"

그는 겉으로도 속으로도 이를 갈 수밖에 없었다. 제국군이 주포전을 포기했다고 생각했는데, 그 관측은 너무나 얄팍했다. 수세를 관철하려던 방침이 애초에 잘못이었다고 비판을 받는다면 감수할 수밖에 없겠지만.

몇 초 후, 이제르론 요새의 주포가 가이에스부르크를 향해 보복의 불꽃을 쏟아냈다. 백열하는 에너지의 송곳니가 요새 외벽을 물어뜯고 색깔이 다른 불꽃을 피워 올렸으나, 그로부터 몇 초 후 재보복의 광선이 육박했다. 동요, 폭발, 그리고 굉음.

"놈들이 함께 죽을 각오로……?"

스크린과 모니터를 번갈아 쳐다보며 파트리체프가 신음했다. 입술을 깨문 채 카젤느는 대답하지 않았다. 정신회로의 일부에 잡음이 발생하고 있었다. 기묘한 부조화가 몸 안에서 솟아올랐다. 무언가가 영 이상했다. 무언가가 잘못되고 있는 것이다.

갑자기 바닥이 울렁거렸다. 세반고리관이 최대한 가동되어 카젤느와 쉰코프가 넘어지는 것을 막아주었다. 난기류의 포효에 이어 두세 개의 모니터 화면이 암흑으로 변했다. 오퍼레이터가 히스테릭하게 외쳐댔다.

"벽면이 폭파되었습니다! 폭파입니다! 광선 공격이 아닙니다. 레이저 수폭으로 보입니다!"

"배후 지근거리에 적 함대 출현!"

"뭐야? 어떻게 된 거냐!"

카젤느는 당황한 표정으로 외쳤으나 한순간 후에는 모든 것을 이해했다. 양동이었던 것이다. 요새 주포 간 포격전 그 자체가 함대 출동과 공병대 활동을 은폐하기 위한 양동작전이었다. 왜 이런 것을 깨닫지 못했단 말인가. 그는 자신의 경솔함을 진심으로 저주했다.

한편 이제르론 요새 후방으로 돌아간 전함 뤼벡 함교에서 뮐러는 회심의 미소를 짓고 있었다.

레이저 수폭으로 외벽 일부에 거대한 구멍이 뚫렸다. 그것은 직경 2킬로미터에 달하는 리아스식 가장자리를 가진 검은 심연으로, 거대한 육식짐승의 피에 물든 입을 연상케 했다.

나이트하르트 뮐러는 발퀴레 2000기에 출동을 명령했다. 그들이 이제르론 중력권 내의 제공권을 확보하면 5만 명의 장갑척탄병을 실은 양륙함이 발진해 구멍 주위에 그들을 강하시킬 생각이었다. 장갑척탄병은 그곳에서 요새 내로 침입해 바깥쪽 공격과 호응하여 내부에서 지령실이며 관제실을 점거할 것이다. 점거까지는 가지 못하더라도 요새 내 통신 시설이나 수송 시스템을 파괴할 수는 있을 것이다.

"그렇게 되면 이제르론 요새와 회랑은 우리 것이다."

사이렌과 부저가 자극적인 음향으로 경쟁하는 가운데 율리안은 단좌식 전투정 스파르타니안의 전용 포트로 가는 자동주로 위를 달리고 있었다. 바로 조금 전까지 그는 카젤느의 집에 불려가 세 숙녀와 점심을 함께 먹고 있었다. 중앙지령실을 떠날 수 없는 카젤느가 가족들을 살펴봐 달라고 몰래 부탁했던 것이다. 이 정도 공사혼동은 허용되어야 한다고 생각했다. 마음만 먹으면 카젤느는 가족을 수도로 돌려보낼 수도, 요새 내 가장 안전한 곳으로 옮기는 일도 가능했을 테니까. 아무튼 식사를 내팽개친 율리안은 군용 베레모를 움켜쥔 채 카젤느 가의 현관을 뛰쳐

나온 것이었다.

"율리안 오빠, 조심해요!"

샤를로트 필리스의 목소리가 귓가에 남아 있었다. 귀엽다는 생각이 들었다. 여동생이란 분명 그녀 같은 존재이겠지.

언젠가 양이 율리안을 놀리며 했던 말이 있다.

"10년 후면 넌 스물여섯이고 샤를로트는 열여덟이니 잘 어울리지 않겠나?"

율리안은 받아쳤다.

"제독님은 현재 서른하나고 프레데리카 그린힐 대위님은 스물넷이니 더 잘 어울리시네요."

양은 쓴웃음을 지으며 화제를 돌리고 말았다.

'언제쯤 돼야 제독님은 태도를 명확히 할까?'

율리안은 그렇게 생각하며, 자신이 지금 스물여섯이라면 어떨까 공상을 펼쳐보았다.

"꼬마. 지금 출동하나?"

그때 활달한 목소리가 귓전에 들려왔다. 이 상황에서도 위기감이라는 것이 결핍된, 그런데도 날렵함이 느껴지는 목소리였다. 멈춰 서서 돌아보니 시선 끝에 젊은 에이스 올리비에 포플랭 소령의 모습이 들어왔다. 그는 율리안에게는 스파르타니안 공중전 기술의 스승이기도 했다.

쇤코프도 그렇고 포플랭도 그렇고, 이러쿵저러쿵하면서도 양은 율리안에게 최고의 교사들을 붙여주었다. 다만 이 두 사람은 여성에 관해 이제르론에서 쌍벽을 이루는 **선수**들이었으므로 이 사실만은 율리안이 본받지 않기를 바라는 눈치였다.

"소령님은 천천히도 나오시는군요."

그렇게 말하면서 율리안은 엷은 헬리오트로프 향을 맡고 있었다. 대낮부터 불특정한 애인과 감미로운 시간을 보내고 있었던 것일까. 소년의 표정을 알아차린 에이스는 슬쩍 웃더니 팔을 코앞에 가져가 향수 냄새를 맡았다.

"꼬마, 이건 인생의…… 아니, 생명 그 자체의 향기란다. 너도 곧 알게 될 거야."

율리안이 그 발언에 대한 감상을 입에 담기도 전에 두 사람은 포트 에이리어에 도착했다.

격납고에서 스파르타니안에 올라타 에어록을 통해 활주로 에이리어로 진입한다. 기밀복으로 몸을 감싼 정비병들이 손을 흔들고 있었다. 파일럿 본인 이상으로 전우들의 생환을 바라는 것이 바로 그들이다.

고속으로 항행하는 모함에서 발진할 때는 관성을 이용할 수 있으나 이제르론 요새에서 발진할 때는 활주로가 필요하다. 활주로 폭은 50미터, 길이는 2000미터, 게이트 높이는 17.5미터이다. 활주로 끝으로 나서자 멀리 전방에 빛나는 점이 보였다. 파일럿들은 그것을 '사신의 흰자위'라 불렀다.

『28번기 코스 진입! 신호에 따라 발진하라.』

관제관의 목소리가 헤드폰을 통해 전해졌다.

『바깥으로 나갈 때 충분히 주의하라.』

그 말은 신병에 대한 관제관의 호의였을까.

『GO!』

수십 초 후, 율리안의 애기愛機는 '사신의 흰자위'를 통해 허공으로 약동했다.

"위스키, 보드카, 럼, 애플잭, 셰리, 코냑 각 중대 모두 모였겠지?"

포플랭은 조종석에서 부하들에게 말했다.

"다들 잘 들어. 어울리지도 않는 짓은 생각하지 마라. 나라를 지키겠다느니 쓸데없는 생각은 집어치우란 소리다! 짝사랑하는 어여쁜 아가씨의 얼굴만 생각해라. 살아남아서 그 아가씨의 미소를 다시 보고 싶다고 생각해. 그러면 질투심 많은 하느님에게는 미움받아도 통 큰 악마가 지켜 줄 거다. 알았나!"

『오케이!』

부하들 전원이 입을 모아 대답했다. 풀 페이스 헬멧 아래에서 젊은 에이스는 활짝 웃었다.

"좋아, 나를 따르라!"

함대를 출동시킬지 말지 카젤느는 결단을 내릴 수 없었다. 에드윈 피셔, 응웬 반 티우, 더스티 아텐보로 등 각 분함대 지휘관들은 이미 오래전에 출동준비가 끝났다는 보고를 올렸다. 우주의 군인들에게는 요새에 틀어박힌 채 전황을 수수방관하는 것이 견디기 힘들 것이다. 또한 난전이 벌어지면 제국군도 요새포를 쏘지 못할 것이다. 자신들의 아군까지 희생하게 되기 때문이다. 따라서 순수하게 함대만으로 싸울 수 있다는 것을 머리로는 알고 있었다. 하지만 카젤느는 출동 타이밍을 도저히 파악할 수 없었다.

"9시 반 방향에 적 함대!"

"제29포탑 요격하라!"

보고와 명령이 회로를 뛰어다니고 장병들의 청각은 포화상태에 빠졌다. 벽 한 장 너머에 위치한 바깥세계가 소리 없는 공간이라는 것을 믿기는 어려웠다. 실내가 적정온도인 섭씨 16.5도로 유지되고 있는데도 땀이 비 오듯 쏟아져 목덜미며 소매를 적시는 것도 이상한 일이다.

분 단위는 고사하고 초 단위로 새로운 요격지령을 내리던 쇤코프 소장이 당번병을 손짓해 불렀다. 긴장하며 달려온 병사에게 요새방어 지휘관이 말했다.

"커피 한 잔 다오. 설탕 반 스푼, 크림은 필요 없다. 약간 엷게 부탁해."

자신도 모르게 입을 딱 벌린 아직 10대인 당번병에게 쇤코프는 느긋하게 웃었다.

"생애 최후의 커피가 될지도 모르니 맛있게 끓여다오."

당번병은 중앙지령실을 뛰쳐나갔다. 카젤느는 피로에 찌들어 생기를 잃은 얼굴이었지만 그래도 독설을 내뱉을 기운은 남은 모양이었다.

"커피 맛에 주문을 달 여유가 있는 걸 보니 아직은 괜찮겠군."

"그럼요. 여자와 커피에 대해서는 죽어도 타협하기 싫으니까요."

두 사람이 싱긋 웃음을 나눴을 때 다른 목소리가 들렸다.

"사령관 대리!"

그 목소리에 카젤느는 고개를 돌려 객원제독 메르카츠의 모습을 바라보았다. 망명 객장은 초로의 얼굴에 조용한 결의를 띠고 있었다. 쇤코프는 숨김없이 흥미를 보이며 제국군의 숙장이었던 사내를 바라보았다.

"제게 함대 지휘권을 잠시 맡겨 주십시오. 전황을 조금이나마 편하게 할 수 있을 것 같습니다."

즉답은 하지 못했으나, 이것이 언젠가는 올 시기라는 것을 카젤느는 이유도 없이 이해하고 있었다.

"……객원제독께 맡기겠습니다. 부탁합니다."

IV

칠흑의 피부, 검고 억센 머리, 중키이지만 다부진 몸집, 뺨과 코밑에 수염을 기른 날카로운 생김새. ——이것이 양 함대 기함 히페리온의 함장 아사도라 샤르티앙 중령의 모습이었다. 함대를 지휘하는 능력은 미지수의 영역에 속하지만 적어도 일개 함의 리더로는 통솔력도 운용능력도 나무랄 데 없는 인물이었다. 수많은 난전 속에서 양이 전 함대의 지휘에 전념할 수 있었던 것도 기함 자체를 안심하고 샤르티앙에게 맡길 수 있었기 때문이었다.

빌리바르트 요아힘 폰 메르카츠 제독과 슈나이더 대위를 자신의 함에 맞이했을 때 이 우수한 뱃사람은 두 눈을 날카롭게 빛내며, 무례하지는 않으나 가차 없는 어조로 말했다.

"이 함에 양 제독님이 아닌 다른 분을 사령관으로 맞이할 줄은 몰랐습니다. 하지만 물론 제 직무가 무엇인지는 잘 알고 있습니다. 명령을 내려 주십시오."

메르카츠도 이 솔직한 태도가 불쾌하지는 않았다. 그는 함대의 고급 간부들에게 자신의 생각을 피력했다.

"사령관 대리 카젤느 소장님의 기본 방침은 방어를 굳혀 양 제독이 돌아오기를 기다리는 것입니다. 소관도 이 방침이 옳다고 생각합니다. 따라서 이 방침을 전술 단계에서 유용하게 실시하는 것이 소관의 임무입니다. 아울러 요새 **상륙**을 꾀하는 제국군을 배제해야만 합니다. 협력을 부탁드립니다."

"저는 메르카츠 제독님을 지지합니다."

피셔 소장이 말했다.

"저야 양 제독님을 지지하니, 양 제독님이 지지하는 메르카츠 제독님도 지지해야지요."

"메르카츠 제독님을 지지할 수밖에 없군요."

아텐보로 소장과 웅웬 소장도 그 뒤를 따라 대답했다. 메르카츠의 공손한 태도가 그들에게 호감을 준 것이었다.

그 무렵 제국군의 발퀴레 부대는 전황을 우세하게 유지하고는 있었으나 완전한 제공권을 장악했다고 할 수는 없었다. 동맹군의 스파르타니안 부대는 의외로 완강했다. 특히 에이스 올리비에 포플랭이 지휘하는 6개 중대의 전법은 매우 교묘해 악마와도 같다는 평이 돌 정도였다. 포플랭은 자신이 공중전 천재임을 믿고 있었으며, 그것은 부정할 수 없는 사실이었다. 반면 누구나 자신처럼 천재가 될 수는 없다는 것도 알고 있었다. 그러므로 부하들에게는 3기 1체 집단전법을 철저히 주입했다. 이 전법은, 이를테면 한 대가 미끼가 되어 적 발퀴레를 유인하면 나머지 두 대가 이를 배후에서 동시에 공격하는 식이었다. 장인 기질을 가진 발퀴레 파일럿들은 비겁하다고 욕설을 퍼붓고 싶어질 만한 전법이었다. 그러나 전과는 매우 뛰어났다. 물론 포플랭 자신은 당당하게 혼자서 다수의 적을 쓰러뜨리고 있었다.

그렇다고는 하나 전체 전황은 제국군이 압도적으로 우세해 보였다.

그러므로 밀러가 잠시 가이에스부르크로 돌아가 보고를 했을 때 켐프는 기분이 좋았다.

"이 회랑도 조만간 이름이 바뀌겠군. 가이에스부르크 회랑으로 말일세. 아니면 켐프-밀러 회랑이 될 수도 있겠는걸."

밀러는 눈살을 살짝 찡그렸다. 그가 아는 켐프라는 사내는 농담으로라도 이렇게 큰소리를 치는 자가 아니었다. 분별력을 갖춘, 존경할 만한 무인이 아니었던가.

하지만 이때 젊은 부사령관의 눈에 켐프는 정신이 고양되어 있다기보다, 그답지 않게 들떠서 자제심이 없어진 것처럼 보였다. 라인하르트 폰 로엔그람 원수나 고인이 된 지크프리트 키르히아이스라면 모를까, 부하의 개인적인 명예가 그런 식으로 드러나는 것을 허용할 리가 없을 텐데 말이다.

기함으로 돌아온 밀러는 계획에 다소 변경을 가하기로 했다. 그는 발퀴레 부대가 요새 중력권 안의 제공권을 완전히 장악할 때를 기다렸다. 하지만 의외로 지체될 것 같았으므로 동맹군 함대가 출격하지 못하도록 메인 포트 출입구를 봉쇄하려 했던 것이다. 그것은 구축함 6척을 무인 조종으로 돌입시키는 대담한 전법이었다. 하지만 그 정도로도 전술적으로 유효한 결과를 얻을 수 있을 것이다. 이는 임기응변으로 떠올린 생각이 아니라 이전부터 밀러가 고안한 것이었으나, 이제르론을 공략한 후 자신들이 오랜 기간 동안 항만시설을 이용할 수 없게 된다는 점 때문에 가급적 쓰지 않고 미뤄두었던 작전이었다.

헌데 밀러가 6척의 구축함을 대기시켰을 때, 이제르론 요새 주포가 잇달아 불꽃의 혀를 토해냈다. 조준은 정확하지 않아 순항함 몇 척과 구축함이 요란한 에너지 칼날에 찰과상을 입은 것뿐이었다. 그러나 뮐러는 밀집대형을 풀고 함대를 잠시 산개해야만 했다. 그리고 주포 사각이 된 공역에서 재밀집을 꾀했으나, 그 얼마 안 되는 시간 동안 메인 포트 출입구에서 동맹군 함정이 쏟아져 나왔다.

아슬아슬한 순간이었다. 조금만 더 출동이 늦었더라면 뮐러에게 이제르론 요새 메인 포트를 봉쇄당해 동맹군 함대는 항구 안에 갇혀 무력화되었을 것이다. 그렇게 되었다면 이제르론 요새는 절반 이상 기능을 상실하고 단순한 공중포대로 전락해 존재가치가 현저히 떨어졌으리라.

젊은 뮐러는 발을 구르며 억울해했으나, 이것은 완전한 승리를 뒤로 미룬 것일 뿐 자신들의 우세가 뒤집힌 것은 아니라고 마음을 고쳐먹었다. 그는 출격한 동맹군 함대를 여유롭게 요격하려 했다. 그러나 동맹군 함대, 그것도 그 유명한 양 함대는 분명 싸우기 위해 출격했을 텐데도 마치 뮐러의 칼끝을 피하듯 침로를 바꾸더니 요새 표면을 따라 고속으로 이동하기 시작했다. 그 행동곡선을 예측한 뮐러는 적을 후방에서 추적하는 우를 범하지 않고 역방향으로 돌아가 적 전방에 나타나선 선두 분함대부터 격파하겠다고 생각했다. 헌데 이것은 교묘한 함정이었다. 뮐러 함대는 피해를 입지 않은 이제르론 요새 대공포탑군 바로 앞을 가로질러 가는 꼴이 되었던 것이다.

이를 깨달은 뮐러는 황급히 후퇴를 명했다. 아니, 명하려 했을 때 동맹군은 이미 경탄할 만한 속도와 질서로 역습에 나서 효과적으로 퇴로를 차단하고 있었다.

제국군은 메르카츠가 지휘하는 주둔함대와 이제르론 요새의 대공포화에 협공당하게 되었다. 이제까지 싸울 시기와 장소를 얻지 못했던 주둔함대는 축적된 전의와 복수심을 광선이며 미사일에 실어 마음껏 제국 군에게 퍼부었다. 그것은 죽음과 파괴로 엮어낸 거대한 에너지 그물이 었으며, 반격 수단은 고사하고 행동의 자유마저 빼앗긴 제국군은 도처 에서 작열하는 그물망에 걸려 폭발해 무지갯빛 불꽃을 뿜어냈다. 뜯기 고 박살 난 함체는 불덩어리로 변해 흡사 그물을 장식하는 야광주夜光珠 처럼 빛났다.

그 광경은 가이에스부르크에서도 보였다. 동맹군에게 주포를 쏘면 제 국군도 한꺼번에 증발할 것이 명백했으므로 가이에스부르크의 포수들 은 어쩔 도리도 없었다.

"뮐러는 무슨 짓을 하고 있나! 결단을 내려야 할 때 주저하니 저런 꼴 을 당하는 것 아닌가."

속이 끓은 켐프는 고함을 쳤다. 그러나 그도 마찬가지로 결단을 내려 야만 할 때였다. 뮐러를 구하기 위해 휘하 함대의 잔존병력 8000척을 출 동시킬지 여부에 대해.

"뮐러를 죽게 할 수는 없다. 아이헨도르프, 파트리켄! 출격해 뮐러 자 식을 구해 와라!"

그 거친 말투는 두 부하를 놀라게 했다. 그러나 명령을 즉시 실행에 옮기지 않는다면 사령관의 노기는 뮐러가 아니라 그들에게 돌아올 것이 다. 두 제독은 총사령관 앞에서 물러나 자신의 분함대를 지휘하기 위해 요새 메인 포트로 향했으나, 엘리베이터 안에서 숙덕거리지 않을 수 없 었다.

"아무래도 사령관께서는 조바심을 내는 모양이야."

"성공한다면 이 거대한 무훈은 그 무엇과도 비교할 수 없겠지만, 실패한다면……."

"강등은 물론 한직으로 좌천될 수도 있을 테니 말일세."

"그렇게 되면 미터마이어와 로이엔탈 두 제독과의 격차는 돌이킬 수 없을 만큼 벌어지겠지……."

집중공격에 시달려 막대한 피해를 입은 제국군 함대가 고통에 몸부림치면서도 전면적인 붕괴를 면했던 이유는 나이트하르트 뮐러의 필사적인 지휘와 통솔 덕이었다. 그는 기함을 몰아 전장 전역을 오가며 고전하는 부하들을 구하고 무너져가는 함렬을 유지했다. 아울러 방어력이 약한 함을 안쪽에 두고 주변 방어를 다지면서 반드시 와줄 원군을 기다렸다. 그리고 아이헨도르프와 파트리켄이 달려온 것을 알자 마지막 공격력을 한 점에 집중해 포위망을 돌파한 것이었다.

메르카츠도 물러날 타이밍을 잘 알고 있었으므로 새로운 적과의 쓸데없는 전투를 피해 질서정연하게 요새로 귀환했다. 목적은 충분히 달성했다.

율리안도 귀환했다. 그는 이번 전투에서 발퀴레 3기를 격추해, 첫 출전의 무훈이 우연의 산물이 아니었다는 것을 증명했다.

V

4월 14일부터 15일에 걸친 제국군의 공격은 90퍼센트 성공을 거두었음에도, 갑작스럽게 변한 전황 탓에 결국 실패로 끝났다. 칼 구스타프 켐프에게는 생각지도 못한 사태였다. 그는 그 원인이 무능한 부사령관이라 믿고 분노를 쏟아냈다.

"경은 선전했네. 허나 그저 그뿐이지. 아무런 결실도 없었군."

켐프의 말에 밀러는 부끄러움을 느끼고 반성도 했으나, 앞으로는 후방으로 물러나 있으라는 명령에는 자신도 모르게 낯을 찡그렸다. 라인하르트에게 높은 평가를 받아 20대에 대장의 지위를 얻은 인물이 자신감과 자존심에 초연할 수는 없었을 것이다.

불만을 억누르면서 그는 휘하 함대를 이끌고 후방으로 물러났다. 밀러는 도량이 좁은 사내는 아니었지만 이때만큼은 켐프가 공을 독점하려는 것이 아닐까 의구심을 품지 않을 수 없었다. 바로 그런 상황에서 군의관 중 하나가 달려와 그에게 한 가지 보고를 올렸다.

"포로 중 하나가 이상한 소리를 했습니다."

"뭐라고 하던가?"

"예. 사실 이제르론 요새에는 양 웬리 사령관이 없다고 하는군요."

몸을 흠칫 뒤로 젖힌 나이트하르트 밀러는 군의관을 응시했다.

"그것이 사실인가?"

주체가 불분명한 질문을 한 것은 그의 놀라움이 그만큼 컸기 때문이리라. 반면 군의관은 냉정했다.

"내용을 믿을 수 있을지는 모르겠습니다만, 빈사의 포로가 고열에 시달리며 그러한 내용을 중얼거린 것은 사실입니다. 이미 죽었으므로 확인할 방법은 없습니다만……."

"허나 과연 그럴 수가 있나? 그 가공할 장수가 요새에 없다니……."

밀러가 신음하듯 말하자, 그보다도 더 어린 드레벤츠 소령이 상관에게 의문을 제기했다.

"양 웬리란 자가 그렇게까지 가공할 인물입니까?"

밀러는 한순간 침묵한 후 되물었다.

"경은 저 요새를, 아군의 피를 한 방울도 흘리지 않고 함락할 수 있겠는가? 그 누구도 상상하지 못할 방법으로 말일세."

"……아니요. 불가능합니다."

"그렇다면 역시 양 웬리는 가공할 인물일세. 뛰어난 적에게는 합당한 경의를 표해야 하지 않겠나, 소령? 그것이 결코 우리에게 수치가 되지는 않을 걸세."

소령을 타이른 밀러는 다시금 생각에 잠겼다. 요충지 중의 요충지라 해야 할 이제르론 요새 사령관이 임지를 떠나는 게 과연 있을 법한 일일까? 그것도 언제 제국군의 전면공세가 펼쳐질지 모르는 불안한 시기에. 밀러는 도저히 믿을 수 없었다. 아니, 아마도 책임감과 상식이 있는 군인이라면 누구나 그럴 것이다.

동맹군 함대가 이제르론 요새에서 출격했을 때, 밀러는 그 가운데 한 척을 분명 눈으로 확인했다. 함형으로 판단컨대 그 전함은 히페리온이었다. 히페리온이라면 최근 2년간 양 웬리의 기함으로 알려진 전함이다. 히페리온이 출격했다는 것은 곧 양 웬리가 이제르론 요새에 있다는 뜻이 아닌가? 아니면 그것조차 사령관의 부재를 감추기 위한 기만책이었단 말인가? 더 나아가서, 양 웬리가 없다고 생각하게 해 무모한 공격을 유발하려는 교묘한 책략일 수도 있다. 그도 그럴 것이, 양 웬리는 이제르론을 피 한 방울 흘리지 않고 함락한 사내인 것이다. 2년 전 그 소식을 듣고서 자신이 얼마나 충격을 받았던가. 그때 전술이란 무한히 다채롭다는 것을 깨달았다.

빈사의 포로가 했다는 말을 과연 믿어도 좋을까? 고열로 의식이 혼탁

263

해졌다는 것은 군의관의 오판일지도 모른다. 죽음의 문턱을 넘어서려는 순간의 한마디로 제국군을 혼란에 빠뜨리려는 의도일지도 모른다.

그리고 그것이 양 웬리의 지시에 의한 것이라면? 충분히 있을 법한 일이다.

밀러는 가볍게 고개를 가로저었다.

'나 원. 양 웬리란 자는 있으면 있는 대로 없으면 없는 대로 제국군을 고민에 빠뜨리는군. '마술사 양'이라는 별명을 누가 붙였는지 모르겠지만, 매우 적절해.'

나이트하르트 밀러의 마음을 엿보았다면 양 웬리는 어깨를 움츠리며 중얼거렸을 것이 틀림없다.

"과대평가를 받는 것도 난감한걸. 난 연금생활을 꿈꾸는 소박한 소시민에 불과하니까. 게다가 제국 사람들만큼 동맹에서도 날 높이 평가해 준다면 사문회로 들볶지도 않았을 텐데……."

밀러의 입장에서 보자면 아무리 조심에 조심을 거듭해도 부족했다. 양의 지략도 지략이거니와, 자신이 불확실한 정보를 토대로 폭주하려는 것이 아닐까 하는 의구심도 있었던 것이다. 무엇보다도 그 병사가 죽어버린 것이 영 아쉬웠다. 우주에서 포로가 되는 예라면 함정과 함께 투항하거나 요새 내의 백병전에서 부상을 입는 경우를 들 수 있는데, 이번 전투에서는 포로가 너무나 적었다. 그것도 의식불명의 중상자뿐이니 확인을 할 도리가 없다.

단 한 사람, 심문이 가능했던 포로는 이렇게 말해 밀러를 더더욱 곤혹스럽게 했다.

"양 제독님이 이제르론에 없다고 말하라는 쇤코프 소장님의 명령을 받았다."

그래도 나이트하르트 뮐러는 마침내 결심하고 명령을 내렸다.

"이제르론 회랑 전역에 수색망과 경계망을 펼쳐라! 양 웬리가 귀환하기를 기다렸다가 그를 사로잡는다. 그러면 이제르론은 물론 동맹군 전체가 와해되어 최후의 승리는 우리 손에 넘어올 것이다."

그의 명령에 따라 3000척 함정이 회랑에 배치되었다. 수색능력을 최대로 동원해 여러 겹의 함정을 펼쳐 양 웬리를 사로잡으려는 것이었다. 배치는 매우 신중하고 치밀했다.

그러나 이 결단이 한 인물의 분노를 샀다. 총사령관 켐프가 자신의 명령도 없이 함부로 병력을 재배치한 이유가 무엇인지 따졌던 것이다.

뮐러는 그를 설득해야만 했다.

"작년, 지금은 고인이 된 지크프리트 키르히아이스가 포로교환을 위해 이제르론에 찾아갔을 때, 돌아와서는 제게 한 말이 있습니다. 양 웬리라는 인물을 처음으로 보았는데, 용맹한 군인으로는 조금도 보이지 않았다고. 그 점이 바로 그의 무서운 점이라고 말입니다."

"그래서?"

켐프의 표정과 목소리에는 불쾌함이 역력했으나, 그렇다고 물러날 수는 없었다.

"이제르론에서 사로잡은 포로가 죽기 직전에 말했습니다. 양 사령관은 요새에 없다고. 그 이유는 모르겠습니다만, 당연히 그는 아군의 공격을 알고 서둘러 이제르론으로 돌아올 것입니다. 그 순간을 노려 사로잡으면 동맹군에는 치명상이 되지 않겠습니까?"

그의 말을 모두 들은 켐프는 내뱉듯 말했다.

"경 자신이 말하지 않았던가? 양 웬리는 어떤 기책을 동원할지 알 수 없다고. 이제르론은 동맹에게 최대 요충지일세. 그런 이제르론 사령관이 어째서 임지를 떠난단 말인가. 자신이 요새에 없는 것처럼 꾸며 병력을 분산케 하려는 술책임이 뻔하지 않은가! 즉시 병력을 원위치하게. 경의 병력은 예비병력으로 매우 중요한 것일세."

밀러는 어쩔 수 없이 물러났으나, 납득한 것은 아니었다. 그는 사령관의 명령을 무시하고서라도 거대한 사냥감을 수중에 넣을까 생각했지만 역시 망설여졌다. 밀러는 참모 올라우 준장과 상담해보았다. 대답은 이러했다.

"각하께서는 총사령관이 아니라 부사령관이십니다. 자신의 주관을 관철하시는 것보다는 총사령관 각하의 방침에 따르셔야 한다고 생각합니다."

밀러의 침묵은 양 웬리를 생포하겠다는 계획을 포기하기 힘들다는 사실을 만 마디 말 이상으로 웅변하는 것이었다. 그러나 마침내 살짝 한숨을 내뱉으며 그는 참모의 진언을 받아들였다.

"경의 말이 옳소. 부사령관은 총사령관 뜻에 따라야지. 알았소. 고집을 버리고 명령을 취소하겠소."

양과 마찬가지로 밀러 또한 전지전능한 것은 아니어서, 유능하기는 하나 그의 통찰력과 예측에는 한계가 있었다. 이렇게 양 웬리를 생포하기 위해 준비되었던 함정은 모두 사라졌다.

결과만 보자면 밀러는 오류를 범했다. 훗날 제국 역사가들은 이를 비난하면서 '로이엔탈이나 미터마이어였더라면 뜻을 관철해 양 웬리를

사로잡는 데 성공했을 것.'이라고 말한다. 그에 대해 미터마이어는 이렇게 말했다.

"그것은 결과론일 뿐이다. 나도 뮐러와 같은 입장이었더라면 뮐러 이상의 선택을 내릴 수는 없었을 것이다."

아무튼 그 이후 전투에서도 양군은 우열의 차이를 벌리지 못한 채 전투는 반쯤 고착상태에 빠졌다. 그러는 동안에도 시간은 회랑 속을 흘러 어느덧 4월도 끝나가고 있었다.

양 웬리의 '귀가 시간'이 다가왔다.

VI

그보다 전, 이제르론 요새에서 양 웬리의 부하들이 악전고투를 개시했을 무렵. 페잔 자치령에서는 란데스헤르 보좌관 루퍼트 케셀링크가 씨근덕거리는 손님을 응대하고 있었다. 젊은 보좌관의 태도는 마치 숙련된 투우사와 같았다.

"너무 흥분하지 마십시오, 판무관님."

청년의 미소가 마치 일렁이는 붉은 천이라도 되는 것처럼, 연장자인 판무관 헨슬로의 혈압은 치솟기만 했다.

"말씀은 그렇게 하시지만 보좌관님, 저는 도저히 냉정할 수 없습니다. 우리는 당신 권고에 따라 양 제독을 이제르론에서 소환해 사문회에 올렸단 말입니다. 그런데 결과가 어땠습니까? 그 틈을 타 제국군이 대거 국경을 침범했잖습니까. 참으로 공교로운 타이밍에! 이러한 결과에 대해 부디 자세히 설명을 해 주셔야겠습니다!"

"차가 식겠군요."

"지금이 차나 마실 때입니까?! 우리는 당신의 권고에 따라……."

"부당한 권고였군요."

"뭐라고요?"

"부당한 권고였다고 말씀드렸습니다."

케셀링크는 마치 일부러 그러듯 우아한 동작으로 크림 티를 입가에 가져갔다.

"애초에 양 제독을 사문회에 올려야 한다고 말할 권리는 제게 없었습니다. 내정간섭에 해당하는 일이니까요. 판무관님을 비롯한 동맹 분들이야말로 거부할 정당한 권리와 이유가 있지 않았습니까? 그 권리를 여러분은 행사하지 않으셨습니다. 제가 멋대로 끼어들었고, 여러분은 스스로 이를 받아들이신 겁니다. 그런데도 아직까지 모든 책임이 우리 페잔에 있다고, 판무관님께서는 주장하시려는 것인지요?"

자유행성동맹 대표의 안색이 초 단위로 변하는 것을 젊은 페잔인은 느긋하게 감상하고 있었다.

"하지만…… 그때, 만약 거부했더라면, 앞으로 우리 자유행성동맹은 페잔의 호의를 얻지 못했을 겁니다. 그때 보좌관님의 언동에서는, 충분히 그런 태도가 엿보였고……."

필사의 반격이었으나 보좌관은 아무런 감명도 받지 못했다.

"지나간 일을 언급해봤자 소용이 없지요. 문제는 앞으로 어떻게 하느냐 아니겠습니까? 그래서, 앞으로 어떻게 하실 겁니까, 판무관님?"

"앞으로?"

"아니, 아무런 생각도 하지 않으셨단 말입니까? 이거 난감한걸요. 우리 페잔은 진지하게 고민하고 있습니다. 현재의 트뤼니히트 정권과 장래에 수립될 양 정권 중 어느 쪽과 우의를 나누어야 할지를 말입니다."

충격의 채찍이 판무관의 얼굴을 호되게 후려쳤다. 굴에서 기어 나오자마자 사냥꾼의 총구와 맞닥뜨린 오소리의 표정이었다.

"장래에 수립될 양 정권이라고요?! 헛소리…… 아니, 실례했습니다. 하지만 그런 일은 있을 수 없습니다! 절대로요."

"호오, 자신만만하게 단정하시는군요. 그럼 여쭙겠습니다만, 3년 전 여러분은 라인하르트 폰 로엔그람이라는 젊은이가 극히 가까운 미래에 은하제국의 지배자가 되리라고 예측하셨습니까?"

"……"

"역사의 가능성이 얼마나 풍부한지, 운명이 얼마나 변덕스러운지는 이것만 보아도 알 수 있습니다. 판무관님도 잘 생각하시는 것이 좋지 않겠습니까? 트뤼니히트 정권**에만** 충성을 다하는 것이 판무관님 자신의 행복에 얼마나 기여할지를 말입니다. 현명한 판무관님이라면 아시리라 믿습니다. 선행투자가 얼마나 중요한지를. 인간에게는 현재도 물론 중요하지만, 기왕이면 과거의 결과인 현재보다도 미래의 원인인 현재를 더욱 소중히 여겨야 하지 않겠습니까?"

케셀링크는 다시 크림 티가 담긴 컵에 손을 댔다. 엷어진 김 너머로 온갖 타산 속에서 흔들리는 헨슬로 판무관의 주체성 없는 얼굴이 보였다.

제 8 장

귀환

I

순항함 레다 II호는 별과 어둠이 이루어내는 거대한 미궁 속을 질주해 이제르론 요새로 향하고 있었다. 수도 하이네센으로 갈 때는 도중까지 얼마 안 되는 호위함대만이 따라왔을 뿐이었지만, 돌아올 때는 크고 작은 5500척의 기사가 그녀의 주위를 두껍게 에워싸고 있었다.

"정부는 내가 맨손으로 돌아가길 바랐겠지?"

양은 프레데리카에게 그렇게 말했으나, 이것은 추측이 아니라 곡해였다. 트뤼니히트 정권이 아무리 양에게 비호의적이라 해도 지금은 충분한 병력을 주어 적을 격퇴해주길 바라 마지않는 상황이었다. 맨손으로 돌려보낼 리가 없다.

다만, 숫자는 그럭저럭 갖추었다고는 하나 질은 별개 문제였다. 양에게 주어진 병력은 혼성부대 그 자체였다. 2200척은 알라르콘 소장, 2040척은 모튼 소장, 650척은 마리네티 준장, 610척은 저니얼 준장이 각각 이끌고 있었다. 모두들 군 중앙함대에 소속되지 않은 독립부대로, 평소에는 지역 경비와 치안을 맡고 있었다. 일단 화력과 장갑은 갖추었다고 할 수 있다.

우주함대 사령장관 뷰코크 대장은 제1함대를 동원해 주려고 했다. 이는 현재 화력, 장갑, 편제, 훈련, 전력 면에서 양의 이제르론 주둔함대에 필적하는 동맹군 유일의 제식함대였다. 함정 수는 1만 4400척, 사령관은 한때 양의 상사이기도 했던 파에타 중장이었다. 그러나 제1함대를 동원하려 하자 정부 수뇌만이 아니라 군 내부에서도 반대하는 목소리가 나왔다. 수도방위를 어떻게 할 것이냐, 제1함대가 국경에 출격한다면 수도가 텅 비지 않느냐는 것이었다.

"스스로 치부를 드러내는 것 같습니다만, 작년 쿠데타 때 수도에는 몇 몇 함대가 주둔하고 있었습니다. 그런데도 쿠데타는 발생하지 않았습니까? 게다가 솔직히 말해서, 제1함대를 움직이지 않는다면 양 제독에게 무슨 병력을 제공하란 말입니까?"

뷰코크는 그렇게 말했으나, 통합작전본부장 쿠브르슬리 대장마저 옛 부상이 악화되어 다시 입원 치료 중이었기 때문에 아무도 노제독의 편을 들어주지 않았다. 국방위원장의 명령으로 제1함대는 수도만을 지키도록 했으며, 통합작전본부는 겨우 5500척 병력을 긁어모았을 뿐이었다.

"쿠브르슬리도 요즘 완전히 마음이 약해졌다니깐. 게다가 압력도 자꾸 들어오니, 입원까지 오래가면 퇴역할 수밖에 없을 텐데. 이제는 늙은 이 혼자 고립무원이야."

"제가 있잖습니까."

양은 진심으로 한 말이었다.

"그거 고맙구먼."

노제독은 웃었으나, 이제르론과 수도 하이네센과의 거리는 사실 너무나도 멀었다. 실제로 노제독에게 얼마나 힘을 보태줄 수 있을지 불안하기만 했다.

네 명의 지휘관 중 두 명의 준장에 대해서는 양도 잘 알지 못했다. 어느 정도 수준의 군사상식과 지휘능력이 있기를 빌 뿐이었다.

모튼 소장에 대해서는 신뢰감이 있었다. 라이오넬 모튼은 원래 제9함대의 부사령관이었던 인물로, 암릿처 회전 때는 중상을 입은 사령관을 대신해 긴긴 패주를 지휘했으며, 함대의 완전붕괴를 막았다. 침착함과 인내력에서 정평이 난 인물로, 공적으로 따지자면 중장이 되어도 이상하지 않다. 나이도 40대 중반이라 군 경력은 양보다도 훨씬 오래되었다. 사관학교 출신이 아니었으며, 본인 또한 이를 과도하게 의식하는 점이 조직 속에서 살아가기 힘든 요인이 되고 있는지도 모른다.

문제는 산도르 알라르콘 소장이었다. 능력 면에서는 그리 의심하지 않았다. 성격이 문제였다. 그에 대해 양은 몇 가지 바람직하지 못한 소문을 들은 바 있었다. 병적인 군대지상주의자인 것이다. 그가 작년 쿠데타에 참가하지 않았던 것은 구국군사회의 간부였던 에반스 대령과 개인적으로 반목했기 때문일 뿐, 사상은 훨씬 과격했다. 무엇보다도 양이 기피해야 할 것은 알라르콘에게 민간인 포로 살해 의혹이 제기된 것이 한두 차례가 아니라는 점이었다. 이미 간이 군법회의에 수차례 회부되었다가 증거 불충분 내지는 사실무근으로 무죄 방면되었으나, 양은 이것이 꺼림칙한 '동료 감싸주기'의 일환이 아닐까 의심하고 있었다. 하지만 제독은 제독, 병력은 병력이었으며, 지금 양에게는 그를 제대로 활용할 도량이 요구되는 상황이었다.

이번 양의 상대는 로엔그람 공작 본인이 아니다. 그는 지금 국정에 전념해야 한다. 뒤집어 생각해 보면 그가 나설 만한 전투는 아니라는 뜻이다. 이기면 다행이라는 정도의 의미밖에 없는, 그리 심각하지 않은 출병이라 생각해도 좋을 것이다.

재작년 로엔그람 공작(그때는 아직 백작이었으나)이 아스타테 성역을 침공했던 것은 각개격파 전술이 완성되었을 뿐만 아니라 이제르론 요새가 제국의 수중에 있었기 때문이었다. 요새의 보급과 후방지원 기능을 믿었기 때문에 라인하르트는 안심하고 적진으로 돌출할 수 있었다.

또한 같은 해 라인하르트가 암릿처 회전에 대승했던 것은 동맹군의 보급능력을 파괴하고 전선을 한계까지 늘렸던 결과였다.

라인하르트의 전법은 너무나도 장대하고 화려해, 타인이 보기에는 물리법칙을 초월한 마법을 구사하는 것처럼 보였다. 그러나 결코 그렇지는 않았다. 그는 전술가임과 동시에, 아니, 그 이상으로 전략가였으며, 전장에 도착하기 전에 이미 승리를 거두기 위한 필요조건을 모두 갖추는 자이다.

라인하르트의 지난 전투는 모두 화려하고도 기상천외한 것처럼 보이지만, 그 밑바닥에는 일관된 논리적 정합성이 있었으며 또한 전략상 승리가 보장되어 있었던 것이다.

라인하르트는 '이기기 쉽게 만들어 이기는' 자였다. 그렇기 때문에 양은 그의 위대함을 인정한다. '이기기 쉽게 만들어 이긴다'는 것은 이기기 위한 조건을 갖춰 아군의 손실을 줄이고 편하게 이긴다는 것을 말한다. 인명이 무한한 자원이라고 생각하는 우매한 군인이나 권력자들만이 라인하르트를 제대로 평가하지 않으려 한다.

라인하르트 밑으로 수많은 명장이 모여드는 것도 그가 그만한 기량을 갖추고 있기 때문이다. 양이 직접 만나본 것은 지크프리트 키르히아이스뿐이었지만, 그의 부고를 접했을 때 그는 오랜 친구를 잃은 것 같은 마음의 아픔을 느꼈다. 그가 살아 있었더라면 제국 신체제와 동맹 간의 귀중한 다리가 되었을지도 모른다고 양은 생각했다.

프레데리카가 양의 마음을 읽기라도 한 듯 라인하르트에 관한 질문을 던졌다.

"로엔그람 공작이 황제를 죽이리라 보십니까?"

"아니, 죽이지 않을걸."

"하지만 로엔그람 공작이 찬탈을 꾀하고 있다는 것은 명백한데, 그러려면 황제가 방해물이 되지 않을까요?"

"역사상 찬탈자는 헤아릴 수 없이 있었어. 왕조의 창시자들은 모두 침략자가 아니면 찬탈자였으니까. 하지만 모든 찬탈자가 그 후 선군先君을 죽였는가 하면, 결코 그렇지는 않아. 귀족으로 우대한 예도 많이 있지. 게다가 그 경우, 옛 왕조가 새 왕조를 쓰러뜨리고 복고한 예는 전무해."

어떤 고대 왕조의 창시자는 전 왕조의 어린 황제에게 옹립되는 형식으로 찬탈을 이루었다. 하지만 선제에게 온갖 특권을 주어 예우하고, 자신이 죽을 때는 일부러 유언을 남겨 전 왕조의 혈통을 함부로 대하지 못하도록 후계자에게 서약까지 받아냈다. 서약은 왕조가 유지되는 동안 끝까지 지켜졌다. 이 창시자는 현명했다. 패배자에 대한 관대함이 인심을 모은다는 것, 권력체제로서는 쇠약해진 전 왕조가 귀족으로 우대를 받으면 새 왕조에 대한 적개심을 버리고 무기력해지리라는 것을 통찰했던 것이다.

문벌귀족 세력에 대한 로엔그람 공작의 정치 및 전쟁에 대한 전략을 살펴보면 비정하면서도 철저했지만 잔인하지는 않았다. 하물며 어리석은 모습은 찾아볼 수 없었다. 일곱 살 난 어린아이를 죽인다면 인도적인, 혹은 정치적인 비난이 쏟아질 것이 명백한 이상 일부러 불리한 선택을 할 리는 없는 것이다.

무엇보다도 현재는 일곱 살이지만 10년만 지나면 열일곱이 될 테고, 20년이 지나면 스물일곱이 된다. 그때는 또 다른 생각이 있겠지만, 현재 로엔그람 공작은 어린 황제를 살려두면서 최대한 이용하는 길을 모색하고 있을 것이다. 아이러니컬한 이야기지만, 지금 어린 황제의 안전을 가장 마음에 두고 있는 것은 젊은 제국재상일 것이다. 황제가 죽는다면 진짜 자연사나 사고사라 해도 모살했다는 의심을 받을 테니 말이다.

사실 황제가 살아있더라도 라인하르트가 행할 변혁에는 별다른 장애가 되지 않는다. 그에게 황제를 지지할 만한 사람들의 지지는 필요하지 않았다.

500년 전, 역사를 역류시켰던 것은 루돌프 폰 골덴바움이었다. 그는 먼 과거에 인류가 벗어던졌던 낡은 옷, 다시 말해 전제군주정치와 계급사회에서 먼지를 털어 걸치고 시민들 앞에 나타났다. 전제정치가 비록 문명 발생으로부터 성숙에 이르는 길에 반드시 거쳐야만 하는 과정이라고는 하나, 근대시민사회에 역사상의 역할을 양도하고 퇴장한 지 오래였다. 더욱이 루돌프는 다수가 소수를 위해 희생하는 제도를 만들어 시행했다.

라인하르트 폰 로엔그람 공작이 변혁을 이루려는 동기는 그의 야심을 달성키 위한 방편, 혹은 단순히 반 골덴바움 감정을 위해서일지도 모른다. 그러나 그의 행보는 자유와 공정함을 추구하는 역사의 진행방향과 분명히 같은 것이다. 그렇다면 자유행성동맹이 그와 대립할 필요가 어디 있단 말인가. 손을 맞잡고 우주에서 낡은 전제정치의 잔재를 일소하고 새로운 역사질서를 구축해야 하지 않을까? 굳이 전 인류사회가 단일국가일 필요는 없다. 여러 국가가 병존해도 상관없지 않은가.

문제는 정치를 행하는 수단이다. 역사를 진보로 이끌고 흐름을 회복하는 일을 로엔그람 공작과 같은 걸출한 일개 개인 손에 맡길 것인가,

자유행성동맹처럼, 능력도 도덕성도 평범한 수많은 사람들끼리 서로를 헐뜯고, 고민하고, 타협과 시행착오를 반복하면서도 책임을 나누며 느릿느릿 나아갈 것인가. 어느 수단을 선택할지가 문제였다.

전제군주를 타도한 근대시민사회는 후자의 길을 선택했다. 양은 그것이 올바른 선택이라고 생각한다. 로엔그람 공작처럼 야심도 이상도 능력도 갖춘 인물이 출현하는 것은 기적, 아니, 역사의 변덕과도 같다. 그는 현재 은하제국의 모든 권력을 한 몸에 집중하고 있다. 제국재상이자 제국군 최고사령관! 그것은 좋다. 그에게는 그 모든 책무를 다할 역량이 있다. 그러나 그의 후계자는 어떨까?

수백 년에 한 명 나올까 말까 한 영웅이나 위인의 권력을 제한했을 때의 불이익보다도, 범용한 인간에게 지나치게 강대한 권력이 돌아가지 않도록 제한했을 때의 이익이 훨씬 크다. 그것이 민주주의 원칙이다.

더구나, 트뤼니히트 같은 자가 신성불가침한 황제가 된다면 매우 큰 일이지 않은가.

II

경보가 울려 퍼지고, 오퍼레이터가 미성을 과시하듯 보고했다.

"11시 방향에 적 출현! 스크린에 확대 투영하겠습니다!"

그것은 구축함 한 척과 대여섯 척 정도의 소형호위함으로 이루어진 초계용 소집단이었다. 수천 척의 동맹군이 출현한 데 놀라 도주하려는 중이었다.

"들켰군. 이제 기습은 못 하겠는데요."

양은 놀란 표정으로 함장 제노 중령을 바라보았다.

"응? 기습? 난 처음부터 그럴 생각은 없었는데. 제국군이 우리를 발견해 줘서 사실은 안심하던 참이었지만……."

이 발언은 당연히 참모들의 의표를 찌른 것이었다. 양은 자세히 설명해야만 했다.

"쉽게 말해, 제국군의 지휘관은 적의 원군을, 그러니까 우리를 발견해 선택을 할 수밖에 없을 겁니다. 굉장히 망설이겠죠. 이대로 이제르론 요새를 계속 공격하고 원군의 공격에 등을 돌릴까? 아니면 반대로 원군과 싸우면서 이제르론에 등을 보일까? 병력을 두 방향으로 분산해 양쪽을 모두 정면으로 상대할까? 시차를 두고 각개격파하는 도박에 나설까? 승산이 없다고 보고 퇴각할까? ……아무튼 난감해하겠죠. 그것만 해도 우리가 유리해진 겁니다."

양은 살짝 어깨를 움츠렸다.

"저야 부디 5번을 선택해 주길 바라지만요. 그러면 희생자도 안 나오고, 무엇보다도 편하잖아요?"

혼성함대의 참모들은 크게 웃었다. 단순한 농담으로 받아들인 모양이었다. 그들은 이제르론 요새의 간부들만큼 양에 대해 알지 못했다. 그것이 양의 진심임을 아는 프레데리카만이 혼자 웃지 않았다.

칼 구스타프 켐프는 초계부대로부터 날아든 급보를 접한 후 스크린을 노려보며 생각을 짜냈다. 살점 두툼한 미간에 굵은 세로 주름이 새겨졌다.

양이 통찰한 대로 켐프는 결단을 앞두고 망설이고 있었다.

그는 얼마 전 제국 수도 오딘에 전황보고를 올렸는데, 표현을 고르느라 적잖이 고민해야 했다. 지고 있지도 않고, 동맹군에는 상당한 피해와 심리적 충격을 안겨주었으나, 이제르론 요새는 상처를 입었으면서도 아직까지 건재하고, 요새 내에 병사를 침입시키지도 못했다. 다시 말해 오도 가도 못하는 상태였다.

샤프트 기술대장은 교언영색으로 자신의 공적을 찬미하지만 실제로 운용하는 입장의 고생은 제안자와 비교할 바가 못 된다. 그렇다고는 하나 고생하고 있다고 보고한다면 사령관 자리에서 경질되거나, 철수 명령이 떨어지거나, 최소한 제국 본토에서 원군이 오는 것은 막을 수 없다. 어느 쪽이든 켐프의 긍지에 상처를 입히는 결과를 초래할 것이다.

결국 켐프는 이렇게 보고했다.

『아군, 유리함.』

켐프가 결단을 망설이고 있을 무렵, 은하제국령에서 이제르론 회랑 방면으로 2만 척이 넘는 대함대가 진공하고 있었다. 함대는 전후 양군으로 나뉘어 전군은 볼프강 미터마이어 상급대장, 후군은 오스카 폰 로이엔탈 상급대장으로, 제국군의 쌍벽이라 일컬어지는 두 사람이 지휘하고 있었다. 그들은 갑작스럽게 라인하르트의 명령을 받고 켐프를 지원하기 위해 출동한 참이었다.

라인하르트에게 명령을 받았을 때, 미터마이어는 고개를 갸웃했다. 직접 물은 것은 로이엔탈이었다.

"명령은 기꺼이 따르겠사오나, 이 시기에 소관들이 출격한다면 공적을 가로채려 한다고 켐프 제독이 오해를 하지 않겠습니까?"

전선 군인의 심리를 헤아린 로이엔탈의 발언이었다. 하지만 라인하르트에게서 돌아온 것은 무미건조할 정도로 메마른, 낮은 웃음소리였다.

"경이 그 점까지 염려할 필요는 없다. 애초에 켐프가 공적을 세우고 있다면 모를까, 꼭 그렇다고만은 할 수 없지 않나."

"……존명."

"전선을 공연히 확대하지는 말게. 그 외에는 모두 경들에게 일임하지."

두 제독은 라인하르트 앞에서 물러났으나, 나란히 복도를 걷고 있을 때 로이엔탈이 의문을 제시했다.

"로엔그람 공작님은 대체 무슨 생각이신지 모르겠군. 전투가 고착상태에 빠졌다면 우리가 출동할 이유도 충분하겠지. 하지만 켐프가 이기고 있다면 우리가 갈 필요는 없을 테고, 그가 지고 있다면 이제 와서 원군을 보낸다 해도 늦었을 텐데."

"어쨌든 우리는 원수 각하의 명령을 받았지 않나."

미터마이어는 자신들의 입장을 명쾌하게 재확인했다.

"최선을 다하세. 당면과제는 전장에 도착하자마자 싸워야 하는 상황이었을 때 어떻게 할지 아닌가? 나머지는 내버려두어도 될 걸세."

"그렇겠군."

켐프가 이기고 있다면 문제는 없다. 전투가 고착상태에 빠졌다면 현지에서 다시 켐프와 협의할 필요가 있다. 결국 두 사람이 상담한 것은 켐프가 패해 적의 추격을 받고 있을 경우의 대처법뿐이었다. 그것은 두세 마디 대화로 끝났다. 그들만큼 호흡이 잘 맞는 동격의 지휘관 콤비는 제국에서도 동맹에서도 유례를 찾기 힘들었다.

명령을 내린 후 라인하르트가 켐프로부터 받은 보고서를 다시 읽고 있으려니 오베르슈타인 상급대장이 얼굴을 내밀었다.

"켐프 제독에게 받은 보고서가 마음에 걸리시는 것으로 보입니다만……."

"켐프가 조금 더 잘해줄 거라 생각했네만, 보아하니 적에게 고생을 안겨주는 정도가 그의 한계였던 모양이야. 목적은 이제르론을 무력화하는 것이었지, 공략하고 점거하라는 것은 아니었잖나. 극단적으로 말하자면, 요새로 요새를 들이받아 파괴해도 상관없었네."

오베르슈타인의 의안이 빛났다.

"하오나 켐프는 가이에스부르크 요새를 거점으로 정면에서 당당히 적에게 도전한 것으로 보입니다."

"그러니 한계라는 거지."

라인하르트는 보고서를 난폭하게 책상에 내던졌다. 의안의 참모장은 반백머리를 쓸어 올렸다.

"그렇다면 켐프를 책임자로 선택한 사람도 죄를 면할 수 없을 것입니다. 그를 천거한 저 자신도 잘못된 선택을 반성하고 있습니다."

"호오, 그거 기특하군."

라인하르트가 싸늘하게 말했다.

"그러나 결국 그를 선택한 것은 나였지. 게다가 따지자면 샤프트가 쓸데없는 제안을 한 것이 원인이고. 단순히 무익한 자라면 그나마 다행이네만, 유해하기까지 하다면 나로서는 대처할 방법을 모르겠군."

"하오나 그러한 자라 하여도 모종의 쓸모가 있을지도 모릅니다. 무력만으로 우주를 손에 넣으실 수는 없습니다. 체스말은 더욱 많이 갖추어 두는 것이 좋으리라 생각합니다. 설령 지저분한 말이라 해도……."

참모장을 쳐다보는 푸른 얼음빛 눈동자는 이때 한층 더 싸늘하게 빛나고 있었다.

"뭔가 오해를 하고 있군, 오베르슈타인. 나는 우주를 훔치고 싶은 것이 아니야. 빼앗고 싶은 거지."

"예……."

오베르슈타인이 경례를 올리고 나가자 라인하르트는 화사한 황금색 머리카락을 한 차례 흔들었다. 그의 하얀 손가락이 가슴의 펜던트를 더듬고 있었다.

"이것이 권력을 쥔다는 것인가. 내 주위에는 나를 이해하려 들지 않는 놈들만이 남았구나. 아니면 역시, 나 자신의 죄업일까……."

푸른 얼음빛 눈동자가 우수의 그늘에 잠겼다. 그는 이런 것을 바라지 않았다. 그가 원했던 것은 다른 데 있었다.

III

"우리에게는 시간이 별로 없네."

양은 프레데리카에게 설명했다. 이제르론 회랑이 아직 제압되지 않았다는 것을 안 이상, 제국의 라인하르트 폰 로엔그람 공작은 증원군을 파견할 것이 분명하다. 그것도 막대한 병력을. 소수의 병력이라면 결국 병력을 순차 투입하는 우를 범하게 된다. 만약 적의 증원군이 오기 전에 이제르론 주변 공역을 회복하지 못한다면 양의 승산은 0에 가까워질 것이다.

프레데리카가 물었다.

"이제까지는 시간이 우리 편을 들어주었지만, 앞으로는 그렇지 않다는 말씀인가요? 각하께서 적 지휘관이라면 어떻게 이제르론을 함락하실 생각이십니까?"

"글쎄. 나였다면 요새로 요새를 들이받지 않았을까? 콰쾅, 하고 한 방에 둘 다 소멸. 그러면 끝이지. 모든 것이 사라진 후에 다른 요새를 가져오면 그만이잖나. 만약 제국군이 그 방법으로 나선다면 대책이 없었겠지만, 제국군 지휘관은 발상의 전환이 힘들었던 모양이야."

"……상당히 과격한 방법이로군요."

"그래도 효과적이지?"

"그건 사실이지만요."

"하기야 이미 그렇게 나왔다면 물론 속수무책이었겠지만, 이제는 그 방법을 쓴다 해도 딱 한 가지 대처법이 있기는 해."

그렇게 말하는 양의 표정을 보며 프레데리카는 새로운 체스 정석을 발견한 소년 같다고 생각했다. 지금으로부터 10년 전, 엘 파실 성역에서 탈출을 지휘하던 무렵의 양과 조금도 변함이 없었다. 10년 세월과 그사이의 영달은 양에게 조금도 군인 같은 분위기를 더해주지 못했다. 그사이에 양을 보는 사람들의 눈은 변했다. 엘 파실 탈출 때 열네 살 소녀였던 프레데리카는 어른들이 때로는 소리를 죽여, 때로는 공공연히 이야기를 나누던 정경을 기억한다. 저딴 믿음직스럽지 못한 애송이에게 탈출 지휘를 맡겨도 되겠느냐고.

그러나 지금은 압도적인 칭찬, 그리고 똑같은 정도의 악의가 그에게 쏟아지고 있다. 어느 쪽이든 양 본인의 의도와는 매우 거리가 멀었다.

"이제르론 요새가 외부에 함락되는 일은 결코 없을 것 같습니다만……."

"글쎄, 과연 그럴지."

양의 표정은 씁쓸했다.

이제르론 요새가 난공불락이었던 이유 중 하나는 요새 그 자체의 방어능력도 방어능력이거니와 공격하는 쪽이 완전히 자유롭지 못했다는 점에 있었다. 이제르론을 공략하려던 이유가 무엇이었을까? 그것은 어디까지나 이제르론 회랑을 제압해 제국과 동맹 사이의 항로를 확보하기 위해서였다. 항로를 확보하기 위해 제국군은 이제르론 요새를 건설했으며, 동맹군은 수차례에 걸쳐 요새를 공격해 무수한 사상자를 냈다. 이제르론 요새에는 그만큼 중대한 가치가 있었다.

간단히 말해 이제르론 요새를 공격했던 이유는 파괴가 아니라 점거에 있었다. 그리고 이를 성공한 역사상 유일한 인물이 양 웬리였다.

하지만 그것은 과거의 일이 되었다. 이제르론을 대신할 전투와 보급의 거점기지를 회랑 내에 가져올 수가 있다면 파괴하기 위해 공격할 수도 있다. 그것은 점거하기 위한 공격보다도 훨씬 가혹하고 무자비하지 않을까…….

원래 양은 그렇게 생각하고 오한을 느꼈으나, 사실은 그렇지도 않은 모양이었다. 제국군의 지휘관은 이동한 요새를 이제르론 점거작전 거점으로밖에 활용하지 않았다. 그것은 약체화된 동맹군에게는 불행 중 다행이었다.

동맹군 전력이 이처럼 약해진 것은 작년 내전도 있지만, 무엇보다도 재작년 암릿처 회전에서 참패했기 때문이었다. 그 무익한 전투로 인해 동맹군은 2000만 명의 장병을 잃었다. 유능한 제독들도 다수 세상을 떠났다.

생각해 보면 그 후로 양은 패전처리만 떠맡았던 셈이다. 암릿처에서 전사한 우란푸나 보로딘 같은 용장들 중 한 명이라도 살아있었더라면 양의 부담은 상당히 줄어들었을 것이다.

그러나 무익한 공상에 빠져 있을 틈은 없었다. 죽은 자는 절대로 돌아오지 않는다. 이 세상 문제는 산 자들끼리 해결해야만 한다. 피곤하고 귀찮은, 게다가 내키지 않는 일이지만.

한편 제국군은 어려운 상황 속에서도 향후 방침을 결정하고 있었다.

켐프가 세운 방침은 다음과 같은 것이었다.

——우선 이제르론 요새 전면에서 빠르게 철수한다. 이를 동맹군이 본다면 원군이 왔기 때문에 제국군이 후퇴한 것이라 생각해, 기회를 놓치지 않고 협공하러 요새에서 출격할 것이다. 그때 함대를 돌려 이를 친다. 그러면 동맹군은 원군이 도착한 것이 아니라 요새에서 출격시키기 위한 함정이었다고 판단해 다시 요새로 후퇴할 것이다. 이렇게 적을 요새 안에 가둬놓은 후 재반전하여, 원군으로 달려온 동맹군을 격파한다. 한마디로 시차를 둔 각개격파 전법이었다.

켐프의 안을 듣고 뮐러는 감탄했으나 한편으로는 불안도 금할 수 없었다. 이 작전이 성공한다면 켐프는 용병의 예술가로 칭송을 받을 것이 분명하다. 그러나 적이 이쪽 생각대로 움직여줄지가 미심쩍었다. 상당한 기교를 요하면서도 시간에 여유가 없는 작전이었으며, 조금만 잘못하면 제국군은 협공당하게 된다. 각개격파 방침 자체는 옳다고 생각했다. 그러니 가이에스부르크 요새로 이제르론 요새를 감시하면서 전 함대를 우선 적의 원군 쪽으로 보내는 것이 좋지 않을까.

그렇게 생각한 밀러는 캠프에게 진언했다. 몇몇 사정 때문에 말을 꺼내기에는 다소 용기가 필요했으나, 넓은 도량을 보인 캠프는 밀러의 제안을 일부 채용해 작전에 약간 수정을 가했다.

"원군이 온 것일까…… 아니면 함정일까?"

이번엔 알렉스 카젤느 소장을 중심으로 한 이제르론 요새 중앙지령실의 지휘관들이 판단을 망설이고 있었다. 이제르론 주위를 포위한 채 집요하게 파상공격을 펼치던 제국군 함대가 썰물처럼 후퇴한 것이다. 가이에스부르크 요새는 여전히 60만 킬로미터 밖에 버티고 선 채 언제든 포격전에 응할 태세를 보이고 있었다.

"어떻게 생각하냐, 꼬마."

커피를 가져온 율리안에게 쇤코프가 말했다. 아마 농담 삼아 물은 것이리라.

"양쪽 다일지도 모르죠."

그것이 율리안의 대답이었다.

"양쪽?"

"예. 양 제독님의 원군은 분명히 근처까지 왔을 겁니다. 이를 알아차린 제국군이 함정으로 이용하려는 게 아닐까요? 우리 함대가 이제르론에서 나왔을 때 전면공격을 펼치면, 우리는 '역시 함정이었구나, 철수해라.' 하고 도망치지 않겠어요? 그렇게 우리 함대를 가둬놓은 후, 제국군은 원군을 요격하는 데 전력을 기울이려는 거죠."

간부들은 한동안 조용히 아마색 머리카락의 소년을 주시하고 있었다. 마침내 카젤느가 가벼운 헛기침을 한 차례 하더니 물었다.

"왜 그렇게 생각했지, 율리안?"

"제국군의 움직임이 지나치게 부자연스러웠기 때문입니다."

"그건 분명 그렇다만, 겨우 그 정도로 그렇게 판단했단 말이냐?"

"음, 그건 이래서였어요. 그들이 순수하게 함정을 팠다고 한다면, 그 목적은 뭘까요? 복병을 심어두었거나, 우리 함대가 출격한 틈을 이용해 반대로 요새 안에 침입하거나 둘 중 하나겠지요. 하지만 우리가 방어를 다진 채 함부로 출격하려 들지 않는 것은 이미 적들도 충분히 알았을 겁니다. 그렇다면 그들도 이쪽의 방어심리를 이용해 가둬놓으려 하지 않을까요? 우리가 경계심을 품고 출격하지 않을 확률이 훨씬 높을 테니까요."

"……그래. 꼬마가 나나 포플랭의 제자이기 전에 양 제독님의 수제자라는 걸 잘 알겠군."

쉰코프가 감탄 섞인 한숨과 함께 말하고는 카젤느에게 시선을 돌렸다. 사령관 대리는 메르카츠 제독에게 대응책을 물었다.

"그렇다면 방법은 어렵지 않습니다. 우리는 갇힌 척하면 되는 것이지요. 그리고 그들이 반전했을 때 튀어나와 배후를 치는 겁니다. 원군과 호흡이 맞는다면 이상적인 협공을 전개할 수 있습니다."

메르카츠는 담담하게 말했다. 카젤느는 메르카츠에게 출전해 지휘해달라고 요청했으며, 메르카츠는 이를 받아들이고는 소년을 향해 말했다.

"율리안 군, 전함 히페리온에 동승해줄 수 있겠나? 함교에 말일세."

2년 전, 라인하르트의 천재성을 알았을 때만큼은 아니지만 그와 같은 놀라움이 노련한 용병가의 마음을 사로잡았던 것이다.

IV

"전쟁을 등산에 비유한다면……."

과거 '다곤 성역 회전'을 동맹군의 완승으로 이끌었던 '불평꾼 유수프', 즉 유수프 토패롤 원수가 이런 말을 했다.

"올라야 할 산을 정하는 것이 정치이다. 어떠한 루트를 이용해 올라갈지를 정하고 준비를 갖추는 것이 전략이다. 그리고 주어진 루트를 효율적으로 오르는 것이 전술이다."

양의 경우, 올라야 할 루트는 이미 정해져 있다. 이따금 자기 마음대로 루트를 정해 오르고 싶다고 통렬하게 느끼기도 하지만, 그것은 그의 전쟁혐오증과 완전히 모순되는 감상이었다.

"전방 11시 반 방향에 적 함대!"

오퍼레이터의 보고가 전 함대의 심신을 긴장시켰다. 아군은 5500척, 그에 비해 제국군은 확실하게 두 배가 넘었다. 정면에서 싸웠다간 분명히 패한다. 아군이 적의 배후에서 나타나 주기를 바랄 수밖에 없는 것이다.

양은 이제르론에 있는 그의 참모들이 정확한 판단을 내려주기를 기도했다. 그들이 요새 안에서 수수방관한다면 숫자에서 열세인 양은 패배해 각개격파 전법의 제물이 되고 만다. 그의 작전은 어디까지나 암암리에 이제르론과 연계 플레이가 이루어질 것을 전제로 구상한 것이기 때문이다.

백전노장 메르카츠가 있다. 그는 분명 자신의 신뢰에 보답해줄 것이다.

'그리고, 율리안…….'

양은 자신의 피보호자인 소년의 수려한 얼굴을 새삼 떠올렸다. 소년에게 전략전술 이야기를 할 때마다 그가 강조한 것이 있었다.

"적이 부자연스러운 타이밍에 후퇴할 때는 주의해야 해."

그럴 때의 몇몇 예시도 가르쳐주었다. 그것을 기억해줄까? 그래준다면…….

'아니, 잠깐만. 난 율리안이 군인이 되기를 바라지 않았잖아. 그런데도 기대하는 건 너무 뻔뻔한 것 아닐까?'

"적 함대, 사정거리에 들어왔습니다!"

"좋아, 계획대로 진행해 주게."

양은 종이컵에 담긴 홍차를 한 모금 마셨다.

"후퇴! 적과의 상대속도를 0으로 유지하라!"

그 명령은 모튼과 알라르콘을 통해 전 함대에 전해졌다.

제국군은 스크린과 각종 탐색 시스템을 수상쩍은 눈으로 바라보았다.

"적은 후퇴하고 있습니다. 5분 전부터 상대거리가 전혀 줄어들지를 않습니다."

제국군 오퍼레이터는 사무적인 어조를 유지하려고 노력했으나 의구심이 담긴 미미한 파동까지 감추지는 못했다.

켐프는 지휘석에 거구를 묻은 채 생각에 잠겨 있었으나, 어떤 의혹을 떠올리고 물었다.

"적이 종심진縱深陳을 펼쳐 우리를 그 안으로 끌어들이고 있을 가능성은 없나?"

사령관의 의문에 대답하기 위해 인간과 기계의 두뇌가 최대한 가동되어, 마침내 견해를 이끌어냈다.

"그럴 가능성은 지극히 낮습니다. 적 원군의 병력은 전면에 전개한 것이 전부인 것으로 보입니다."

"그렇다면 놈들의 의도는 시간을 버는 것이다. 이제르론에서 함대가 나오기를 기다려 앞뒤로 협공할 생각이겠지. 교활한 놈들. 그런 수작에 넘어갈 줄 아느냐."

켐프의 통찰은 완벽한 것이었다. 그는 힘차게 손바닥으로 지휘 콘솔을 한 차례 두드리더니 최대 전투속도로 전진하도록 지시를 내렸다. 그로부터 3분 후에는 포격을 명했다. 최단시간 내에 동맹군 증원부대를 격파하고 되돌아가 다시 이제르론 요새를 포위한다. 아니, 여기서 뮐러의 의견을 도입해 가이에스부르크로 이제르론 요새를 견제한다면 이제까지 불가능했던 회랑 통과도 이룰 수 있다. 그렇다면 함대를 격파한 후 그대로 직진해 동맹령으로 돌입하는 것도 가능하지 않겠는가.

"적이 사정거리 안에 들어왔습니다."

"좋아. 발사!"

빛으로 이루어진 화살 수만 가닥이 제국군 전함에서 쏟아져 나왔다.

좁은 이제르론 회랑은 한순간에 에너지 파도를 한쪽에서 한쪽으로 실어 나르는 형체 없는 튜브로 변했다. 눈이 멀 정도로 아찔한 색채의 소용돌이가 일어나고, 타격을 입은 동맹군 함정은 섬광을 발하며 흩어졌다. 직격을 면한 함정도 여파에 휩쓸려 격렬하게 흔들렸으며, 임시 기함 레다 II호도 예외는 아니었다.

이 동요에 언제나처럼 책상 **위**에 앉아 지휘를 하던 양은 보기 좋게 뒤집어져 허리부터 지휘석에 떨어지고 말았다. 전함 히페리온보다도 3분의 1 정도 작고 방어력도 떨어지는 레다 II호에 타고 있다는 사실을 깜빡했던 것이다.

멍청함의 표본 같은 모습으로 지휘석에 틀어박힌 양은 얼굴을 붉히며 겨우 일어나는 데 성공했다. 보아하니 프레데리카는 상관보다는 훨씬 평형감각이 뛰어난지, 전혀 위태롭지 않은 걸음으로 다가와 걱정스러운 표정을 지었다.

"포메이션 D를⋯⋯."

그러고도 혼쭐이 덜 난 양은 책상 위로 다시 올라오며 지시했고, 프레데리카가 이를 다시 전달했다.

"전 함대, 포메이션 D!"

통신장교가 복창하고, 무력화된 통신회로가 아니라 신호를 통해 명령을 전달했다.

그것은 원통진圓筒陳의 일종이었으나 더욱 극단적인 모양이었다. 거의 고리 모양을 이루어 적을 포위하는 것이었다.

동맹군은 반짝이는 광점의 고리 속을 뚫고 나가려 하는 제국군에 상하좌우에서 포화를 퍼부었다. 포화는 자연스럽게 원 주위에서 중심 한 점에 집중되어 현저히 파괴의 효율을 높였다. 돌진하던 제국군의 함정은 때로는 여러 방향에서 동시에 날아드는 여러 줄기의 에너지 광선에 꿰뚫려 고리 모양으로 잘려 나가고, 이내 폭발해 불덩어리가 되었다.

이 포메이션을 광대무변한 우주공간에서 사용했다면 제국군은 고리를 돌파한 후 대형을 확산하며 기수를 돌려 더욱 바깥쪽에서 고리를 포위할 수 있었으리라. 그러나 이 좁은 회랑에서는 그것이 불가능했다. 회랑의 특수한 지세를 이용해 양이 고안한 전법이었다. 제국군은 일격을 가하자마자 수세에 몰렸다. 게다가.

"배후로부터 적의 공격!"

오퍼레이터가 비명을 지르고 경악한 켐프가 지휘석에서 거구를 일으켰을 때, 메르카츠가 지휘하는 이제르론 주둔함대는 제국군 배후, 그것도 천정 방향에서 무시무시한 속도와 압력으로 짓쳐들고 있었다. 수 광년 저편에서 바라본다면 그것은 빛의 폭포가 쏟아져 내리는 광경처럼 아름답게 보일지도 모른다.

제국군 후위부대는 결코 방심하지 않고 있었으나 동요를 금치 못한 채 고밀도로 쏟아지는 광선의 비에 얻어맞고 잇달아 파괴되었다. 그 광경을 본 양의 함대는 환성을 질렀다.

"포메이션 E!"

양이 다시 지령을 내렸다. 고리 모양 진을 짰던 그의 혼성함대는 다소 대열을 흐트러뜨리는 듯하면서도 급속히 진형을 수렴해 깔때기 모양을 이루었다. 돌진하던 제국군은 이번엔 같은 방향에서 쏟아지는 여러 겹의 광선 공격에 붙들린 채 백열하는 에너지 탁류 속으로 모습을 감추었다. 게다가 후방에서는 아텐보로와 응웬이 승리에 대한 확신을 품고 열광적인 공격을 퍼부었다. 양 함대의 포격전 특징인 화력 국지집중 전법은 제국군을 죽음의 구렁텅이로 밀어 넣었다.

이럴 때 무능한 지휘관이라면 함대의 전반부는 전면의 적과, 후반부는 배후의 적과 싸우라는 명령을 내려놓고, 의외로 위기를 벗어났을지도 모른다. 무질서한 난전 속에서 생각지 못한 승산이 나오는 법도 있다. 그러나 켐프는 용병가로서 실적과 자부심을 충분히 갖춘 사내였으므로 지휘관의 책임과 권한을 포기하는 명령은 절대 내리지 않았다.

부사령관 나이트하르트 뮐러는 절망의 검은 얼룩이 차츰 마음을 잠식하는 것을 느끼고 있었으나, 그래도 최선을 다하겠노라 마음 먹었다. 후

회할 요소는 무수히 있었지만 지금은 함렬이 붕괴되는 것을 막고 아군을 구하는 것이 급선무였다. 그는 지휘석에서 일어난 채 잇달아 예리하고 적합한 명령을 내려 위기에서 벗어나려 했다. 압도적으로 불리한 태세였으며, 두드러지는 효과는 없었으나 상황이 악화되는 속도를 줄일 수는 있었다.

하지만 그 노력도 바닥을 드러내고 말았다. 켐프도 밀러도, 불덩어리가 되어 작렬하는 함정을 수도 없이 눈앞에서 보고 있었다. 전선과 사령부의 거리는 사실상 0이 되고 있었다. 제국군은 전면패배의 늪으로 쏟아져 들어가기 일보 직전이었다.

"퇴각하지 마라!"

노성을 지르는 켐프의 이마에서 땀이 구슬처럼 흩어졌다.

"퇴각해서는 안 된다. 앞으로 한 걸음이다. 앞으로 한 걸음이면 은하계 우주가 우리 것이 된다!"

V

이런 상황에서도 켐프의 말은 허황된 것이 아니었다. 동맹군 방어선 뒤, 이제르론 회랑 출구 너머에는 거의 무방비한 상태에 놓인 항성과 행성의 대해가 펼쳐져 있었던 것이다.

어떻게든 방어선만 돌파한다면 켐프와 밀러는 함대를 몰아 동맹령으로 난입할 것이다. 그러면 이제르론 회랑을 지키는 동맹군은 어떻게 해야 할까. 켐프와 밀러를 쫓는다면 회랑이 텅 빈다. 미터마이어든 로이엔탈이든, 제2진 이하에 머물러 있던 제국군의 명장들이 회랑으로 쇄도한다면 아무도 이를 막을 수 없다. 그리고 후세 역사가들은 이제르론 회랑의 역할에 대해 '제국군이 은하계 우주를 정복하기 위한 통로'라 기록할 것이다.

그러면 분명히 쇄도할 적의 제2진을 요격하기 위해 켐프와 뮐러를 무시하고 회랑만을 지키면 될까? 그러면 켐프와 뮐러는 동맹령을 마음껏 헤집고 다니다 수도성 하이네센을 공략할지도 모른다.

더욱 가능성이 큰 방법도 있다. 회랑에 가까운 성계 하나를 점거한 채잠시 대기했다가, 제2진이 회랑에 침입했을 때 이에 호응하며 반전하고, 회랑 안의 동맹군을 앞뒤에서 협공하는 방법이다. 이것은 제국군에게 필승필살의 전법이며, 동맹군에게는 상상하기만 해도 심장이 욱신거리는 상황이다.

그렇지만 양은 심각하게 고민하지 않았다. 그렇게 된다 해도 자기 책임은 아니라고 생각했기 때문이다. 그 결과 자유행성동맹이라는 국가가 소멸한다 해도 사람은 남는다. '국민'이 아니라 '인간'이. 국가가 소멸했을 때 가장 억울한 것은 국가에 기생해 권력기구 중추를 차지한 자들뿐이다. 그들이 기뻐하도록 '인간'이 희생될 이유는 우주 구석구석을 뒤져봐도 찾을 수 없다. 양 웬리 개인의 문제로 치부하더라도, 그가 혼자서 국가의 존망을 전부 책임져야 할 이유는 없었다.

제국군 가이에스부르크 파견군에서 끝까지 패배를 믿지 않았던 것은 켐프였다. 그러나 사령관이 온몸으로 불굴의 전의를 뿜어내고 있다 해도 참모나 병사들은 이미 사기가 꺾인 상태였다. 그들은 핏기 없는 얼굴로 스크린 속에서 파괴되어 불꽃을 뿜는 아군 함대의 모습을 지켜보고 있었다.

참모장 푸세네거 중장이 창백해진 뺨을 가늘게 떨며 진언했다.

"각하, 이제 저항은 불가능합니다. 이대로는 죽음과 투항 중 하나가 우리를 기다리고 있을 뿐입니다. 차마 드리기 힘든 말씀이오나, 퇴각하심이 옳을 줄로 압니다."

켐프는 이글이글 타오르는 안광으로 참모장을 노려보았으나, 참모장을 막무가내로 윽박지를 만큼 이성을 잃지는 않았다. 그는 거친 숨을 몰아쉬며, 매초마다 병력이 줄어 전선이 축소되는 아군의 모습을 고통 어린 표정으로 지켜보았다.

"그래, 그 방법이 있었어⋯⋯."

갑자기 중얼거리는 켐프의 얼굴에 화색이 되살아나는 것을 푸세네거는 기이하게 느꼈다.

"아직 마지막 수단이 있다. 그것을 이용해 이제르론 요새를 파괴하는 거다. 함대전에서는 패했으나 아직 완전히 패한 것은 아니야."

"그것이라니요⋯⋯?"

"가이에스부르크 요새 말이다. 그 커다랗고 아무짝에도 쓸모없는 것으로 이제르론 요새를 들이받아 버리는 걸세. 그러면 이제르론 요새라 해도 버티지 못하겠지."

그 말을 들은 푸세네거의 의혹은 확신으로 바뀌었다. 켐프만큼 뛰어난 능력과 도량을 겸비한 지휘관이라 해도, 궁지에 몰리면 정신의 균형을 잃는 법이라고.

하지만 켐프는 오히려 조용한 자신감에 차 가이에스부르크 요새로 철수할 것을 명령했다.

이제르론 주둔함대와 구원부대는 마침내 합류했다.

"메르카츠 각하, 무어라 감사를 드려야 할지 모르겠습니다."

양은 깊이 고개를 숙였다. 통신 스크린에 메르카츠의 중후한 얼굴이 비치고 있었다. 두 사람의 뒤에서는 무수한 군용 베레모가 허공을 춤추고 있었다.

"이겼다, 이겼다!"

단조롭지만 정열적인 외침이 오랫동안 이어졌다.

『가장 큰 공로자를 소개드리지요.』

메르카츠가 그렇게 말하더니 한 인물을 화면으로 불러들였다.

『양 제독님, 어서 오십시오.』

아마색 머리의 소년이었다.

"율리안……."

양은 무어라 말해야 좋을지 알 수 없었다. 요즘 이 소년은 보호자를 놀라게 하는 일이 잦았다.

이때 또다시 경보가 울려 퍼져 양을 기묘한 곤혹에서 구해주었다.

"가이에스부르크 요새가 움직이기 시작했습니다!"

보고하는 오퍼레이터의 목소리에 두려움이 어려 있었다.

동맹군의 환희는 빙점까지 급강하했다. 아직 완전한 승리를 거두지는 못했던 것이다.

"진로는 이제르론 요새! 설마…… 설마, 충돌할 작정으로?!"

"드디어 깨달았군……. 하지만 늦었어."

그렇게 중얼거리는 양의 옆얼굴을 프레데리카가 쳐다보았다. 그의 목소리에 동정이 어린 것을 느꼈기 때문이었다.

사실 양은 적 사령관을 동정하고 있었다. 정통파 용병가가 요새로 요

새를 들이받는다는 전법을 떠올릴 리가 없다. 그런 생각을 할 수 있는 사람은 양을 제외한다면, 비할 데 없는 천재인 라인하르트 폰 로엔그람이거나 반대로 완전한 전쟁 문외한일 것이다. 정통파 용병가라면 요새의 존재와 이용가치는 화력과 장갑으로 적의 요새에 대항하는 데 있다고 생각하게 마련이다. 요새 자체를 거대한 폭탄으로 이용한다는 발상이 오히려 이상한 것이다. 그런데도 그 이상한 발상에 이를 수밖에 없었던 사령관의 고뇌가 뼈저리게 느껴졌다.

그러나…… 그렇다. 그를 그런 궁지에 몰아넣은 것은 양 본인이었다.

사람들은 양의 생각을 위선이라고 손가락질할지도 모른다. 그러고 싶은 자는 그러게 내버려두면 그만이지만.

가이에스부르크 요새는 제국군 잔존부대를 거느린 채 열두 개의 통상항행용 엔진을 최대로 가동해 이제르론 요새로 접근하고 있었다. 암흑허공 속에서 소리도 없이 날개 치는 거대한 독수리. 그것은 동맹군을 압도했다. 모든 함정의 스크린 앞에서, 누구나 입을 반쯤 벌린 채 이 무시무시한 광경을 지켜보고 있었다.

가이에스부르크 안에 있는 것은 켐프와 몇몇 참모, 항행요원, 호위병 5만 명 정도였으며 나머지 장병은 뮐러의 지휘 아래 각 함에 나눠 탑승하고 있었다. 요새 내에서는 탈출용 셔틀이 발진 직전 상태로 대기하고 있었다. 1초마다 접근해 점점 커져가는 이제르론 요새를 켐프는 역전승리에 대한 확신을 품고 노려보았다.

그때 동맹군 함대에서는 양 웬리가 지령을 내리고 있었다.

"요새 자체에는 함포가 통하지 않는다. 가동 중인 통상항행용 엔진을 노려라. 그것도 단 하나, 진행방향 왼쪽 끝의 엔진에만 포화를 집중하라!"

각 함의 포술장교들은 콘솔에 달려들어 조준점을 맞추었다. 일제히 명령이 떨어졌다.

"발사!" "발사!" "발사!"

수백의 광선이 단 하나의 통상항행용 엔진에 집중되었다. 그것은 엔진의 복합장갑 커버에 균열을 일으키기에 충분한 부담이었다. 두 번째 일제사격으로 균열은 단숨에 확대되었으며, 작렬과 함께 새하얀 섬광을 흩뿌렸다.

다음 순간, 가이에스부르크는 전진을 멈추고 거구를 비틀거리며 급격히 스핀하기 시작했다.

우주선 엔진의 추력축推力軸은 정확하게 선체 중심을 지나야 한다. 크든 작든 우주선 형상이 원 또는 구형을 기본으로 하며 상하좌우가 대칭을 이루는 것은 그 때문이다. 만약 이 법칙을 지키지 않는다면 우주선은 나아갈 방향을 잃고 무게중심을 축으로 스핀을 계속하게 된다. 그때는 동력을 정지하면 되지만, 정지해도 관성에 의해 계속 스핀하며 그사이에 모든 관제기능이 마비되고 만다.

스핀하며 제국군 잔존부대 속으로 돌입한 가이에스부르크 요새는 순식간에 수백 척의 함정을 덮치며 파괴하고 날려버렸다. 통신회로 속에서 무수한 절규가 겹치다가 칼날에 베이듯 뚝 끊겼다. 요새 자체도 함체와 충돌하며 손상을 입었다. 숨통을 끊듯 여기에 이제르론의 '토르 하머'가 발사되어 요새 외벽에 꽂혔다. 치명상이었다.

"봤느냐, 양 제독님의 마술을!"

동맹군 병사들이 입을 모아 외치고 있었다. 프레데리카 그린힐 대위는 다른 병사들과 마찬가지로 상관에 대한 감탄에 사로잡혀 있었다. 만약 양 외의 다른 사람이 이러한 전법을 고안했다면 프레데리카는 두려움을 느꼈을 것이다.

양은 처음부터, 적의 요새를 무력화하려면 항행할 때 항행 엔진을 파괴해 추력축 위치를 뒤틀어놓을 수밖에 없다고 생각했다. 그렇다면 요새를 항행시킬 수밖에 없다. 적을 그 상황에 몰아넣을 수밖에 없었던 것이다.

그리고 양은 이에 성공했다. 과거 전장에서 몇 차례나 성공했던 것처럼.

가이에스부르크 요새는 죽음의 경련에 붙들려 있었다. 내부에선 배전로를 따라 폭발과 화재가 동시다발했으며 열과 연기는 공조설비의 처리기능을 넘어서 요새 내에 충만했다. 땀과 그을음투성이가 된 병사가 기침을 하며 걷는 발치에는 피에 물든 시체들이 쓰러진 채 움직일 줄을 몰랐다. 중앙지령실도 반쯤 파괴되었으나 켐프는 지휘석에서 일어나지 않으려 했다.

"전원 대피하라."

그 명령에 푸세네거 참모장이 목소리를 높였다.

"각하께서는 어쩌시려는 겁니까?"

켐프가 괴롭게 웃었다.

"나는 이제 틀렸네. 이걸 보게."

켐프의 손은 오른쪽 옆구리를 붙들고 있었다. 그곳에서 넘쳐난 피와 부러진 채 튀어나온 뼈의 일부가 보였다. 아마 내장도 깊은 손상을 입었으리라. 폭발에 날아간 벽면 일부가 그의 거구를 도려낸 것이었다.

푸세네거는 암담한 기분이었다. 작년 이 요새에서는 불패의 효장驍將

지크프리트 키르히아이스가 너무나도 젊은 나이에 목숨을 잃었다. 가이에스부르크는 원래 귀족연합군 요새였다. 옛 지배자들의 음산한 원념이 라인하르트 군 명장들을 잇달아 죽음의 늪으로 끌고 들어가는 것은 아닐까……. 미신 같은 공포에 사로잡힌 참모장은 몸을 떨었다. 가이에스부르크는 지금 막 불길한 생애를 마치려 하고 있었다.

마침내 푸세네거는 비틀거리면서도 사령실을 나섰다. 죽은 자의 두 눈이 이를 지켜보고 있었다.

『전원 대피하라! 전원 대피하라!』

경보가 끊임없이 울리고 있었다.

상처를 입은 생존자들이 탈출용 셔틀 전용 포트로 모여들었다. 한 대의 셔틀이 정원을 절반도 채우지 않은 채 발진하려 했다. 그 기체에 몇 명이 매달렸다.

"급속발진이다, 방해하지 마라!"

"기다려! 제발 태워줘! 놓고 가지 마!"

"비키라고 했지!"

해치가 열렸다. 태워주는가 싶어서 병사들이 우르르 몰려들었다. 그러나 비명이 실내 공기를 갈라놓았다. 먼저 구명 셔틀에 탄 병사가 레이저 나이프를 휘둘러 나중에 타려던 병사의 손목을 잘라버린 것이다. 한쪽 손을 잃은 병사가 균형을 잃더니 셔틀 탑승구에서 바닥으로 추락했다. 뒤늦게 달려온 병사가 다짜고짜 허리의 블래스터를 뽑더니 레이저 나이프를 든 병사의 안면을 쏘았다.

이것이 혼란의 개막이었다. 생존에 대한 욕망과 공포가 넘쳐나 이성을 하수구 속으로 휩쓸어버렸다. 불줄기가 종횡무진 내달리고 아군이 아군을 사살했으며 쓰러진 시체를 군화로 짓밟았다.

몇몇 병사를 기체에 매단 채 셔틀이 억지로 활주를 시작했다. 그때 핸드 캐논 포탄이 굉음과 함께 날아들었다. 조종석이 오렌지색 불꽃에 휩싸였다. 뜯겨 나간 팔이며 다리가 폭풍을 타고 허공을 어지러이 춤추었으며, 셔틀은 불덩어리가 되어 병사들 속으로 뛰어들었다. 병사들은 잡초처럼 휩쓸렸다. 솟아나는 피는 작열하는 바닥에 닿자마자 증기를 뿜으며 검붉게 눌어붙었다.

온통 붉은색이던 광경이 격변해 주위가 온통 새하얗게 물들었다. 가이에스부르크 요새의 핵융합로가 폭발한 것이다.

초고열 폭풍이 생존자들을 모조리 바닥에 내동댕이쳐 눈 깜짝할 사이에 죽은 자의 대열에 끼워 넣었다. 돌연 가이에스부르크 요새가 있었던 위치에 아찔한 빛 덩어리가 출현했다. 급속 이탈하는 동맹군 각 함대의 스크린은 입광량 조정 시스템의 모든 기능을 개방했으나 그 빛 덩어리를 직시할 수 있었던 사람은 아무도 없었다. 빛은 1분 이상이나 모든 이의 시신경을 침략하고 있었다.

폭발광의 마지막 여파가 사라지고 우주가 원초의 어둠으로 회귀하자, 스크린으로 눈을 돌린 양은 지휘 데스크에 앉은 채 군용 베레모를 벗어 패멸한 적에게 고개를 숙였다.

그는 지쳤다. 승리는 언제나 그를 지치게 했다.

VI

가이에스부르크 요새의 폭발은 상처 입고 지친 제국군에게 결정타가 되었다. 잔존병력 80퍼센트가량이 인공신성의 폭발에 휩쓸려 사령관과 운명을 함께했다. 살아남은 자들 중에도 부상을 면한 자는 거의 없었다.

나이트하르트 밀러의 몸은 폭발 충격으로 몇 미터 거리를 날아가 계기며 부품이 그대로 드러난 벽에 부딪친 후 바닥에 떨어졌다. 한순간 아득해지려는 의식을 열심히 붙들었다.

소리를 질러 군의관을 부르려 했으나 질식할 것 같은 괴로움이 가슴에 치밀 뿐이었다. 갈비뼈 네 개가 부러지면서 그 끄트머리가 폐를 찔러 호흡이 불가능했던 것이다. 소리를 낼 수가 없었다.

밀러는 격통과 호흡곤란을 견디며 깊이, 조용히 숨을 들이마셨다. 뼈 울리는 소리가 들리며 흉곽이 부풀어 오르고 갈비뼈가 맞붙었다. 폐가 압박에서 해방되어 중상을 입은 부사령관은 간신히 목소리를 낼 수 있었다.

"완치되려면 얼마나 걸리겠나?"

밀러는 얼굴에 여기저기 멍이 든 채 달려온 군의관에게 피로하지만 침착함을 잃지 않은 목소리로 물었다.

"부사령관님은 불사신이시군요."

"그거 좋은 말인걸. 내 묘비에 새겨놓고 싶어. 그래서, 완치되려면 얼마나 걸리겠나?"

갈비뼈 네 개 골절, 뇌진탕, 열상, 타박상, 찰과상, 그에 따른 출혈과 내출혈. 군의관은 이러한 증상들을 나열하더니 석 달은 걸릴 것이라 보증해주었다.

군의관은 그를 의무실로 옮기려 했으나 젊은 부사령관은 이를 거부했다. 결국 의료용 설비를 갖춘 침대가 함교로 운반되었다. 전자치료와 함께 극저온보존 혈액을 수혈받으며 진통제와 해열제 주사를 맞은 후에야 뮐러는 가이에스부르크를 탈출한 푸세네거 중장을 만날 수 있었다.

"켐프 사령관님은 어찌 되셨나?"

그 질문에, 온몸에 부상을 입은 푸세네거는 즉시 대답하지 못했다. 하지만 언젠가는 해야 할 말이었다.

"전사하셨습니다."

"전사……?!"

"켐프 사령관님께서 부사령관님께 전언을 부탁하셨습니다. 사과하고 싶다고……."

뮐러는 상대가 겁을 먹을 정도로 날카로운 침묵에 빠져 있었으나, 마침내 시트를 움켜쥔 채 신음과도 같은 목소리를 쥐어짰다.

"대신 오딘이시여, 지켜보소서! 반드시 켐프 제독의 원수를 갚겠나이다. 양 웬리의 목을 이 손으로 취하고 말겠나이다! 지금은 미력하여 놈과 너무나도 큰 차이가 있으나…… 몇 년 안으로, 반드시!"

이를 갈며 말을 멈춘 뮐러는 다소 침착함을 되찾고 부관을 침대 곁으로 불렀다.

"통신 스크린을 준비해주게. 아니, 화면은 됐네. 음성만 통하도록 해주면 되네."

고통에 찬 목소리는 억누를 수 있어도 중상을 입은 모습을 병사들에게 보여줄 수는 없었다. 아무리 호언장담을 해도 붕대를 칭칭 감은 지휘관을 본다면 병사들의 사기가 떨어질 것이다.

이윽고, 완패를 당한 제국군의 생존자들은 통신회로에서 흘러나오는 젊은 부사령관의 목소리를 들을 수 있었다. 그것은 힘차다고 할 수는 없었으나 이성과 의지로 넘쳐나는 명석한 목소리여서 그들의 절망을 희망 쪽으로 몇 걸음 되돌려주는 효과가 있었다.

『아군은 패하였으나 사령부는 건재하다. 사령부는 장병 전원을 살아서 고향으로 돌려보낼 것을 약속한다. 긍지와 질서를 지키며 정연한 귀환을 완수하자.』

고국을 떠날 때 1만 6000척을 헤아렸던 제국군은 20분의 1로 줄어 무참한 패주를 계속했다. 그나마 완전히 와해되지는 않은 채 집단으로서 질서를 유지할 수 있었던 것은, 병상에서 열심히 지휘를 내린 뮐러의 공적임은 의심할 나위가 없었다.

"전방으로부터 함정 다수 접근!"

그 보고에 볼프강 미터마이어 상급대장은 함교 스크린을 바라보았다. 그의 기함 '베어볼프'는 함대 선두에서도 가장 앞에 있었으며, 그 위치 자체가 그의 용맹함을 증명해주고 있었다.

임전태세가 갖추어지고 신호가 발신되었다.

『정선하라. 따르지 않을 경우 공격한다.』

화급한 1분이 이어지고, 그사이에 미터마이어는 전방 함정들이 패주하는 아군임을 깨달았다. 스크린에 확대투영을 명한 미터마이어는 그 무참한 모습에 자신도 모르게 신음소리를 냈다. 통신화면에 붕대를 칭칭 감은 전우 뮐러가 병상에 누운 채 나타나 사정을 설명하자, '질풍 볼프'는 어깨를 늘어뜨리며 탄식했다.

"켐프가 전사했단 말인가."

전우의 명복을 빌며 감았던 눈을 즉시 크게 뜨더니, 미터마이어는 온몸으로 날카로운 기운을 뿜어냈다.

"경은 귀환해 로엔그람 공작님께 복명하게. 켐프의 복수전은 우리에게 맡기도록."

통신을 끊고, 미터마이어는 부하들을 돌아보았다. 다른 제독들에 비해 작은 사령관의 몸이 이럴 때는 거한처럼 부하들을 압도한다.

"최대 전투속력으로 전진하라."

'질풍 볼프'는 그렇게 명령을 내렸다.

"뮐러를 쫓아오는 적 선두집단에 역습을 가한다. 급습해 일격을 가한 후 이탈한다. 그 이상의 전투는 무의미하다. 바이어라인! 부로! 드로이젠! 지시에 따라 움직이도록. 알았나!"

로이엔탈의 부관 에밀 폰 레켄도르프가 미터마이어의 말을 전하자 금은요동의 청년제독은 고개를 크게 주억거리더니 전우와 같은 명령을 내렸다.

"그래, 켐프가 전사했단 말이지."

그도 똑같이 중얼거렸으나, 표정과 어조는 미터마이어와 어딘가 미묘하게 달랐다. 오히려 매정해 보였다. 이유 없는 승리는 있어도 이유 없는 패배는 없다고 생각하는 로이엔탈이었다.

'켐프는 패할 만했기 때문에 패한 것이다. 동정의 여지는 없지.'

이제르론 요새는 동맹 건국제와 다곤 성역 회전 전승기념일을 동시에 맞은 듯한 환희와 소란에 빠졌다. 얼마 안 되는 샴페인을 요란스럽게 터뜨리고, 비전투원들은 피난소에서 집으로 돌아와 짐을 내려놓은 후 장병들을 마중하기 위해 다시 집을 뛰쳐나왔다. 카젤느와 쇤코프는 중앙지령실의 메인 스크린을 바라보며 포켓 위스키 한 병을 비웠다.

그러나 양은 아직도 집에 발을 들일 수 없었다. 추격을 금지했는데도 응웬 소장과 알라르콘 소장의 분함대 합계 5000척 이상이 패주하는 적을 쫓아 집요하게 진격하고 있었다. 그들은 통신이 완전히 회복되지 않은 상태에서 도주하는 적에게 달라붙어 그대로 급진해버린 것이었다. 그들을 데리고 돌아와야만 했다.

완전승리에 도취된 응웬과 알라르콘은 전방에 도사리고 있는 로이엔탈과 미터마이어의 존재를 아직 모른다.

제 9 장

결의와 야심

I

우주력 798년, 제국력 489년 4월에서 5월에 걸쳐 벌어진 이제르론 회랑 공방전은 전술로는 수많은 화제와 교훈을 후세에 남겼으나 전략으로는 그리 중요한 의미가 없는 것으로 평가된다. 그러나 이 공방전에서 제국군이 승리를 거두었더라면 그 후 인류사는 분명히 바뀌었을 것이며, 무엇보다도 율리안 민츠라는 인물이 사소하나마 역사에 처음으로 모습을 드러내기도 했다. 역시 역사상 간과할 수 있는 전투는 아니었다.

이 공방전의 마지막 장은 결과적으로 제국군의 명예를 일부 회복해주었다. 패자보다도 무질서하게 추격을 벌이던 응웬 반 티우, 산도르 알라르콘 두 소장의 함대는 정교함과 대담함이 절묘하게 조화를 이룬 적의 함정 한복판으로 뛰어들고 만 것이었다.

"배후에 적 출현!"

깜짝 놀란 오퍼레이터의 보고가 동맹군에게서 승리의 꿈을 앗아갔다. 응웬은 비명을 삼키며 지휘석에서 벌떡 일어났다. 회랑의 거의 천정·방향, 항행이 불가능한 위험지대 가까이 숨어 있던 제국군이 급강하하며 동맹군 배후를 차단한 것이다. 볼프강 미터마이어가 직접 지휘하는 최정예함대였다. 응웬이나 알라르콘이 패잔병인 줄 알고 추격했던 것은 그들을 함정으로 끌어들이기 위해 후퇴했던 미터마이어 함대 중 절반이었다.

"켐프의 원수를 갚겠다. 한 척도 놓치지 말고 없애버려라."

미터마이어는 명령을 내린다기보다 부하들을 선동하는 것 같았다. 이미 전술적인 승리를 목전에 둔 그는 자세한 지시보다도 자연스러운 활력에 맡기고 전투를 운영한 것이다.

동시에 바이어라인 중장이 지휘하던 분함대도 거짓 도주를 멈춘 후 반전하여, 정지하지 못하고 달려드는 추격자들을 향해 일제히 포문을 열었다.

그것은 마치 동맹군 함정이 스스로 빛의 벽 속에 뛰어드는 것과 같은 광경이었다.

고밀도 에너지 파동과 초합금 분자가 아광속의 상대속도로 충돌하고, 눈 깜짝할 순간이 지나기도 전에 승부가 결정 났다. 찢겨 나간 선체와 사방으로 흩어진 인체가 소리 없는 비명으로 공간을 가득 채웠다. 동맹군 함정 중 어떤 것은 증발하고 어떤 것은 폭발하고 어떤 것은 뜯겨 나가 우주를 춤추며 제국군 앞에 현란한 죽음의 태피스트리를 짜냈다.

이를 목격한 자는 너무나도 다채롭고 화려한 빛과 색의 난무에 할 말을 잃었다. 개중에는 아름다움과 선함 사이에는 원래 아무런 상관관계도 없다는 것을 깨달은 자도 있었으리라.

앞뒤에서 동맹군을 협공한 제국군은 거의 일방적으로 장송곡을 합창하고 있었다. 제1소절에선 과부하에 빠진 에너지 중화자장이 찢어지고, 제2소절에선 함체의 복합장갑이 꿰뚫렸으며, 제3소절에선 함 그 자체가 폭발해 조가弔歌는 끝을 맺었다.

"아래다! 천저天底 방향으로 도망쳐라!"

알라르콘이 절규했다. 동맹군의 함정은 머리 위에서 쏟아지는 가혹한 공격을 피해, 도주하든 반격하든 시간과 공간을 확보하기 위해 천저 방향으로 달렸다.

그러나 그것은 그들의 묘비가 설 좌표를 아주 약간 이동한 것에 불과했다. 그들의 앞길에는 미터마이어와 어깨를 나란히 하는 명장 오스카 폰 로이엔탈이 이제나저제나 기다리고 있었던 것이다.

모든 함정이 주포에 에너지를 충전한 채, 지휘관의 호령이 떨어지기만 하면 동맹군을 포화로 찢어발기겠다고 송곳니를 갈며 사냥감이 도래하기를 기다리고 있었다. 동맹군은 전의에 차 날카롭게 빛나는 제국군 눈앞에 마치 살육당하기를 바라듯 뛰어내린 셈이다.

"주포 일제사격 3연사, 실시!"

로이엔탈의 명령 아래 무자비한 포화가 동맹군의 함렬을 향해 날아갔다. 빛의 검이 그들을 찢고 부수어, 어떤 목적을 가지고 만들어졌을 금속과 비금속의 물체를 아무런 의미도 없는 수억 파편으로 바꾸어 허공에 흩뿌렸다.

낭패에 빠진 동맹군은 지휘체계를 잃은 채 무질서하게 도망치는 가축 무리로 변했다. 제국군은 숫자에서, 전술에서, 지휘관에서 우세했다. 필승의 패턴을 몸소 보여주는 것과도 같았다. 하지만 죽어가는 자는 이를 훗날의 교훈으로 삼지도 못한 채 궁지에 몰려 분쇄되고, 반딧불보다도 덧없는 빛줄기를 남기며 사라져갔다.

"이놈들이 정말로 양 웬리의 부하란 말인가? 암릿처에서 싸웠을 때는 이렇지 않았는데."

'질풍 볼프'가 오히려 쓸쓸하게 중얼거리고 있었다. 걸출한 총사령관을 잃으면 군대란 이렇게나 약해진단 말인가.

작렬하는 빛줄기 한가운데에서 응웬 반 티우 소장은 기함과 함께 이 세상에서 소멸했다. 여섯 줄기의 에너지 광선을 동시에 맞은 것이었다.

산도르 알라르콘 소장은 응웬보다도 오래 살았으나 기껏해야 5분 내지 10분 정도였다. 알라르콘의 기함은 광자 미사일에 직격당해 둘로 꺾이고, 함교가 있는 앞부분은 아군 순항함과 충돌해 폭발했다.

"새로운 적 함대 출현! 이번에는 다수! 1만 척이 넘습니다!"

그 보고가 날아들었을 때 전장에 살아남은 자는 거의가 승자뿐이었다. 미터마이어와 로이엔탈은 통신 스크린을 통해 이야기를 나누었다.

"들었나, 로이엔탈."

『양 웬리 본인께서 직접 납신 모양이로군. 어떡할까? 경은 싸우고 싶지 않나?』

"물론이지. 하지만 지금 싸워봤자 의미는 없어."

전황이 불리해지면 양은 이제르론 요새로 도망칠 것이며, 제국군의 전선과 보급선도 거의 한계에 달했다. 자연스럽게 적 주력이 도착하기 전에 후퇴해야 한다는 결론이 나왔다. 이 정도 승리로는 켐프와 밀러의 대패를 보상할 수 없겠지만, 상황을 무시하고 욕심을 낸다면 바람직한 결과는 기대하기 힘들다.

미터마이어는 가볍게 혀를 찼다.

"대군 정도가 아니라 요새까지 움직여 수천 광년을 원정 나왔는데 모조리 좌절되고, 양 웬리 한 사람의 이름만을 높여주었을 뿐이라니. 못해먹겠군."

『백 번 싸워 백 번 모두 이길 수는 없는 법. 로엔그람 공작께서도 그렇게 말씀하셨지. 양 웬리의 목은 언젠가 경과 내가 가져오도록 하세.』

"밀러도 탐내고 있을 걸세."

『호오, 이거 경쟁이 심해지겠는걸.』

믿음직한 웃음을 나누며 두 청년제독은 철수 준비에 착수했다. 함대를 1000척 단위 집단으로 편성해 한 집단이 물러나면 다음 집단이 그 배후를 지키는 형태로 질서정연하게 후퇴했다. 선두는 미터마이어가 통솔해 후퇴하는 모든 함정의 질서를 유지했으며, 후미는 로이엔탈이 지휘해 동맹군이 공격할 경우 역습을 가할 태세를 갖추었다. 그야말로 완벽한 철수였다.

이렇게 전함 히페리온으로 옮겨 탄 양 웬리가 메르카츠와 함께 도착했을 때, 그의 눈앞에 펼쳐진 것은 아군 함정의 잔해와 멀어져가는 광점 무리뿐이었다. 물론 양은 추격을 명하지는 않았다. 대신 생존자를 구출해 이제르론 요새로 귀환하도록 지시했다.

"봤니, 율리안?"

아마색 머리의 소년을 바라보며 양은 감탄이 섞인 어조로 말했다.

"이게 바로 명장이 싸우는 모습이란 거다. 명확한 목적을 세우되, 이를 달성하면 집착하지 않고 이탈하는 것. 장수라면 저래야지."

응웬이나 알라르콘에게는 그것이 없었다. 이 자리에서 그런 말을 입에 담지는 못하겠지만.

제국군, 아니, 정확히 말하자면 라인하르트 군에는 대체 얼마나 많은 인재가 있단 말인가. 여기에 붉은 머리의 효장 지크프리트 키르히아이스까지 살아 있었더라면 양에게 주어진 승리의 기회는 한없이 줄어들었을 것이 분명하다. 물론 그것은 그것대로 상관없는 일이었지만.

"그린힐 대위, 전 함대에 귀환 명령을 전해주게."

"예, 각하."

"그리고 율리안, 오랜만에 네 홍차를 마시고 싶구나. 끓여줄 수 있겠니?"

"물론이지요, 각하."

소년은 뛰어나갔다. 그 모습을 지켜보던 메르카츠가 조용하지만 심지 굳은 어조로 양에게 말했다.

"율리안 군은 참으로 대단하더군요."

그는 율리안이 제국군의 전법을 간파했던 사실을 소년의 미덥지 못한 보호자에게 알려 주었다.

"율리안이, 그랬단 말이죠······."

양은 군용 베레모를 벗고 검은 머리카락을 긁어댔다. 언제나 정리가 되지 않는 두발이 어느새 꽤 많이 자랐다. 사문관들에게는 군인답지 않은 헤어스타일이라느니 병사들처럼 박박 깎으면 어떻겠냐느니 하는 수준 낮은 비난도 들어보았다.

"메르카츠 제독님, 그거 아십니까? 저는 저 아이가 군인이 되기를 바라지 않습니다. 사실은 명령을 해서라도 말리고 싶을 정도예요."

"그건 민주주의 정신에 어긋나는 일이로군요."

메르카츠가 농담 삼아 한 말이라는 정도는 알고 있었으므로 양은 예의상 웃었다. 그러나 사실은 아픈 곳을 찔린 심정이었다.

양이 율리안의 진로를 인정할 수밖에 없는 날이 다가오고 있다. 그동안 일어난 수많은 사건들이 마치 이를 암시하는 것만 같았다.

II

행성 페잔의 수도에 밤이 찾아왔다. 밤이란 본래 어둠에 대한 두려움을 수반한 휴식시간이어야 하지만, 페잔 주민들은 소박한 원시인이 아니었으므로 밤에도 정력적으로 활동을 계속했다.

늦은 밤까지 환한 조명이 꺼질 줄 모르는 것은 란데스헤르 루빈스키의 저택도 마찬가지였다. 이런 시간에도 수많은 사람들이 드나들며, 이곳이 인류사회 중추 중 하나임을 말해 주고 있었다. 루빈스키는 신처럼 숭배받는 자도, 천사처럼 사랑받는 자도 아니지만, 역량을 갖춘 정치가로서 존경의 대상이 되기에는 충분했다.

그날 밤, 보좌관 루퍼트 케셀링크가 그의 서재를 방문했다. 그는 한 세기 이상에 걸쳐 같은 수치를 유지하고 있는 3자관계, 다시 말해 제국, 동맹, 페잔의 세력비가 마침내 변동했음을 보고했다.

"정확한 수치는 내일 나올 예정입니다만, 어림잡아서 제국 48, 동맹 33, 우리 페잔이 19 정도일 것입니다."

제국은 문벌귀족 세력이 거의 소탕되고 하급귀족이나 평민계급에서 인재가 등용됨에 따라 인사이동이 활발해지고 심리적 폐쇄감도 해소되고 있었다. 또한 귀족이 독점하던 부가 재분배되고 그에 따라 투자가 늘어나면서 경제가 활발하게 돌아가기 시작했다.

이런 현상이 한편으로는 구귀족의 곤궁을 초래했으나, 압도적 다수의 민중이 은혜를 입고 있으므로 사회문제로 발전하지는 않았다. 생활력이 없는 구귀족이 멸망하며 막을 내릴 뿐이었다.

반면 동맹은 눈을 의심할 만큼 처참하게 국력이 저하되고 있었다. 재작년에 참패를 맛본 암릿처 회전과 작년 내란이 주요 원인이었다. 군사력은 최근 2년도 되지 않는 기간 동안 3분의 1로 격감했다. 하지만 그보다도 심각한 문제는 따로 있었다. 바로 사회유지 시스템이 현저히 쇠약해졌다는 것이다. 각 분야에서 사고발생률이 상승하고, 시민의 신뢰도가 하락했다.

여기에 소비물자에 대한 압박감이 더해졌다. 생산량 감소, 품질 저하, 가격 상승의 삼박자가 골고루 갖추어져 파멸로 가는 내리막길을 굴러떨어지고 있는 상황이었다.

"암릿처에서 참패하지만 않았더라도 동맹 국력이 이 정도까지 추락하지는 않았을 것입니다. 이제르론을 점령한 시점에서 그들은 평화공세로 나섰어야만 합니다. 그랬더라면 제국 내 구세력과 신세력을 교묘히 움직여 외교성과를 유리하게 이끌어낼 수도 있었을 것입니다. 그런데도 승산 없이 군사행동을 일으켰다가 이런 추태를 보이다니……. 이 정도로 어리석으면 범죄나 마찬가지입니다."

게다가 제국과 대립이 이어지고 있는 이상 군사지출을 삭감할 수도, 군대를 줄일 수도 없다. 현재 동맹 경제가 가장 위험한 이유는 바로 그 점이었다. 이런 곤경 속에서도 동맹은 GNP의 30퍼센트 이상을 국방비에 쏟아야 하는 것이다.

국가가 평화로울 때 GNP 대비 국방비 비율은 18퍼센트가 한계라고 한다. 전시의 경우, 패전 직전의 교전국은 이 비율이 100퍼센트를 넘기도 한다. 과거에 쌓아두었던 것을 갉아먹고 있다는 뜻이다. 소비가 생산을 웃도니 경제는 빈혈을 일으켜 죽음에 이를 수밖에 없다.

"동맹이 부디 이렇게 되어주었으면 할 따름입니다. 그들의 국가경제가 파산에 이른다면 우리 페잔은 동맹을 완전히 차지할 수 있습니다. 그리고 그 권익을 제국이 인정할 때, 우주는 사실상 페잔의 통일 지배에 놓이는 것과 마찬가지입니다."

루빈스키는 젊은 보좌관의 열변에 아무런 대답도 하지 않은 채 자료만 바라보고 있었으나, 마침내 입을 열었다.

"아무튼 체스말을 많이 확보하도록. 그 가운데에서 쓸 만한 자를 남겨 두면 되는 것이니까."

"명심하고 있습니다. 쓸 수 있는 책략은 모두 동원했으니, 안심하십시오. 헌데 제국군 과학기술총감 샤프트는 어떻게 하시겠습니까?"

"어떻게 하면 좋을지, 자네의 의견을 들어보세."

질문이 되돌아오자 젊은 보좌관은 지극히 명쾌한 태도로 대답했다.

"이미 그는 쓸모가 없습니다. 우리에 대한 요구도 커지고만 있으니, 이참에 버리는 것이 마땅하다 봅니다."

그는 한 차례 입을 다물었으나 란데스헤르의 표정을 관찰하고는 결심을 굳혔는지 다시 입을 열었다.

"예의 서류가 자연스럽게 제국 사법성 관계자에게 흘러 들어가도록, 사실은 이미 준비를 해 두었습니다. 각하의 재가가 떨어지는 대로 실행에 옮길 예정입니다만."

"좋아, 즉시 그리 수배하게. 폐물은 얼른 흘려버려야 하수도가 막히지 않는 법이지."

"알겠습니다."

명령하는 자나 받는 자나 샤프트를 인간으로 보지 않는 모양이었다. 이용가치를 잃은 상대에 대한 잔혹함은 차라리 아름다울 정도였다.

"그 건은 그렇게 하면 마무리되겠군. 헌데 내일이 자네 어머님의 기일 아니던가? 쉬어도 좋네."

란데스헤르의 갑작스런 말에 젊은 보좌관은 한쪽 뺨만을 치올려 웃었다. 의도한 것이 아니라 그의 버릇인 모양이었다.

"이거, 각하께서 사생활까지 배려를 해 주시니 몸 둘 바를 모르겠습니다."

"당연한 것 아닌가……. 자기 피를 물려받은 상대라 생각하면."

케셀링크의 상체가 슬쩍 흔들렸다.

"……알고 계셨습니까?"

"자네 어머니에게는 몹쓸 짓을 했다고 생각하고 있네."

란데스헤르와 보좌관 —— 아버지와 아들은 서로를 바라보았다. 두 사람의 표정에는 부자父子의 애정이라 하기에는 지극히 메마른 것이 어려 있었다.

"마음에 두고 계셨군요."

"물론이지. 언제나……."

"그 말씀을 듣는다면 어머님도 저세상에서 기뻐하실 겁니다. 대신 감사를 드립니다. 하오나 사실 마음에 두실 필요는 없을 겁니다. 하루하루 끼니조차 해결하지 못하던 빈민가 여식과 우주 경제 몇 퍼센트를 쥔 부호의 여식. 저도 각하와…… 예, 각하와 같은 선택을 했을 테니까요."

루빈스키의 아들은 먼 곳을 보고 있었으나, 그것도 2초 남짓한 시간에 불과했다.

"……헌데, 대학원을 갓 나온 애송이에 불과한 저를 보좌관이라는 중직에 임명하신 것은 어디까지나 부자지간의 정 때문이었습니까?"

"그렇게 생각하나?"

"그렇게 생각하고 싶지 않습니다. 저는 제 능력에 다소 자신을 가지고 있으므로 그 점을 사 주신 것이라 믿고 싶습니다."

루빈스키는 당당하게 말하는 아들의 모습을 감정 없는 눈으로 보았다.

"자네는 나와 내면을 닮은 모양이로군. 외견은 어머니를 닮았지만……."

"고맙습니다."

"페잔의 원수 자리는 세습되지 않는다. 나의 후계자가 되려면 핏줄이 아니라 실력과 인망이 필요하지. 시간을 들여 이를 함양하도록."

"명심하겠습니다."

루퍼트 케셀링크는 고개를 숙였으나, 그것은 아버지의 시선으로부터 표정을 감추기 위함이었을지도 모른다. 하지만 그 행동은 동시에 그 또한 아버지의 표정을 보지 못하는 결과를 낳았다.

이윽고 루퍼트 케셀링크는 아버지이자 자치령주의 곁을 떠났다.

"실력과 인망이라? 흥……."

루빈스키의 아들은 아버지의 저택을 올려다보며 불손하게 중얼거렸다.

"그것을 손에 넣기 위해 당신은 수많은 무리를 하셨겠지요, 란데스헤르 각하. 자신은 시간을 들이지 않았으면서 제게는 그리하란 말씀입니까? 모순이지요. 잊지 마시길. 저는 당신의 아들입니다."

랜드카를 타고 멀어져가는 아들의 모습을 루빈스키는 모니터 TV의 화면을 통해 지켜보고 있었다. 그는 하녀를 부르지 않고 자기 손으로 드라이 진과 토마토 주스를 섞어 '블러디 캐서린'을 만들었다. 붉은 액체가 글라스 가득 넘실거렸다.

"루퍼트는 날 닮았지……."

다시 말해 야심도 패기도 차고 넘칠 것이며, 아울러 목적이 수단을 정당화한다고 믿고 있다는 뜻이다. 냉정하게 사고하고 계산해, 필요하다면 주저하지 않고 목적으로 가는 최단 루트를 따라 장애물을 배제할 것이다.

그처럼 위험한 인물은 멀리 두어 자유로이 행동하게 하는 것보다는 가까이에서 감시해야 한다. 그렇기 때문에 루빈스키는 그를 보좌관으로 임명한 것이다.

어쩌면 루퍼트의 자질은 아버지를 능가하고 있을지도 모른다. 그러나 20년 이상의 경험 차이란 재능만으로는 쉽게 메울 수 없는 것이다. 그것을 메우기 위해 루퍼트는 엄청난 노력을 기울여야만 하리라. 그 결과 그가 무엇을 손에 넣을지는 아직 아무도 모른다.

III

겨우 700척 남짓한 숫자로 줄어든 이제르론 회랑 파견군은 로이엔탈과 미터마이어 두 제독의 보호를 받으며 제국 수도 오딘으로 귀환했다. 총사령관 켐프 대장을 잃고, 가이에스부르크 이동요새를 잃고, 1만 5000척 이상 함정과 180만 명 이상 장병을 잃은 무참한 귀환이었다.

과거의 제국군이라면 몰라도, 라인하르트나 그 휘하 부하가 이만큼 일방적인 패배를 겪은 사례는 없었다. 암릿처에서 비텐펠트 제독이 겪은 패배도 커다란 승리 속 작은 상처에 불과했다. 미터마이어와 로이엔탈은 지나치게 바짝 따라온 적에게 호되게 역습을 가해 전술의 묘를 보여주었으나, 작전 전체의 실패를 회복할 수는 없었다.

모두들 예상했다. 로엔그람 공작의 상처 입은 긍지가 벼락이 되어, 염치없이 생환한 부사령관 나이트하르트 뮐러의 머리 위에 떨어지리라고.

당사자인 뮐러는 피가 밴 붕대를 머리에 감은 모습으로 원수부에 출두해 라인하르트 앞에 무릎을 꿇고 사죄했다.

"소관은 각하로부터 대명을 받았는데도 임무를 다하지도, 사령관 켐프 제독을 구하지도 못한 채 수많은 병력을 잃고 적에게 승리만을 안겨 주었습니다. 이 죄는 만 번 죽어 마땅하오나, 염치없이 살아 돌아온 것은 자초지종을 각하께 보고하고 처분을 기다리고자 짧은 소견으로나마 생각했기 때문이옵니다. 패전한 죄는 모두 소관에게 있으므로, 부하들에게는 부디 관대한 조치를 내려 주시기를 부탁드리옵니다……."

다시 한 번 깊이 고개를 숙였을 때, 머리의 붕대에서 붉은 것이 배어 나오더니 뺨을 타고 흘러내렸다.

라인하르트는 패전지장을 한동안 싸늘한 눈으로 응시하고 있었으나, 숨을 멈추고 바라보던 측근들 앞에서 마침내 입을 열었다.

"경에게는 죄가 없다. 한 번의 패전은 한 번의 승리로 갚으면 되는 법. 먼 원정길에 노고가 많았다."

"각하……."

"나는 이미 켐프 제독을 잃었다. 여기서 경마저 잃을 수는 없다. 상처가 완쾌할 때까지 정양하라. 그리한 후 현역에 복귀할 것을 명하겠다."

뮐러는 한쪽 무릎을 꿇은 채 더더욱 깊이 고개를 숙였으나, 갑자기 몸이 앞으로 기우뚱하더니 그대로 바닥에 쓰러졌다. 오랜 기간에 걸친 심신의 고통과 압박을 견뎌내다 긴장이 풀린 순간 실신한 것이었다.

"속히 병원으로 호송하라. 그리고 켐프는 승진시키겠다. 상급대장 칭호를 내려라."

라인하르트가 명하자 그의 친위대장이 된 키슬링 대령이 부하에게 눈짓해 밀러를 병원으로 옮겼다. 그제야 사람들은 안도했으며, 젊은 주군이 도량 넓은 사람이라는 사실에 기뻐했다.

사실 라인하르트는 부하가 참패하였음을 알고 처음에는 격노하였다. 전황이 불리해져 어쩔 수 없이 후퇴할 수는 있다고 해도 모든 병력의 90퍼센트를 잃으리라고는 예상치 못했던 것이다. 그가 처음 이 소식을 들었을 때는 포도주잔을 바닥에 내던지고 서재에 틀어박혔다.

그는 원래 밀러를 엄벌에 처할 생각이었다. 그러나 가슴의 펜던트가 거울에 비쳤을 때, 그는 죽은 지크프리트 키르히아이스를 떠올렸다. 암릿처 회전에서 실패를 거둔 비텐펠트를 용서하도록 진언했던 키르히아이스. 그가 만약 살아있었더라면 밀러도 용서하도록 라인하르트에게 부탁했을 것이 분명했다.

"……그래. 밀러 같은 사내는 얻기 힘들지. 무익한 싸움으로 죽게 하는 어리석은 짓은 관두겠어. 그러면 되겠지, 키르히아이스?"

그렇게 라인하르트는 밀러에게 관용을 보였으나, 과학기술총감 샤프트 기술대장에게는 완전히 태도가 달랐다. 그는 샤프트를 불러내자마자 규탄하는 태세를 보였다.

"변명이 있다면 들어보겠다."

샤프트는 자신만만하게 응했다.

"주제넘은 말씀이오나, 각하. 저의 제안에는 오점이 없었사옵니다. 작전 실패는 통솔과 지휘를 맡았던 자들 책임이 아닌지요?"

밀러조차 용서받지 않았느냐고 말하고 싶은 모양이었다.

미모의 제국재상은 나직한 냉소로 그에게 대답했다.

"함부로 혀를 놀리지 마라. 누가 경에게 패전의 죄를 묻겠다고 하였는가? 케슬러! 이리 와서 이놈에게 자신의 죄상을 가르쳐 주도록."

군화 소리와 함께 한 장성이 나타났다. 올해부터 헌병총감 겸 제도방위 사령관에 임명된 울리히 케슬러 대장이었다.

그는 날카로운 얼굴을 과학기술총감에게 향하더니, 주눅 든 상대에게 엄격한 태도로 말했다.

"샤프트 기술대장, 경을 수감하겠소. 죄상은 뇌물 수수 및 공금횡령, 탈세, 특별 배임, 군사기밀 누설이오."

이미 억센 헌병 여섯 명이 샤프트 주위에 위압적인 제복의 벽을 만들고 있었다.

과학기술총감의 얼굴이 화산재를 바른 듯한 색으로 변했다. 그것은 누가 보더라도 누명에 대한 공포가 아니라 감추었던 사실을 폭로당했기 때문이었다.

"증거는……."

그렇게 말하려 했으나 허세도 그것이 한계였다. 헌병이 좌우에서 팔을 붙들자, 그는 의미도 알아들을 수 없는 비명을 지르며 발버둥쳤다.

"끌고 나가!"

케슬러가 명령했다.

"쓰레기 같은 놈!"

멀어져가는 비명을 들으며 라인하르트는 혐오를 담아 내뱉었다. 푸른 얼음빛 눈동자에는 한 점 동정도 맺혀 있지 않았다. 그는 퇴실하려는 케슬러 대장을 다시 부르더니 한 가지 명령을 내렸다.

"페잔의 고등판무관 사무소에 대한 감시를 강화하라. 이 내용을 놈들이 눈치 채도 상관없다. 그 사실 자체가 놈들에 대한 견제가 될 테니까."

페잔은 쓸모가 없어졌기 때문에 샤프트를 버린 것이다. 그 사실을 통찰하는 것은 라인하르트에게 그리 어려운 일이 아니었다. 기왕 계기가 주어졌으니 그는 과학기술총감부의 썩고 낡은 피를 재수혈하기로 한 것이다.

그러나 딱히 페잔의 동향을 간과한 것은 아니었다. 샤프트가 쓸모없어졌다는 것은 페잔이 소정의 목적을 달성했거나 혹은 다른 루트를 개발했거나 둘 중의 하나이리라. 어느 쪽이든 얻을 것이 있었기 때문에 한쪽으로는 폐물을 처리한 것이다.

"페잔의 배금주의자 놈들, 무슨 꿍꿍이인지……."

불안은 없었으나 수상쩍은 마음은 씻어낼 수 없었다. 또한 페잔의 계획이나 음모가 성공하도록 가만히 내버려두는 것 또한 그리 유쾌한 일은 아니었다.

IV

칼 구스타프 켐프 '상급대장'의 집을 찾아가 그의 죽음을 가족에게 전하는 역할은 제국군 통수본부차장 에르네스트 메크링거 대장에게 주어졌다. 예술가이기도 한 메크링거는 충분한 각오와 함께 그 임무를 수행했다. 하지만 참다못한 부인이 눈물을 쏟고, 여덟 살 된 장남이 열심히 어머니를 위로하는 광경을 보니 마음이 위축될 수밖에 없었다.

"엄마, 엄마, 울지 마세요. 아빠의 원수는 제가 꼭 갚을 테니까. 양이라는 놈을 제가 꼭 해치울 거예요."

"해치울 거야!"

의미도 잘 모르면서 다섯 살 난 동생이 형을 따라 했다.

메크링거는 더 견딜 수 없어 켐프의 집을 떠났다. 켐프는 상급대장으로 승진해 제국군장으로 장례를 치르게 되었으며, 훈장도 다수 받았다. 유족이 생활에 어려움을 겪는 일은 절대로 없을 것이다. 그러나 그 어떤 영예와 보상을 준다 해도, 메울 수 없는 것은 분명히 존재하는 법이다.

라인하르트의 마음에 메울 수 없는 공동이 있다는 것은 힐데가르트 폰 마린도르프도 잘 아는 사실이었다. 어려운 일이기는 하지만, 이를 메우지 않을 경우 라인하르트의 인격이 결국 붕괴되는 것은 아닐까 하는 위기감마저 들었다.

어느 날 점심식사 자리에서 젊은 금발의 제국원수가 말을 꺼냈다.

"빼앗든 자기 손으로 구축하든, 시조始祖는 칭송을 받을 자격이 있지. 이는 당연한 이치야."

그 점은 힐다도 동감했으므로 고개를 끄덕였다.

"……그러나 자신의 실력이나 노력이 아니라 단지 상속으로 권력과 부와 명예를 손에 넣은 자가 무엇을 주장할 권리가 있단 말인가? 놈들에게 허용되는 것이라곤 실력 있는 자에게 자비를 구걸할 길뿐이지. 얌전히 역사의 파도에 휩쓸려 사라져가는 것이야말로 유일한 선택이 아닐까? 혈통으로 유지되는 왕조 따위, 존재 자체가 역겨워. 권력은 당대에 그쳐야지, 물려주어서는 안 돼. 빼앗길 대상일 뿐이지."

"하오면 재상 각하께서는 지위와 권력을 자손에게 승계시키지 않으실 생각이십니까?"

젊은 제국재상은 누가 느닷없이 등 뒤에서 고함을 지르기라도 한 듯한 표정으로 힐다를 바라보았다. 자신이 아버지가 된다는 상상은 이 젊은이에게 너무나도 의외였던 것이 틀림없다. 그는 힐다에게서 시선을 돌리더니 무언가 생각에 잠겼으나, 이내 입을 열었다.

"내 뒤를 잇는 자는 나와 같거나 그 이상의 능력을 가진 자여야 해. 그리고 굳이 내가 죽은 후가 될 필요도 없지……."

그렇게 말했을 때 라인하르트의 수려한 얼굴에서 푸르스름한 미소가 번뜩였다가 사라졌다. 그것을 보고 힐다가 연상한 것은 냉기 속에 난무하는 다이아몬드 더스트의 광채였다. 눈부실 정도로 아름다우나, 밝지도 따뜻하지도 않은, 미세한 얼음의 안개.

"……나를 뒤에서 찔러 모든 것을 손에 넣을 수 있다고 생각하는 자는, 실행해도 좋아. 단, 실패했을 때 어떤 결과가 나타날지 그 점에 대해서는 충분한 상상력을 발휘해 주었으면 좋겠군."

거의 음악과도 같은 울림을 띤 목소리로 말했는데도 라인하르트의 말에는 듣는 자가 오싹해지는 무언가가 있었다. 말을 마친 라인하르트는 로제와인을 비웠다. 붉은 머리 벗을 잃은 이래 그는 눈에 띄게 주량이 늘었다.

힐다는 침묵을 지켰다. 금이 간 무기질 가면 밑에서 라인하르트의 고독을 엿본 기분이 들었다. 분신이라 불러 마땅할 존재였던 지크프리트 키르히아이스를 잃고 누이 안네로제가 떠난 후로, 세월과 마음을 공유할 상대를 아직까지도 얻지 못한 라인하르트였다. 유능하고도 충실한 부하들은 있으나 그들에 대해 라인하르트는 어딘가 마음을 닫고 있었다. 그것을 바람직하다고 보는 자도 있다. 오베르슈타인이다.

오베르슈타인에게 필요한 것은 그의 구상과 권모술수를 정에 휩쓸리는 일 없이 정밀기계처럼 정확하게 실행해줄 인물이리라. 극단적으로 표현하자면 오베르슈타인에게는 라인하르트도 도구에 불과한 것이 아닐까? 그 '도구'가 우주를 정복하고 인류사회를 통일하고 권세와 영화의 정점에 서는 모습을 오베르슈타인은 만족스럽게 지켜볼 것이 틀림없다. 그 만족감은 완벽한 기교를 다해 작품을 완성한 예술가의 마음과 그리 다르지 않을 것이다. 라인하르트라는 비할 데 없는 화필을 휘둘러, 시간과 공간이 이루어내는 광대한 캔버스에 화가 오베르슈타인은 장려한 역사화를 그려내는 것이다.

누이 안네로제와 죽은 지크프리트 키르히아이스를 향한 라인하르트의 마음은 오베르슈타인에게는 기피해 마땅한 것이리라. 오베르슈타인의 의안에 그것은 패자覇者에게 바람직하지 못한 유약함으로 비칠 것이다.

"군주는 신하에게 공포와 외경의 대상이어야 한다. 친애의 대상이어서는 안 된다."

그렇게 주장한 고대의 사상가가 두 사람 있다는 것을 힐다는 대학에서 배웠다. 이름은 분명 한비자韓非子와 마키아벨리였다. 수천 년의 시공을 넘어 오베르슈타인은 그 사상의 충실한 실천자가 되기를 바라고 있는 것일까? 아마도 그는 역사상 전무후무한 패자를 이 은하계에 탄생시킬 것이다. 그러나 반면, 다정다감했던 한 젊은이의 감성을 파멸시키고말지도 모른다. 새로운 패자의 출현이 결국 루돌프 대제의 확대재생산을 의미한다면 그것은 라인하르트 개인의 불행으로만 그치지 않고, 인

류 전체에 대해서도, 역사에 대해서도 불행이 되지 않을까?

힐다는 가벼운 두통을 느꼈다. 여기에는 한 줄기 전율이 스며들어 있었다. 자신이 오베르슈타인을 상대로 싸우게 될지도 모른다는 생각이 그 전율을 불러일으킨 것이었다.

'피할 수 없는 싸움이라면, 싸워서 이겨야지.'

힐다는 자신의 결의를 확인했다. 라인하르트는 '루돌프 2세'가 되어서는 안 된다. 라인하르트는 라인하르트 자신이어야만 한다. 결점이나 약점도 포함해서 라인하르트가 라인하르트 자신으로 있는 것만큼 귀중한 일이 과연 어디 있을까?

"결의는 훌륭하지만, 힐데가르트 폰 마린도르프⋯⋯."

떡갈나무로 장식된 고풍스러운 거울에 가볍게 상기된 그녀의 얼굴이 비치고 있었다. 활력과 지성으로 넘쳐나는 청록색 눈동자를 향해, 자택에 돌아온 그녀는 진지하게 물었다.

"승산은 있을까? 결의만으로 이길 수 있다면 그 누가 고생을 하겠어? 그래, 그의 누님 그뤼네발트 백작부인을 뵐 기회를 만들어 보자. 아아, 하지만 키르히아이스 제독이 건재하다면 나 따위가 주제넘게 나설 필요도 없을 것을."

힐다는 짧게 자른 거무스름한 금발을 늘씬한 손가락으로 쓸어 올렸다. 죽은 자를 저승에서 불러낼 수는 없다. 그러나 젊어서 떠난 붉은 머리 젊은이는 앞으로 얼마나 많은 사람들에게 똑같은 탄식을 자아낼 것인지.

"키르히아이스가 살아있었더라면!"

힐데가르트 폰 마린도르프의 사촌동생 하인리히 폰 큄멜 남작은 천장이 달린 호화로운 침대에 누워 있었다. 미열과 식은땀이 끊이질 않아 그 날만 해도 열 장 이상 침대 시트를 교환해야만 했다. 침대 곁에 앉아 있던 시녀가 젊은 주인의 마음을 달래주기 위해 시집을 낭독하고 있었다.

"……나의 마음에 날개는 없을지언정…… 중력의 손아귀를 벗어나…… 대공을 비상하노니…… 버림받은 모성母性은 오래전 신록에 물들었으나…… 이제는 새소리도 끊어져……."

"됐다! 물러가라."

날카롭지만 힘없는 목소리로 명하자 시녀는 황송해하며 시집을 덮고 인사도 하는 둥 마는 둥 방을 나갔다. 하인리히는 건강한 자에 대한 풀 길 없는 증오를 담아 닫힌 문을 노려보았다. 그것만으로도 피로가 느껴져 호흡을 가다듬어야 했다.

한동안 하인리히는 열에 들뜬 눈을 벽의 거울로 향했다. 뺨은 열이 올라 붉은 기운을 띠고, 땀자국이 목덜미에서 가슴으로 이어지고 있었다.

자신은 이제 오래 버티지 못하리라고 큄멜 남작가의 어린 당주는 생각했다. 열여덟 살인 오늘날까지 살아있는 것이 신기할 정도였다. 어릴 적에는 밤을 맞을 때마다 다음 날 아침에 햇빛을 볼 수 있을까 하는 공포에 심신이 짓눌렸다.

죽음 그 자체에는 이제 그리 두려움이 없었다. 그러나 죽은 후 사람들의 기억에서 자신의 모습이 사라져갈 것이 두려웠다. 죽은 후 1년만 지나면 저택의 시종들도 친족들도, 아름답고 총명한 사촌누이 힐다마저도 하인리히라는 허약한 젊은이에 대해서는 모두 잊어버리지 않을까.

대체 자신은 무엇을 위해 살았던 것일까. 하인의 손을 빌려 식사와 세수를 하고, 의사에게 치료비를 지불하고, 침대 천장을 바라보며 짧은 생애를 마치는 것인가. 이 세상에 아무것도 낳지 못한 채, 이 세상을 살았다는 증거를 남기지 못한 채 허무하게 사라지고 말아야 한단 말인가. 세상에는 그와 같은 열여덟 살에 제독이 되어 스무 살에 원수가 되고 스물두 살에 제국재상의 자리에 올랐으면서도 더더욱 무한한 미래로 향해 나아가는 자도 있는데. 왜 그는 불공평한 운명의 쐐기에 꿰인 채 죽어야만 한단 말인가.

땀으로 축축해진 베개에 하인리히는 여위고 창백한 뺨을 짓눌렀다. 이대로는 죽지 않는다. 이대로는 죽을 수 없다. 무언가 한 가지를 이룩한 후에야, 살아있다는 증거를 역사 위에 남긴 후에야 그는 만족하고 죽을 수 있을 것이다.

켐프의 제국군장이 치러진 날 저녁, 볼프강 미터마이어는 백포도주한 병을 들고 전우 오스카 폰 로이엔탈의 독신 관사를 찾아갔다. 로이엔탈은 무언가를 생각하던 모양이었으나 기꺼이 그를 거실로 맞이해 잔을 내왔다. 방문객 쪽은 술을 마시며 세상 이야기나 나눌 생각이었으나, 주인은 기묘하게도 취기가 돌았는지 놀라운 소리를 입에 담았다.

"들어봐, 미터마이어. 귀족 놈들을 타도하고 자유행성동맹을 멸망시킨 후 우주를 손에 넣는 것은 로엔그람 공작과 우리들의 공통된 목적이며, 공통된 작업이라고 나는 생각했어. 예전에는 말이야……."

"그럼 아니란 말인가?"

"요즘은 그런 생각이 들어. 부하란 그분께 편리한 일회용 도구에 불과할지도 모른다고 말일세. 지크프리트 키르히아이스는 물론 별개였지.

338

그 외의 부하는 공작님께 아무래도 상관없는 존재가 아닐까? 켐프를 봐. 난 딱히 켐프를 동정하지는 않네만, 무익한 싸움에서 말 그대로 소모품처럼 버림받은 것과 마찬가지일세."

"허나 공작님은 켐프의 죽음을 애석해하고, 패전했는데도 상급대장으로 특진시키셨잖나. 그리고 유족에게는 충분한 연금이 주어지게 되었다지."

"그 점 말인데, 이렇게 생각할 수도 있지 않을까? 켐프는 죽었다. 죽은 자에게는 눈물과 명예를 주면 그것으로 끝난다. 하지만 산 자에게는 좀 더 실질적인 것을…… 권력이니 부 같은 것을 주어야만 한다. 그분이 과연 그럴 수 있을까, 나는 의심하는 거야."

미터마이어는 포도주 취기에 달아오른 얼굴을 한 차례 흔들고 반론했다.

"이봐, 경은 그렇게 말하지만 작년 가을에 지크프리트 키르히아이스가 그처럼 죽고 공작님께서 허탈해하셨을 때, 공작님이 반드시 일어나야 한다고 했던 것은 경이었잖나. 그건 본심이 아니었단 말인가?"

"본심이었고말고. 그때는."

로이엔탈의 금은요동이 좌우에서 다른 빛을 뿜어냈다.

"그러나 나는 태어났을 때부터 올바른 판단과 선택만을 해오며 살아온 것은 아닐세. 아직은 그렇지 않지만, 언젠가 그 선택을 후회할 날이 올지도 몰라."

로이엔탈이 입을 다물자 무거운 침묵이 보이지 않는 감옥이 되어 두 청년제독을 가두었다.

마침내 미터마이어가 말했다.

"듣지 않은 것으로 해두겠네. 그런 말은 함부로 입에 담지 않는 것이 좋겠어. 오베르슈타인 귀에라도 들어갔다간 숙청 대상이 될 수도 있으니. 로엔그람 공작님은 당대의 영웅이야. 우리는 그분의 손발이 되어 움직이고, 그에 합당한 은상을 받으면 그만일세. 나는 그렇게 생각하네만."

이윽고 전우가 물러가자 로이엔탈은 혼자 소파에 앉아 중얼거렸다.

"흥, 내가 또 이런 소리를……."

금은요동에 쓸쓸한 빛이 머물러 있었다. 이전에 어머니에 관해 말했던 것도 그러했으나, 술이 들어가면 로이엔탈은 미터마이어에게 지나치게 많은 이야기를 쏟아놓곤 했다. 하물며 이번에는 그의 마음속에서 제대로 숙성되지도 않은 생각을 과장해 이야기하고 말았다. 그것은 작년에 라인하르트에게서 '자신과 각오가 있다면 도전하라.'라는 말을 들은 이래 가슴 밑바닥에 침전되어 있던 마음이었다.

로이엔탈은 검고 푸른 눈동자를 창밖으로 돌렸다. 어스름이 천천히 내려앉고 있었다. 이제 곧 사람들의 머리 위로 금분을 흩뿌려놓은 암청색 천장이 내려앉을 것이다.

'우주를 손에 넣는다…….'

마음속으로 말해보았다. 현재 인류의 능력과 실적으로 보자면 과장된 말이지만, 기묘하게도 피가 끓는 무언가가 있는 것 같았다.

과거 라인하르트 폰 로엔그람은, 그의 젊은 주군은 지크프리트 키르히아이스에게 그렇게 말했다고 한다. 루돌프 대제가 할 수 있었던 일을 내가 못 하겠느냐고. 그것을 부연하자면 자신도, 오스카 폰 로이엔탈도 그렇게 말할 자격이 있는 것 아닌가. 로엔그람 공작이 바라는 일을 내가 바랄 수 없겠느냐고. 그는 아직 서른한 살이었다. 지위는 은하제국군 상급대장. 원수의 자리는 손이 닿는 곳에 있다. 루돌프 대제가 서른한 살이었던 당시보다도 훨씬 최고권력의 자리에 가까운 셈이다.

어찌 됐든 이것은 매우 불온한 말이었다. 미터마이어가 남에게 누설하는 일은 절대 없겠지만, 내일이라도 농담으로 얼버무려놓을 필요가 있을지도 모른다.

한편 귀가하던 미터마이어는 산미酸味가 지나치게 강한 커피를 마신 듯한 기분이었다. 기억이 사라지지 않는 이상 로이엔탈의 발언은 술 탓이라고 생각하고 싶었으나, 자신을 속일 수는 없었다. 새로운 시대란 새로운 불화를 가져오는 시대일까. 그렇다 쳐도 하필이면 둘도 없는 친구 로이엔탈이 주군에게 그렇게나 불만과 불신을 품고 있었을 줄이야. 그것이 직접 파국으로 이어지지는 않는다 해도, 가령 오베르슈타인 같은 자의 눈에 띌 만한 행위는 삼가는 편이 좋을 텐데도.

'내가 단순한 것일까?'

미터마이어는 생각했다. 그는 우둔한 인물은 아니었으나, 전장에서 적을 쓰러뜨리는 것 외에는 그다지 두뇌를 쓰고 싶지 않았다. 아군끼리 벌이는 권력투쟁 따위 역겹기 짝이 없었다.

문득 그는 적에 대해 생각해보았다. 그들에게도 고민은 있을까? 양 웬리라는 사내는 지금쯤 무엇을 하고 있을까? 전승 축하 파티에서 미녀의 손을 잡고 춤이라도 추고 있지는 않을까…….

V

미터마이어의 상상은 빗나갔다.

자유행성동맹을 또다시 존망의 위기에서 구해낸 영웅은 재채기를 연발하며 침대에 누워 있었다. 아마도 과로에서 비롯된 것일 테지만, 근절이 불가능한 병 —— 감기에 걸린 것이다. 물론 이를 다행으로 생각하는 면도 있었다.

그는 전승축하 파티도 카젤느, 프레데리카 그린힐, 쉰코프, 메르카츠 같은 간부들 손에 맡긴 채 관사에 돌아와 침대에 틀어박히고 말았다. 준위 승진이 내정된 율리안이 곁에 붙어 있었다. 율리안은 첫 출전에 이어 이번 일련의 전투에서도 적기를 격추했으며, 무엇보다도 제국군 작전을 간파했기 때문에 상관들의 추천을 받은 것이다. 반면 양 자신은 고급장교 인사의 균형 때문에 이번에도 원수로 승진하지는 못하고 훈장만 받게 되었다.

"핫 펀치를 만들어 올게요. 와인에 벌꿀과 레몬과 뜨거운 물을 탄 거예요. 감기에는 이게 최고죠."

"벌꿀과 레몬과 뜨거운 물은 빼 줘."

"안 돼요!"

"별로 다를 것도 없잖니."

"그럼 아예 와인을 뺄까요?"

"……네가 4년 전 처음 우리 집에 왔을 때는 훨씬 고분고분한 애였는데."

"네. 제가 이렇게 된 것도 다 후천적인 원인 때문이죠."

율리안이 새침한 표정으로 응전하자 반론이 궁색해진 양은 벽을 향해 돌아누워선 투덜거리기 시작했다.

"아아, 좋은 일이라곤 아무것도 없는 인생이었어……. 하기 싫은 일

만 떠넘기고, 애인도 하나 없고, 하다못해 술이라도 마시려 하면 야단이
나 맞고……."

"겨우 감기 걸린 것 가지고 기분 내지 마세요!"

율리안은 소리를 질렀으나, 그것은 좀처럼 엄격해지기 힘든 표정을
다잡기 위해서였다. 이런 대화를 두 달 이상이나 나누지 못하고 지냈던
것이다. 용케도 버텼다는 생각이 들었다. 양 웬리를 만난 후로 그것은
빼놓을 수 없는 습관이었다.

율리안은 부엌에서 핫 펀치를 만들어 와 환자 손에 넘겨주었다.

"넌 착한 애구나."

경망스럽게도, 핫 펀치를 한 모금 마신 양은 금세 자기 말을 뒤집었
다. 소년이 만들어준 핫 펀치는 한없이 와인에 가까운 것이었다. 이불을
둘둘 말고 침대 위에 주저앉아 만족스럽게 '따뜻한 감기약'을 홀짝거리
는 흑발의 젊은 제독을 한동안 바라보다가, 아마색 머리의 소년은 결심
한 듯 말했다.

"제독님."

"뭐냐?

"정식으로 군인이 되고 싶습니다."

"……."

"허락해 주실 수 없을까요? 그래도 절대로 안 된다고 하시면…… 포
기할게요."

"꼭 군인이 되고 싶니?"

"예. 자유와 평등을 지키는 군인이 되고 싶어요. 침략이나 압정의 끄
나풀이 되는 군인이 아니라, 시민들의 권리를 지키기 위한 군인이요."

"반대하면 포기하겠다고 했는데, 포기하면 어떻게 할 거니?"

"모르겠어요. 아니, 그때는 제독님이 가라고 하시는 길을 갈게요."

양은 핫 펀치가 반 정도 남은 컵을 손바닥 안에서 빙글빙글 돌렸다.

"너, 처음부터 안 된다는 소리를 들을 거라곤 생각도 안 했지?"

"그렇지 않아요!"

"15년의 시간차를 우습게 보면 안 된다. 그 정도는 다 내다보고 있어."

양은 거들먹거려 보았으나, 파자마 차림인지라 본인이 생각하는 만큼 위엄은 없었다.

"······죄송합니다."

"할 수 없지. 그런 표정으로 애원하면 어떻게 안 된다고 하겠냐. 알았다. 너라면 나쁜 군인이 되지는 않겠지. 가고 싶은 길을 가렴."

소년의 암갈색 눈동자가 반짝였다.

"고맙습니다! 고맙습니다, 제독님!"

"······하지만, 그렇게 군인이 되고 싶을까."

양은 쓴웃음을 지을 수밖에 없었다.

그 어떤 종교에서도, 그 어떤 법률에서도 기본 항목은 옛날부터 정해져 있다.

살인하지 말지니라. 도적질하지 말지니라. 속이지 말지니라.

양은 자신을 돌아보았다. 얼마나 많은 적과 아군을 죽이고, 얼마나 많은 것을 빼앗았으며, 얼마나 많이 적을 속였던가. 그런데도 현세에서 그에게 죄를 묻는 자가 없는 것은 오로지 국가의 명령에 따랐기 때문이라는 한 가지 이유뿐이다. 참으로 국가라는 것은 죽은 자를 되살리는 것

외의 일은 모두 해낼 수 있는 힘을 지녔다. 범죄자를 면죄하고, 반대로 죄 없는 자를 투옥하고, 한술 더 떠 처형대로 보내고, 평화로이 생활하는 시민들에게 무기를 주어 전장으로 떠밀 수 있다. 군대란 그 국가에서 최대로 조직된 폭력집단인 것이다.

"애, 율리안. 어울리지도 않는 소리는 별로 하고 싶지 않다만, 네가 군인이 됐을 때 잊지 않았으면 하는 게 있다. 군대란 폭력기관이며, 폭력에는 두 종류가 있다는 거지."

"좋은 폭력과 나쁜 폭력인가요?"

"그게 아니야. 지배하고 억압하기 위한 폭력과, 해방의 수단인 폭력이지. 국가의 군대란 것은 말이다……"

양은 상당히 식어버린 핫 펀치를 모두 마셔버렸다.

"원래부터 전자의 조직이야. 유감스럽게도 역사가 이를 증명해 주지. 권력자와 시민이 대립했을 때 군대가 시민 편을 든 예는 적어. 그뿐인 줄 아니? 과거 수많은 나라에서 군대 자체가 권력기구로 변해 폭력으로 민중을 지배하기까지 했단다. 작년에도 그런 짓을 하려다 실패한 놈들이 있었고."

"하지만 제독님은 군인이면서도 그런 데는 반대하셨잖아요? 전 제독님 같은 군인이 되고 싶어요. 하다못해 마음가짐만이라도."

"에이, 그건 안 되지. 내 마음은 처음부터 군대에 없었는걸. 그건 너도 잘 알잖니."

양은 검보다도 펜이 분명 더 강하다고 믿는 사람이었다. 진리란 것이 거의 존재하지 않는 인간사회에서 이것만큼은 얼마 안 되는 예외라고 생각했다.

"루돌프 대제를 검으로 쓰러뜨릴 수는 없었어. 하지만 우리는 인류사회에 대한 그의 죄업을 알고 있지. 그게 바로 펜의 힘이란다. 펜은 수백 년도 더 지난 독재자나 수천 년도 더 지난 폭군을 고발할 수가 있어. 검을 들고 역사의 흐름을 거스를 수는 없지만, 펜이라면 그럴 수 있지."

"네. 하지만 그건 결국 과거를 확인할 수 있다는 것뿐이잖아요?"

"과거라! 잘 들으렴, 율리안. 인류 역사가 앞으로도 계속된다고 한다면, 과거라는 건 무한히 쌓여나갈 거다. 역사란 과거의 기록일 뿐만 아니라, 문명이 현재까지 계속되고 있다는 증거이기도 해. 현재의 문명은 과거 역사의 집적 위에 세워진 거야. 알겠니?"

"네."

"……그래서 나는 역사가가 되고 싶었어. 어쩌다 첫 단추를 잘못 끼우는 바람에 이 꼴이 된 거고."

한숨과 푸념이 동시에 나왔다.

"하지만 역사를 만드는 사람이 없으면 역사를 쓰는 사람의 존재가치도 사라지는 거 아닌가요?"

소년이 말하자 양은 다시 한 번 쓴웃음을 짓더니 소년에게 컵을 내밀었다.

"율리안, 아까 그 핫 펀치 한 잔 더 만들어 주지 않겠니? 아주 맛있었다."

"예, 즉시 대령하겠습니다."

부엌으로 가는 율리안의 등을 지켜보던 양은 시선을 천장으로 향했다.

"뭐, 도통 생각대로는 안 되는 법이란다. 자기 인생이든, 남의 인생이든……."

347

VI

양을 비롯한 이제르론 요새와 주둔함대 간부들에게 훈장을 수여하기로 결정한 후, 자유행성동맹 정부에서는 소규모 인사이동이 있었다. 국방위원장 네그로폰테가 사표를 제출했으며, 아일랜즈가 그 뒤를 이은 것이다. 둘 다 트뤼니히트 의장의 영향이 강하게 미치는 정치가들이었으며, 따라서 군사정책이 바뀔 가능성은 전혀 없다고 봐도 좋았다. 신임 아일랜즈 국방위원장은 책임지고 사임한 전임자 네그로폰테의 깔끔한 진퇴를 칭송한 후 그의 정책을 전면에서 이어나갈 것임을 표명했다. 물론 네그로폰테가 그 말에 위로를 받았을지 어떨지는 알 수 없으나, 그는 정말로 표면상 깔끔하게 국방위원장 자리에서 물러나 국영 수소에너지공사의 총재가 되었다.

신임 아일랜즈 위원장이 처음으로 착수한 일은 페잔에서 파견한 판무관 브레첼리를 찾아가 군수물자 수입에 관한 리베이트 건으로 담합하는 것이었다. 이야기를 무사히 마치고 잡담으로 넘어갔을 때, 아일랜즈는 사임한 네그로폰테가 양 웬리를 상대로 사문회에서 실패했던 것을 화제로 삼았다. 아일랜즈는 네그로폰테가 군인의 전횡을 막고자 했던 것이라고 미화하여 말했다.

"이런저런 말씀은 많이 들었습니다만, 결국 동맹정부 여러분은 이유만 있다면 양 웬리를 퇴역시키고 싶다. 하지만 퇴역시킨 후 그가 정계에 진출해 여러분이 차지한 권력의 아성을 흔들어대면 난감하겠다, 그런 것 아닙니까?"

브레첼리는 말을 꾸미려고 노력하지도 않고 너무나도 솔직하게 아일랜즈의 진의를 찔렀다. 아일랜즈는 한동안 입을 다물었다가, 양 개인이 어떻다는 것이 아니라 군인의 정계 진출을 억제하려는 것이라고 대답했다.

"그렇다면 법률을 만들면 되잖습니까. 뭣 때문에 권력이 있습니까? 자신이 만든 법률과 규칙을 만인이 준수해야 한다는 재미. 금전으로는 살 수 없는 바로 그 재미가 있기 때문에 거금을 투입해서라도 권력을 장악하려는 것이지요. 제 말이 틀렸습니까?"

"말씀을 참 재미있게 하시는군요……."

아일랜즈는 나오지도 않는 땀을 손수건으로 닦았다. 불쾌한 표정을 감추기 위해서였다. 그 불쾌함의 이유는 상대의 어조가 너무나도 숨김없었던 것, 그런데도 진실을 정확하게 꿰고 있었다는 것 두 가지였다.

아무튼 페잔 판무관의 제안 자체는 매력적이었으므로, 아일랜즈는 작별인사를 하고 이를 건의하기 위해 트뤼니히트의 곁으로 서둘러 달려갔다.

옆방에서 대기하고 있던 보리스 코네프는 침을 뱉으려 했으나 너무나도 반들반들하게 닦인 바닥이었으므로 포기하고 꿀꺽 삼켰다.

이 얼마나 추잡한 세계란 말인가. 그가 이제까지 독립상인으로 지냈던 세계에서도 나름대로 밀고 당기기나 책략은 있었다. 하지만 대립자를 견제하기 위해 정치권력을 이용하는 자는 모멸의 대상이 되었던 만큼 그나마 정정당당한 세계였다는 생각이 들었다. 그런데 판무관 사무소 일원이 된 후로는 들리는 것이라곤 온통 이런 이야기뿐이다.

오래 견딜 생각은 처음부터 없었으나, 슬슬 한계가 닥친 것일지도 모른다.

5월이 거의 마무리되던 어느 날, 페잔에서는 란데스헤르 루빈스키가 한 가지 결단을 내렸다.

"케셀링크!"

란데스헤르의 호출에 모습을 나타낸 젊은 보좌관은 공손하게 인사를 올렸다.

"그 계획의 준비는 잘 진행되고 있을 테지?"

자신에 가득 찬 미소가 대답했다.

"완벽합니다, 각하."

"좋아. 그럼 계획을 발동하게. 이 사실을 실행 그룹에게 전하도록."

"알겠습니다. 그런데, 각하. 이 계획이 성공해 로엔그람 공작과 양 웬리가 모든 능력을 기울여 충돌한다면 어느 쪽이 이기리라 보십니까?"

"모르지. 하지만 그렇기 때문에 흥미진진한 것일세. 그렇지 않나?"

"지당하신 말씀입니다. 그럼 실행 그룹에게 명령을 전하겠습니다."

그날 밤 이래 아버지와 아들 사이가 더더욱 친밀해지지는 않았다. 쌍방 합의하에 상사와 부하 관계를 유지하고 있는 것이다.

자신의 집무실로 물러간 보좌관은 화상송신기능을 끈 TV 전화 스위치를 눌러 수신을 확인한 후 명령을 내렸다.

"여기는 늑대굴……. 펜리르는 사슬에서 풀려났다. 반복한다. 펜리르는 사슬에서 풀려났다."

이 얼마나 유치한 암호란 말인가. 루퍼트 케셀링크는 그렇게 생각했으나, 이 계획에서 자신의 언어 센스는 아무런 상관이 없다. 그의 의도가 외부에는 드러나지 않은 채 상대에게 통하기만 하면 그만인 것이다.

이제 사슬에서 풀려난 펜리르는 붉고 거대한 입을 벌린 채 누구를 잡아먹을 것인가. 신랄한 웃음이 젊은 보좌관의 얼굴을 장식했다. 개가 아닌 늑대라면 주인을 덮칠지도 모르는 노릇이지만.

전 은하제국군 대령 레오폴트 슈마허는 손에 쥔 가명 여권을 다시 한번 확인했다. 그것은 페잔 자치정부에서 정식으로 발행한 것이지만 명의는 다른 사람으로 되어 있었다.

이 계획에 성공한다면 그에게는 페잔 영주권과 시민권은 물론 충분한 금전이 주어지기로 약속되어 있었다.

물론 슈마허는 페잔의 젊은 보좌관이 한 약속을 굳게 믿지는 않았다. 페잔 자치정부에 대해서도 케셀링크 보좌관에 대해서도 그는 강렬한 불신감을 품고 있으며, 그 생각을 수정할 생각은 조금도 없었다. 그러나 자신보다도 오히려 부하들에게 가해질 보복을 생각하면 지금은 계획을 수락할 수밖에 없었다. 페잔이 그를 이용할 생각이라면 그도 페잔을 이용해줄 뿐이다.

하지만 그렇다 해도, 다시 수도 오딘 땅을 밟을 날이 올 줄이야.

"가세, 대령."

동행한 알프레트 폰 란즈베르크 백작이 밝은 목소리로 말하자, 고개를 끄덕인 슈마허는 페잔 우주항 사무소를 향해 천천히 걷기 시작했다.

……우주력 798년, 제국력 489년은 이제 전반을 마쳤을 뿐이었다.

은하제국과 자유행성동맹 쌍방을 경악에 빠뜨릴 사건이 발생하려면 아직도 1개월이 더 남았다.

은하영웅전설을
만드는 법

지난 회에는 제국 쪽 캐릭터를 중심으로 이야기를 들어보았으니, 이번에는 동맹 쪽 인물상에 대해 들어볼까 합니다.

다나카__ 알겠습니다. 하지만 동맹 이야기를 하기 전에 제국 쪽에 관해 한 가지만 이야기해도 될까요? 작품에 등장하는 사소한 고유명사를 어떻게 생각했는가에 대해서인데요.

그건 꼭 들어보고 싶은걸요.

다나카__ 작년에 작가 아카기 쓰요시 씨와 함께 독일에 갔습니다. 그리고 올여름에 참가한 SF 대회에서 그 화제를 꺼내면서 브레머하펜의 선박박물관에 가 루크너 백작의 유품을 보고 왔다는 말을 하니까, 그 자리에 있던 분들이 모두 어리둥절해하는 거예요. 제 작품세계와 무슨 관련이 있느냐는 거였죠. 요즘 자꾸 건망증이 도져서 참으로 죄송하지만, 나중이 되어서야 설명이 부족했다는 걸 알아차

렸지요. 사실은 이게 『은영전』과 꽤 관련이 있었거든요. (웃음)

그랬나요?

다나카__ 예. 루크너 백작이라는 사람은 제1차 세계대전 때 독일 해군의 영웅인데요, 위장 범선을 이끌고 연합군 측 보급로를 끊으며 돌아다녔고, 그런데도 비전투원은 한 명도 죽이지 않았죠. 모두 배에 태워 무사히 중립국에 호송해줬기 때문에, 전쟁이 끝난 후에 로마 교황에게 인도주의의 기사라는 칭호를 받았어요. 하늘의 레드 바론과 견줄 만한, 말하자면 기사도에 입각한 독일의 마지막 영웅인 셈이지요. 사실은 이 사람이 타던 배의 이름이 '제아들러seeadler, 물수리'라고 해요. 『은영전』 4부 책모편에 같은 이름의 클럽이 나오거든요.

아하.

다나카__ 또, 이 '제아들러' 호의 기관장 이름이 키르히아이스 대위라고 합니다. (웃음) 이렇게 말씀드렸으면 그 자리에 있던 분들도 이해했을 텐데 말이죠. 그리고 얼마 전에 아는 사람의 아는 사람을 통해 들었는데, 독일에 계신 할머님이 편지로 질문을 했다는 거예요. 그 할머님은 일본을 좋아해 자주 들르는 분인데요, 어쩌다 『은하영웅전설』의 내용을 알았는데 당신이 사는 도시 이름이 나와서 놀라고 기뻐했다는 이야기였죠. 그 도시의 이름은 '이제르론Iserlohn: 독일 노르트라인베스트팔렌 주에 위치한 소도시.'이라고 합니다. (웃음)

그건 정말 놀랐겠네요. (웃음)

다나카__ 그 할머님은 왜 당신이 사는 도시 이름을 그런 식으로 썼을까 궁금해했다는데요, 이건 정말로 우연이었습니다. 제국 쪽 요새 이름을 생각하고 있을 때, 발음이 괜찮고 인상에 남을 만한 이름이 없을까 싶어 독일의 지도를 노려보면서 계속 고민을 했죠. 초기 설정에서 제국 쪽 고유명사는 독일풍으로 하기로 결정했으니까요. 아무튼 그래서, 분명 라인 강 부근으로 기억하고 있는데요, 이제르론이라는 지명을 발견하고 '아, 이거다' 하는 생각이 들더군요. 왜 '이거다' 싶었나 하면 그게 저도 참 오묘해서 뭐라 대답할지 모르겠습니다만, 아무튼 입속으로 '이제르론, 이제르론' 하고 몇 번씩 중얼거려 보고는 그냥 정해버렸죠. 한편으로는 다행히 그 지도에 독일어 스펠링도 같이 적혀 있었기 때문에 작품에 그대로 쓸 수 있었습니다. 그 독일인 할머님께 답장을 물론 저는 일본어로 쓰고, 아는 사람이 독일로 번역해 드렸는데요, '이제르론은 저주받은 곳' 이라는 묘사 같은 게 없어서 참으로 다행이라고 가슴을 쓸어내린 적이 있지요.

다행이네요. 독일의 할머님을 적으로 돌리지 않아서.

다나카__ 예. 그럼 동맹 이야기로 넘어가죠.

다시금 잘 부탁드립니다. 동맹에는 어딘가 가족적인 분위기가 있죠. 양 패밀리라고 하면 표현에 좀 어폐가 있겠지만, 양을 중심으로 '화기애애한 전쟁을 한다.' 라는 느낌이 그들의 매력인 것 같아요. 반면에 동맹 전체를 봤을 때는, 트뤼니히트를 정점으로 한 중앙집권 정

부의 추악하고 일그러진 면모가 있지만요.

다나카__ 제가 작품에서 양 패밀리라는 표현을 썼나요?

작품에서는 그런 말은 안 나왔던 것 같아요.

다나카__ 그럴 겁니다. 저는 의식하고 그렇게 가족적인 분위기를 풍기려 했던 게 아니니까요. 독자 여러분께서 그런 분위기를 느껴주셨다면, 그건 어디까지나 결과가 그렇게 된 거죠. 양 패밀리라고 하니 가업으로 전쟁을 하고 있다는 이미지가 느껴지네요. (웃음)

마피아 같네요.

다나카__ 원래 양과 율리안의 관계도 미스터리나 모험소설에서는 흔히 보이는 '명탐정과 소년 조수' 같은 패턴에서 파생된 것이죠. 그럴 때 대개 명탐정은 추리능력 이외에는 생활능력은 물론 사회상식도 없잖아요? 흉악한 살인범이 나타나지 않는 한 사실은 아무런 존재의의도 없는 것이 왕도 캐릭터지요. 그런 의미로 보더라도 양에게는 강대한 적군이 있어야 하는 겁니다. (웃음) 뭐, 이건 캐릭터 메이킹의 포인트인데요. 대개 특출한 능력이 하나 있으면 다른 무언가가 결핍되는 게 귀엽달까, 애교가 생겨요. 표현하기는 어렵지만요. 난감하게도 재능도 없거니와 인망도 도덕심도 없는 인물도 있지만, 장르소설에서 그런 사람을 주인공으로 삼으려 해봤자 아무도 사주지 않겠죠. (웃음) 저 자신이 어렸을 때부터 장르소설을 많이 읽었고, 그 과정에서 극히 자연스럽게 흡수한 왕도의 방식을 쏟아내고 있는 겁니다. 다만 작가마다 작풍이란 게 있으니까, 저

는 왕도를 걷고 있다 생각하지만 사실은 갓길로 가고 있는 건지도
모르겠네요.

'명탐정과 소년 조수' 중에서도 율리안은 매우 착실한 성격에 속하는군요.

다나카__ 율리안은 사실 양을 보면서 '이 사람에게는 내가 붙어있어야 해.'
라고 생각하고 있는 것뿐일지도 모릅니다. (웃음) 아울러 프레데
리카도 '이 사람에게는 내가 붙어있어야 해.' 라고 생각하겠지만
요. (웃음)

양의 주변 사람들은 모두가 그렇게 생각하지 않을까요……

다나카__ 그럴지도 몰라요.

**그래서 가족적인 분위기가 풍기는 것 아닐까 싶네요. 하지만 그걸 신비한 '매력' 으로 뭉뚱
그려도 좋을지. (웃음)**

다나카__ 율리안이나 프레데리카 같은 이들이 '내가 붙어있어야 해.' 라고
생각하는 감정은 사실 일방적이라고 하면 일방적인데, 그렇게 해
서 자기가 '양 함대' 에서 어떤 존재의의를 가질지 자각해나간다
는 점에서 본다면 꼭 일방적이라고만 할 수는 없을 것 같아요.

타인에게 존재의의를 주는 것이 양의 '매력' 이라고 할 수도 있을까요?

다나카__ 이 표현을 실제로 작품 속에 썼는지 어떤지 기억이 확실치 않습니
다만, '말하자면 양이라는 사람은 주위 사람들에게 '네가 있어야
만 해.' 라고 항상 외치고 있는', 그런 사람인 거죠. 적어도 주위 사

람들은 자기가 그런 소리를 듣고 있다고 생각하고요.

그 점은 라인하르트하고 완전히 다르군요.

다나카__ 예, 완전히요. 그 점도 실제로 문장으로 썼는지 어떤지는 둘째 치더라도, 의식해서 캐릭터 메이킹을 하고 있었습니다. 만약 작품에서 정말 이 말을 썼다면 좀 치졸한 짓이 됐겠네요. 하기야 이렇게 말을 꺼낸 것 자체가 치졸하다면 치졸하지만요. (웃음)

아니요, 매우 흥미진진한걸요. 하지만 그러면 라인하르트와 양 어느 쪽을 상사로 삼고 싶은가 하는 이야기가 나와도, 언뜻 봐서는 모시기 편할 것 같은 양이 더 힘드니 선택을 받지 않는 쪽이 좋을지도 모르겠어요.

다나카__ 아, 그거 좋은 지적이네요. 저도 그렇게 생각해요.

라인하르트는 기대에 부응하지 못했을 경우 확실하게 지적해줄 것 같지만, 양은 말해주질 않으니까요. 양의 부하는 항상 자신이 그의 기대에 부응하고 있는지 자신에게 물어봐야 하잖아요?

다나카__ 그렇게 자기 자신의 존재의의를 제대로 파악하고 있어야 양의 곁에 있을 수 있는 거죠.

양과 라인하르트의 차이도 크지만, 동맹군과 제국군의 분위기도 완전히 다르죠.

다나카__ 예.

메르카츠 같은 캐릭터는 도중에 제국에서 동맹으로 진영을 옮겼으니, 처음에는 고생했을

지도 모르겠네요. 거인에서 한신으로 트레이드돼 오사카에서 사는 야구선수 같은 고생이 랄까, 당혹감을 겪었겠어요. (웃음)

다나카__ 그거 정말 좋은 표현이군요. (웃음) 그렇다면 양은 노무라 감독이 되겠네요.

재생공장이니 뭐니 하면서. (웃음) 하지만 조금 전에 말씀드린 양의 기질로 본다면, 자기 포지션이나 역할에 자각이 있는 사람은 일하기 쉽겠어요.

다나카__ 역할이라고 한다면, 이건 전에도 인터뷰에서 말씀드린 건데요, 말하자면 캐릭터가 군상으로 조직화, 집단화되었을 때는 아무래도 필요한 역할이 나오게 마련이에요. 그러니까 직능에 따라 캐릭터를 만들어 간다는, 말하자면 역산 방식 같은 캐릭터 메이킹도 있죠. 동맹을 보자면 무라이의 경우가 그랬습니다. 기본적인 캐릭터의 틀을 정한 후 각 장면마다 보이는 반응이나 대사를 쌓아나가, 최종적인 이미지를 독자 분들께 제시하는 거죠. 다만 쌓아나갈 때는 작품세계 속에서 어느 정도 일관성을 가지고 있어야 합니다. 안 그러면 독자 분들이 설득력을 느끼지 못하거든요.

'여명편'에서 양이 참모를 선택하는 장면이 있는데, 파이터인 파트리체프에게는 장병의 질타와 격려를, 무라이에게는 상식론을 제시하도록 한다는 말이 나오죠? 작가로서 구상하셨을 때도 그와 비슷한 과정을 거치셨나요?

다나카__ 그렇습니다. 아까 말씀하셨던 야구로 비유하자면, 팀의 코칭스태프를 설정할 때와 일맥상통할 것 같군요.

그렇군요. 그에게는 이러한 부분을 기대한다, 이런 식인가요?

다나카__ 네네, 그겁니다. 그러니 양의 경우 수많은 기책을 사용하지만 그 '기책'라는 것이 무엇에 대한 '기' 인가 생각해 보면 역시 상식과 고정관념에 대한 것이죠. 상식은 이러이러한 과정을 거친다는 인식이 있어야 그걸 부술 수도 있으니까요. 그러니 뛰어넘든 부수든, 그 기준이 될 상식을 제시할 수 있는 캐릭터가 필요했던 겁니다.

기준이 없으면 대비도 불가능하니까요.

다나카__ 그런 거죠. 그러니까 다시 야구로 비유하자면, "감독님, 이럴 때는 번트를 대는 게 정석입니다."라고 말해주는 스태프가 있어야 "그래? 정석은 번트구나. 그럼 허를 찔러서 히트다!"라고 할 수 있는 거랄까요.

작품 속 세계의 상식을 제시해야만 기책도 나올 수 있는 거군요.

다나카__ 예. 그게 무라이의 존재의의가 되는 거죠.

To be continued